愚道一休

木下昌輝

集英社

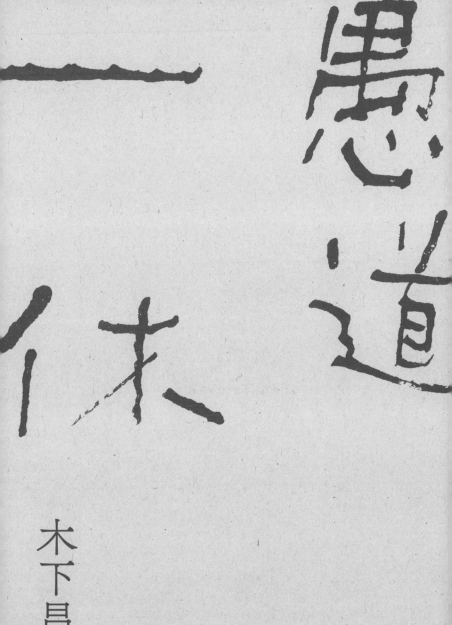

目次

愚道一休

その男は禅僧にもかかわらず、詩と酒と女をこよなく愛した。
破戒に手を染めながらも、命を投げ打ち修行に身を投じた。
尊き血を持ちながら権門に目を背け、腐敗する禅を痛烈に指弾した。

名を、一休宗純《いっきゅうそうじゅん》という。

聖なのか俗なのか、純なのか邪なのか、賢なのか愚なのか。
禅を愛しているのか、それとも憎んでいるのか。
人々は、一休についてこう評した。

その狂気、量るべからず——と。

第一章　千菊丸

一

匂いに朝の気配がまじっているが、風景は夜のままだった。

星が歌うように瞬《またた》いている。宿坊や僧堂は物音ひとつしない。

朝なのか夜なのかわからない一時《ひととき》が、たまらなく愛おしかった。

柄杓《ひしゃく》一杯の水で洗った顔はまだ湿っている。指をつかって、前髪やまつ毛についた水滴をぬぐった。

まだ数え十二歳にすぎない千菊丸《せんぎくまる》だが、新しく生まれ変わったかのような心地を全身で味わっていた。

稚児の千菊丸は、いずれ頭を丸め僧侶になる。法諱《ほうき》を得て、母からもらった千菊丸という名を捨てる。将来どんな法諱をもらえるだろうか、と稚児《ちご》たちと話をすることがある。印可《いんか》を得てどんな道号を名乗るのかと、みんなで想像する。自分がどんな僧侶になるのかを考えるのは楽しい反面、心のどこかに不安があった。ときに恐ろしいとさえ感じる。

そんな千菊丸の全てを、朝とも夜とも判然としない一時が抱きしめてくれる。

そんな心地を穢《けが》すものがあった。安国寺《あんこくじ》の境内から漂ってくる酒の匂いだ。本堂や道場の裏に回れば、酒樽も転がっているだろう。ひどいときは、脂粉の匂いもする。

起床を知らせる振鈴《しんれい》が、道場の一角から鳴った。稚児たちの起きる気配は伝わるが、雲水《うんすい》らの眠る僧堂は静かなままだ。

「千菊丸、早いな」

あくび混じりの声がした。振鈴を鳴らした若い雲水が、燭台《しょくだい》を手に現れる。

「やっておきますよ」

この一時を邪魔されたくないので、燭台を受け取り玄関に灯りをともす。

「助かるよ。これでもう一眠りできる。ああ、暁鐘《ぎょうしょう》も頼む」

本来なら読誦《どくじゅ》や五体投地の修行がはじまるはずだが、道場の中は静かなままだ。暁《あかつき》が近いことを報《しら》せる鐘を千菊丸がつくと、暗い空に音が沁みていく。

何も聞こえなくなっても、余韻を味わいつづけた。うっすらとだが、山際が明るくなる。

朝の匂いがさらに強まった。

「ははは、今宵の女は上等であったな」

「誰がものにできるか勝負だな」

「それはよいが、実家の格でつるのは禁じ手ぞ」

酒気と脂粉の匂いを撒き散らす僧侶たちが現れた。その中には、道場で厳しい修行をしているはずの雲水もいる。

「お帰りなさいませ」

「おお、随分と早起きだな。さては前世は鶏か」

「千菊丸もわれらと同じで朝帰りだ。なあ、そうだろ」

笑みをはりつけて、千菊丸はからかいをやりすごす。住持《じゅうじ》たちが傾城屋《けいせいや》へ行く際の隠侍《いんじ》を、稚児が務めることはままある。

千菊丸が稚児として仕える安国寺は、十刹《じっさつ》といわれる禅宗の官寺だ。修行を積む雲水たちの道場もある。が、その内実は惨憺《さんたん》たるものだ。毎夜のように宴が開かれ、傾城屋から遊女が呼ばれることも珍しくない。

「あ、お待ちください。落ちましたよ」

雲水の足元に、一枚の反故紙《ほごがみ》がある。掌《てのひら》におさまるほどのものだ。

「その公案《こうあん》はもう透過《とうか》した。捨てておいておくれ」

振り返りもせずに、雲水はいう。

二

千菊丸らの一日は、学ぶことで満たされている。境内の一角にある学房には横に長い文机《ふづくえ》が並び、大勢の稚児が座っていた。老僧侶が説く言葉を、必死に紙に写している。

まだ得度《とくど》していない千菊丸らに求められるのは、あたうかぎり中国の書を吸収することだ。それが、一生を左右する。明《みん》国との交易は幕府の要《かなめ》で、そこで活躍するのが漢籍に長じた禅宗――中でも臨済宗《りんざいしゅう》の僧侶たちだ。事実、大御所足利義満《あしかがよしみつ》とその息子の四代将軍、足利義持《よしもち》の側近には、禅僧が数多《あまた》いる。

千菊丸ら稚児は論語などの四書五経を徹底して学び、学識や文学の才が認められれば、格上の寺で得度することができる。

『千菊丸や、たくさん勉学するのですよ。そして、えらいお坊さんになるのですよ』

数え六歳で安国寺へ入ったときの母の言葉は、今も脳裏に新しい。

紫色の布を幼い千菊丸の両肩にあてがい、「紫衣《しえ》を身につけられるような高僧に出世なさい」と切実な声でいった。その母は気鬱の病を患い、たびたび床《とこ》に臥《ふ》している。母を喜ばせるためにも、千菊丸は一日たりとも無駄にはできない。

なのに、今日は筆の進みが遅い。手にあるのは、夜明け前に雲水が落とした反故紙だ。

犬に仏性《ぶっしょう》、有りや無しや
師、答えていわく
無

これは『趙州無字《じょうしゅうむじ》』の公案——禅問答だ。公案の答えにたどりつくことを、透過という。臨済宗では公案を透過する数が多いほど、悟りの境地に近づくとされている。公案は一千以上あり、時にひとつの公案を透過するのに何年、あるいは何十年かかる。しかし、禅問答が揶揄《やゆ》の言葉で使われることがあるように、意味が不明瞭なものが多い。趙州無字もそうだ。犬に悟りの素質はあるか、と問われ師は「無」と答えた。

普通に考えれば否定——犬は悟ることができない。ただ、それだけの話だ。千菊丸はまだ得度していないが、耳学問で知っていることもある。

無常、無我の例を出すまでもなく、仏の教えにおいて、無の境地は扇の要だ。

この公案の文言は、〝無〟という様が〝有る〟ともとれる。

犬に無常、無我の境地が〝有る〟ならば、それは犬に仏性が〝有る〟ことに外ならない。

無が有る。

この公案は、詩のように美しい。

あたうなら、今すぐこの答え――見解《けんげ》を老師に披露してみたい。

だが、見解は独参場《どくさんじょう》――師匠と弟子の一対一の密室でしか開陳してはいけない。そして、その内容を口外することは決して許されない。

だが、今の千菊丸ならば――

「千菊丸、何を呆《ほう》けているんだ。五山《ござん》入りはあきらめたのか」

横に座る稚児が、不審げな目で尋ねる。

「そんなわけないだろう」

「どうだかな。噂では、千菊丸の実家は随分と格が高いらしいじゃないか」

勉学に必死な稚児たちだが、例外もいる。高位の公家や守護の子息たちだ。半端な学識でも、彼らは上位の寺に易々と入山できる。

「どうだろうな。実家のことは、私もよくわからないよ」

とぼけたわけではない。出自について知っているのは、母が公家の出だということだけだ。母は今、南山城《みなみやましろ》にある薪村《たきぎむら》で、千菊丸の乳母とふたりで暮らしている。庵は質素で、贅沢らしい贅沢といえば常に新しい花器と花が飾られていることぐらいだ。

が、時折、その母が帝《みかど》に仕える女官だったという噂が聞こえてくる。

「千菊丸が羨ましいよ。うまく五山の寺で得度できても、殿原《とのばら》の三男坊のおいらじゃ先が見えている」

そう愚痴りつつも、稚児は筆を手放そうとしない。

禅寺には、厳格な序列がある。五山十刹と呼ばれる制がそれだ。

頂点は〝別格〟とされる南禅寺《なんぜんじ》、その下に〝五山〟と呼ぶ相国寺《しょうこくじ》や建仁寺《けんにんじ》などの五寺、次に〝十刹〟と呼ばれるここ安国寺や大徳寺《だいとくじ》などの十数寺、底辺には〝諸山〟と呼ばれる二百以上の寺。

五山や十刹、諸山の中にも順位があり、安国寺は十刹の四位だ。別格南禅寺や五山の実力者になれば、その権勢は一国の守護に匹敵する。だから、禅寺の女色や酒食も黙認される。

そして序列決定と住持任命の権を握っているのが、相国寺の中にある蔭涼軒《いんりようけん》の軒主だ。稚児たちがどの寺で得度するかは、漢詩などの文学の才や知識によって決まるが、蔭涼軒主はそれを審査、承認する。

蔭涼軒主に認められるために、稚児たちは必死に勉学に励む。

それは、夜になっても変わらない。月明かりの下で、稚児たちは必死に書をくる。酒や魚の香りがただよっていた。境内のどこかで、僧侶たちが酒を呑んでいる。女の嬌声《きようせい》が聞こえるときもあるので、今夜はまだましだ。

雲が出て月明かりが翳《かげ》った。何人かが恨めしそうに天を見上げる。

「ちょっと風に当たってくる」

千菊丸はそういって、外に出た。大きな法堂《はっとう》や仏殿が鎮座し、瓦がわずかな月明かりを照り返している。

オンバサンバエンテイ……

夜回りの真言も聞こえる。

何かがおかしい。真言は遠くにも近くにもいかない。これでは夜回りの用をなさない。

「おい、もっと大きな声で真言を唱えろ」

「そうだ。でないと聞こえてしまうだろう」

押し殺した泣き声も聞こえてきた。

「奈多丸《なたまる》よ、そう悲しむな。下稚児は、われらを慰めるのが仕事。これも修行だ」

はらわたが腐ったかのような不快が込み上げる。男色《なんしょく》にふけるため、夜回りの雲水に見張らせているのだ。

犠牲になるのは、下稚児と呼ばれる子である。

そもそも、四書五経などの学問が学べる千菊丸のような稚児——上稚児になるには、金が必要だ。一方、金を払わずに稚児になるときもある。食に困った家が、子を寺に売る。あるいは寺の前に捨てる。そして、下稚児になる。彼らが四書五経を学ぶことはない。昼は雑務をこなし、日が暮れると僧侶や雲水たちの男色の相手をさせられる。

勉学もままならぬ下稚児は、声が変わるころになると寺を追放される。

僧侶や雲水の裸体が見え、その下に稚児の小さな体があった。怯《おび》えた顔が男たちの体ごしに見えた。濡れる瞳をこちらに向けている。口が動いた。

声は発しなかったが、何をいいたいかはわかった。

「千菊丸、何をしているんだい」

両肩がはねた。いつのまにか、背後に雲水がいる。恐ろしく背が高く、痩せていた。僧衣は着ているが、帯はほどけ、はだけた襟から汗ばんだ胸板があらわになっている。

「千菊丸も、下稚児の子たちと一緒に修行をしたいのかい」

「せ、摂鑑《せっかん》様、私は上稚児です」

「だからどうしたんだい」

摂鑑という名の雲水が笑う。恐ろしいほど酷薄な顔だった。この男が手にかけるのは、下稚児ばかりではない。隙や落ち度があれば、上稚児といえど容赦しない。それをもみ消せるだけの家柄を誇っている。

オンバサンバエンテイ……

真言の声がさらに大きくなる。叫んでも聞こえぬぞ、と脅しているかのようだ。

「千菊丸、ぬかったと思っているだろう」

気づけば、人の気配に囲まれていた。先ほどまで暗闇で痴態を繰り広げていた男たちだ。汗の匂いの中に生臭いものが混じっていた。恐怖と吐き気が、千菊丸の喉を締めつける。

「私の母は、帝に仕えていた女官ですよ」

男たちの足が止まった。今は、この噂にかけるしかない。

「それは嘘だな。じゃあ、お前の母の生家をいってみろ」

摂鑑は千菊丸へと大きく一歩、近づく。

口から飛び出るのではないかと思うほど、心の臓が早鐘を打つ。

「手を出すな。私の家は……母はあなたなんかよりずっとえらいんだ。私に無礼を働いたら、母の一族はきっとあなたを許さない」

精一杯の力をこめて、摂鑑を睨む。

「摂鑑様だけじゃない。あなたたちもだ」

取り巻きの雲水たちに叫ぶと、目に見える動揺が生じた。

「今夜は、危うい橋を渡る必要はないのでは」

「そうです。万が一、噂がまことだったとき、厄介です」

摂鑑の顔がゆがんだ。が、すぐに元に戻る。首だけで、行け、と千菊丸に命じた。鋭利な目差しを浴びつつ、摂鑑たちの前から去る。遠ざかっているはずなのに、真言の声は大きく聞こえた。押し殺す稚児の泣き声がまじっている。思わず、足を止めた。

振り返ろうとしたら、腕を摑まれた。殿原の三男坊だ。

「よせ、あいつは……奈多丸は南朝に与《くみ》して没落した一族だぞ。知らないのか」

後醍醐《ごだいご》帝が足利尊氏《たかうじ》に敗北し、京を追われたのが七十年ほど前のこと。吉野へ逼塞《ひっそく》し、以来、南朝と呼ばれている。一方、尊氏が擁立した帝と朝廷は北朝と呼ばれていた。

「とっくの昔に、南朝と北朝は和睦したじゃないか」

南北朝の和睦がなったのが、千菊丸が生まれる二年前のことだ。北朝と南朝の帝が交互に即位する両統迭立《りょうとうてつりつ》の約束がなされ、南朝の帝は京へ戻った。

今は北朝の帝が即位しており、次は南朝の血筋の帝になるはずだ。

「嵯峨《さが》にいる前《さき》の南帝のお暮らしを知らぬわけではあるまい」

帝位を退いた南帝を待っていたのは、厳しい暮らしだった。嵯峨へ押し込まれ、衣食も満足に与えられぬと聞く。

「この寺では摂鑑様に逆らえる人はいないよ。もし、目をつけられたらどうする。上稚児といえど、あの人は容赦しないぞ。下手すれば、下稚児に落とされる」

忠告の声には怯えの色がまじっていた。

「さあ、いこう」

無理やりに引っ張られ、千菊丸は重い足を動かす。また、押し殺した声が背後から聞こえた。千菊丸は振り返ることができない。気づけば、逃げるようにして足を速めていた。

三

汗をかきつつ歩く千菊丸の目の前に、廃寺が姿を現した。屋根は崩れ、瓦はもう粉々になっている。妙勝寺《みょうしょうじ》という禅寺だったが、後醍醐帝が挙兵した元弘《げんこう》の乱の際に焼亡してしまった。その廃寺に隠れるようにしてある、小さな庵も見えてきた。

「あら、千菊丸様」

乳母の楓《かえで》が、洗い物を干す手を止めた。三十半ばになったはずだが、まだ若々しい。

「どうして戻ってきたのです。まさか、寺を追い出されたのですか」

からかい顔で聞いてくる。

「ちがうよ。二日の暇《いとま》をもらったんだ。京の街でいい匂い袋があったから、母上に持っていこうと思ってね」

「まあ、そんなことならば誰かにことづければいいものを」

そういって楓は目尻を下げた。母恋しさのあまり、口実を見つけて寺から出てきたと思っているようだ。庵のそばには、桜の若木がある。安国寺に入ったころ、千菊丸と変わらぬ高さだったが、今は庵の屋根ほどになっていた。まだ花を咲かせる気配はない、と母からの文には書いてあった。

「母上は大丈夫かな」

「今日は具合がよいようです。源氏物語を読んでいますよ」

中へ入ると、押板《おしいた》の上の瑞々しい竜胆《りんどう》がまず目についた。青磁の花器は今まで見たこともないもので、花の美しさを引き立てている。その前で、書見台に向かう母がいた。歳は三十になったばかり。白い肌と長い黒髪は、都で見るどの女人よりも美しい。

「まあ、千菊丸、どうして」

母が、源氏物語の丁をくる手を止めた。

千菊丸は匂い袋を恭しく手渡した。

「そんなことよりも、勉学は順調なのですか」

「論語の習得は、誰よりも早いと褒めてもらいました」

険しかった母の表情が和らぐ。たったそれだけで、千菊丸の心も華やいだ。

「よかったら、私に論語を読んできかせてくれませんか」

覚えている部分を、千菊丸が暗誦すると、母と楓は手を叩かんばかりに喜ぶ。ふと横を見ると、竜胆の横に紙人形が置いてあった。丸い頭の僧侶で、最高位のものが許される紫衣を着ている。筆で描いた目鼻が、とても誇らしげだ。

「詩も学んでおります。禅画に賛《さん》がつきものですので、きっと将来の役にたちます」

さらに母の相好が崩れる。漢詩などは五山文学とよばれ、出世のための必須のたしなみだ。

十分に母を喜ばせてから、千菊丸は居住まいを正した。

「母上、今日、参りましたのは、大切なことをお聞きしたいからです」

真剣な声に、母の顔から笑みが消えた。察した楓は、逃げるようにして座を外す。

「母上が帝に仕える女官だった、という噂が耳に入ることがあります。それは本当でしょうか」

母の返答を待つが、無言だ。じっとうつむいている。

時だけが、いたずらにすぎる。

「母上の実家は公家だと教えてもらいましたが、その姓名も官位も知りませぬ。そして私の父とは一体、誰なのですか。どんな身分の方だったのですか」

「まだ、あなたに教えるには早い」

「早くはありませぬ。春になれば入山できる寺が決まり、得度が待っています。得度とは、俗世との縁を断つ意味なのはご存じでしょう」

その縁の中には、父母との絆も含まれている。

「お願いです。私が何者なのか、教えて下さい。母上の出自だけではありません、父上のことも何も知らされてはおりません」

千菊丸は頭を下げた。そのままの姿勢で待つ。

「千菊丸、顔を上げなさい」

「教えてくれるまで上げません」

湿ったため息が落ちてきた。

「千菊丸の耳にも届いていようとは……隠すというのはなんと難しいことでしょう」

「では、噂は本当なのですか」

こくりと母はうなずいた。だが、それ以上、言葉を継ごうとはしない。問うには早すぎたか。壮健とはいい難い母の心身を考えると、追及すべきではないかもしれない。

「そなたの父はまだ生きています」

思わず、母の顔を凝視した。伏した目には憂いの色が濃く出ている。手を握りしめているのは、震えを殺さんとしているのか。

問うたことを、千菊丸は後悔した。と同時に、心の臓が高鳴る。

この世に父はいないものだ、と千菊丸は勝手に諦めていたことに気づく。

しかし、その父が生きている。

「では……」

父といつか会うこともできるのか。えも言われぬ感動が千菊丸の体を火照らせる。

「まだ、そなたに父君の名は明かせませぬ」

「なぜなのですか」

「そなたのお父君は、とても貴い身分の方です。軽々にお会いすることははばかられます。万が一にも他人に知られれば、どんな災いが降りかかることか」

「そんな……」

「私の生家を知ることも同様です。お父君とのつながりに、嫌でも触れなければなりません。無論……そなたにいつかは教えねばならぬことは承知しております」

「それは、いつなのですか」

母はうつむいてじっと考えこむ。しばらくして、意を決したかのように顔を上げた。

「そなたが五山の高僧になったときです。父君の名を知ることは、災いも招きかねません。ですが高僧となれば……五山のいずれかの寺で得度し印可をとれば別です。それだけの力があれば、お父君の名を知るだけでなくご対面も叶うでしょう」

そういって母は立ち上がった。押板の上の紙人形を手にとり、紙でできた紫衣の位置をそっと整える。

四

長い影が足元から伸びている。母の言葉を反芻《はんすう》しながら、千菊丸は歩いていた。父はどんな姿形をしているのだろう、と考える。顔は千菊丸と似ているのか。背は高いのか低いのか。色は白いのか、黒いのか。もし、千菊丸と会ったら、どんな言葉をかけてくれるのだろうか。必死に想像するが、父の姿は一向に像を結ばない。

そんなときだ。

「お願いですっ。寺に入れてください」

〝林通寺《りんつうじ》〟と扁額《へんがく》に書かれた寺の前で、稚児が門番にすがりついている。

「お前はすでにどこかの寺の稚児であろう。後難はごめんだ。去れ」

「行くところがないのです。どうか……」

声に覚えがある。あの夜、摂鑑たちに弄ばれていた——

「奈多丸じゃないか」

稚児がふりかえった。

「せ、千菊丸」

「なぜ、こんなところにいるんだ」

上稚児の千菊丸ならばともかく、下稚児の奈多丸が暇をもらえるはずがない。

「まさか、逃げたのか」

「お願い、千菊丸、助けて」

奈多丸がしがみついてくる。

「あの装束、見覚えがあるな」

声がした方を見ると、林通寺の門番たちが小声で話し込んでいる。

「安国寺か北禅寺《ほくぜんじ》ではないか」

「安国寺ならことだ。報せようぜ」

そう聞こえた刹那、奈多丸は走っていた。

千菊丸は必死に追いかける。奈多丸の足が止まった。

立ち塞がる男たちがいる。十人ほどの僧侶を引き連れる摂鑑だ。何人かは僧兵で、袖から太い腕がのぞいていた。奈多丸が悲鳴とともに逃げだそうとするが、僧兵の方が速い。蹴りを小さな背中にいれると、奈多丸は砂埃を上げて転がった。

「下稚児の分際で、手間をかけさせおって。寺から逃げたものがどんな目にあうか、知らぬわけではあるまい」

摂鑑は奈多丸の襟をつかみ、無理やりに立ち上がらせる。

「やめ――」

声をかけようとした千菊丸を、摂鑑が睨んだ。

「千菊丸、お前も同罪か」

「わ、私は……外出の許しを得ています」

「どうだかな」

摂鑑が僧兵に目配せした。僧兵が拳を鳴らしながら近づいてくる。

「嘘をいっているかいないかは、体にきけばわかる」

摂鑑の声を合図に、僧兵が拳を振り上げた。

恐怖のあまり目をつむる。

苦悶の声が聞こえてきた。恐る恐る目を開けると、僧兵の腕をひとりの雲水がねじりあげている。高い背丈と広くたくましい肩幅、笠をとると実直そうな顔の輪郭があらわになった。目鼻口は大ぶりで、意志の強さが形になったかのようだ。

歳のころは母と同じくらいで三十になるかならぬかであろうか。

見ると、小さな祠《ほこら》があり、長く手入れされていないのか藪《やぶ》で覆われていた。

雲水はそこから出てきたようで、落ちた葉が点々と足元までつづいている。

「邪魔をするな」

横から襲った僧兵を雲水は身を屈めてよけ、足を払った。打ち下ろされた棒を袖でからめて、さらに背後から襲おうとする僧兵めがけてぶつける。

たちまちのうちに三人の男が大地に転がった。落ちた棒を握ったのは、摂鑑だ。

「まだ幼い稚児ではないか。無体はやめなさい」

雲水は涼しい声でいうが、摂鑑は止まらない。奇声とともに打ちかかるが、雲水はひらりとかわして後ろ手にひねりあげた。

「わ、われらは、安国寺の者ぞ。それをわかっているのか」

「寺ではなく、己の名前で語るべきではないですかな」

いいながら、雲水は摂鑑を解き放った。

「十刹四位、安国寺の像外集鑑《ぞうがいしゅうかん》会下《えか》の摂鑑だ。そこにいる稚児は勝手に寺を抜けた。ゆえに、連れ戻す。奈多丸、千菊丸、こっちへ来なさい」

摂鑑は金切り声で恫喝する。

「よしなさい。去る者は追わず、来る者は拒まずが仏の法《のり》だ」

「そんな御託は、われらの前では通用せん」

「残念ながら、私に通用するのは仏の法のみだ」

摂鑑と雲水が睨みあう。

「そういえば、そなたの名前も寺も聞いていなかったな。教えていただけぬか」

言葉は丁寧だが、口調には険がこめられている。

「養叟《ようそう》と申します。大徳寺の一派で祥瑞庵《しょうずいあん》の華叟宗曇《かそうそうどん》老師のもとで修行しております」

「ふん、大徳寺か」

摂鑑が嘲《あざけ》りの笑みを浮かべる。大徳寺は十刹九位の寺格をもつが、その内実は伴っていない。南北朝の騒乱のころ、南朝に与したからだ。それまでは別格南禅寺の上位だったが、十刹九位に落とされた。十刹四位の安国寺の敵ではない。

「華叟宗曇老師なら知っていますよ。次の大徳寺住持との噂も」

隣に立つ僧兵の言葉に、摂鑑が唇を引き伸ばすようにして笑った。

「養叟殿といったか、この者のいうことが本当ならば、退くべきではないかな。あなたの老師の先々を考えて、その稚児たちを引き渡してくれんか」

「お断りします。老師からは、仏法にもとることは死んでもするなと教えられています」

「まるで、われらの行いが仏法にもとるかのような言いようですな」

「先ほどからそう申し上げておりますが」

養叟は微笑を深めて、摂鑑らの目差しを受け止める。

「どうされる」と僧兵が、摂鑑に耳打ちしたのが聞こえた。他のふたりの僧兵は棒を握って、油断なく養叟の左右を挟んでいる。

僧兵は気負っているが、養叟に動揺はない。

「いいでしょう」いったのは摂鑑だ。「同じ臨済宗の誼《よしみ》。養叟殿が、そこまでおっしゃるならば、これ以上、奈多丸を追うのはやめましょう」

「いいのですか」と、僧兵たちは驚いている。

「しかし、後悔されますなよ」

「大徳寺の末流の分際で、ということならばご心配なく。私も老師も守るのは序列でなく、仏法のみでございますから」

養叟は余裕の笑みでかわす。摂鑑は唾を吐き捨てて、きびすを返した。

五

暗くなりかけた祠の前で、養叟が奈多丸の傷の手当てをしてくれていた。それが終わると、小さな握り飯を出してふたつに割る。

「食べるがいいさ。遠慮することはない」

千菊丸と奈多丸はおずおずともらう。食べていると、雀がやってきて奈多丸の肩に止まった。奈多丸が手の甲においた米粒をついばみだす。

「生飯《さば》みたいだね」と、思わず千菊丸は声をかける。

「さばって何」

「雲水や僧侶が米粒を残しておくことだよ。屋根に米粒を投げて、餓鬼《がき》へ施すのさ」

「千菊丸は物知りだね。吉野にいるとき、鳥に餌をやってたのを覚えてて、その癖なんだけど」

そういえば、奈多丸の周りには鳥が集まっているときがままあったことを思い出す。千菊丸が米粒をのせた手を近づけたが、雀たちは一斉に逃げ出した。

養叟が声に出して笑う。

「稚児なのに、よく知っているな」

「いえ、耳学問です」

「すごいんですよ、千菊丸は。私とちがって、学問も詩も秀でているんです」

千菊丸の謙遜を、奈多丸の声が打ち消した。

「まあ、それはそれとして。ふたりはどうするのだ」

急に奈多丸は黙りこくった。

「私は安国寺に戻ります」

母のためにもそれしか手はない。

「奈多丸といったか。そなたはどうする」

「私は……」

「何か望みはあるのか」

「わ、私は……下稚児のまま終わるのは嫌なんです。お坊さんになりたい。だから……摂鑑様の言いなりになったのに……」

嗚咽《おえつ》まじりの声で奈多丸はつづける。

「あの人は……私が、得度するのは……無理だっていうんだ。文字を知らない下稚児は……南朝の子は……僧侶になれないって。精々《せいぜい》できるのは……」

千菊丸は強く拳を握らざるをえない。

「そうか。ならば、私の老師のいる堅田《かたた》の祥瑞庵に来るか」

「いいのですか」

ぱっと奈多丸が顔を上げた。

「いったであろう。来る者を拒む法はない、と。ちょうど、稚児が少なくて困っていたところだしな。ご両親は」

「一年前に、流行《はや》り病で……」

「そうか。なら、こちらであずかった方がいいかもな。ただ、心配するとしたら雲水になってからだ。祥瑞庵での修行は厳しいぞ。ほとんどが一年ともたない」

「連れていってください。得度できるなら、どんな厳しい修行にも耐えてみせます」

「そういうことなら、祥瑞庵へ連れて行こう。とはいえ日もくれてきたから、今日は道場に泊まろうか。郊外に楽拍庵《らくはくあん》という道場がある。千菊丸もどうだ」

養叟は千菊丸へ目をやった。

「心遣いだけで十分です。帰らねば、本当に罰を受けます」

「そうか、くれぐれも気をつけてな」

夜道に気を配れ、という意味ではないだろう。あの摂鑑という男がいる安国寺は、たしかに心安い場所とは言い難い。

六

奈多丸がいなくなった安国寺では、次の日からいつもの暮らしが再開された。千菊丸も勉学に励んだ。ただ、時折、摂鑑とその取り巻きの陰湿な目差しを感じることがあった。

「おい、知っているか」と、殿原の三男坊が耳元でささやいた。学房には稚児たちがひしめき、老僧が論語を教授している。

「次の大徳寺の住持のことだよ」

思わず筆を取り落としそうになった。

「どうも大徳寺からではなく、南禅寺から住持を呼ぶそうだ。本当は堅田に大徳寺派の立派な老師がいて、その方が就かれるはずだったらしいけど……」

「堅田にいる老師って、まさか華叟老師のことかい」

はたして、殿原の三男坊はうなずいた。

「どうして、南禅寺から住持を呼ぶんだ」

南禅寺も大徳寺も臨済宗だが、宗派がちがう。

「決まっているじゃないか、五山からの横槍だ」

「これ、そこ、私語をするでない」

老僧の叱責に、殿原の三男坊はあわてて書物に目を落とした。千菊丸もつづいたが、心は平静ではいられない。

あのとき、摂鑑はやけにあっさりと退いた。今から考えると、不気味だ。千菊丸や奈多丸を守ったせいで、養叟たちに災いが降りかかったのではないか。

日がかたむき、堂宇《どうう》の影が学舎に侵入するころになって講義は終わった。稚児たちは夕餉《ゆうげ》に思いを馳せているが、千菊丸はそれに加わることはできない。

吐く息が重かった。祥瑞庵にいる養叟は、千菊丸らを助けたことを後悔しているのではないか。ふと見ると、雲水や僧侶たちがひとりの稚児を連れて蔵の陰へ消えんとしていた。摂鑑の取り巻きたちだ。連れられている稚児は、咳き込んでいる。

「なんだ、千菊丸」

ひとりが、こちらを睨んだ。

「これから大切な行があるのだ。お前は夕餉でもとっていなさい」

恫喝するかのような声でいう。それだけで、千菊丸の足がすくむ。一方で、男たちは稚児の襟をぐっと握って引きずろうとする。

頭によぎったのは、養叟の姿だ。屈強な僧兵たちを前にしても一歩も怯《ひる》まなかった。

「やめてください。その子は咳をしているじゃないですか」

驚いたように男たちが振り返る。

「なんだと」

眼光が、千菊丸の薄い胸に突き刺さる。ごくりと唾を呑んだ。

「俺たちに指図する気か。稚児のくせに」

男のひとりが近づいてきた。腹に力をこめて踏みとどまる。

「やめておけ」

ひとりが制止した。

「なぜだ」

「こやつは上稚児だぞ」

「どうせ金で上稚児になっただけだろう。まさか、帝に仕えた女官の子という噂を信じているのか」

だが、ひとりをのぞいて皆が及び腰になっている。

「くそっ、とっとと飯を食って寝ろ」

舌打ちとともに稚児の背中を押した。千菊丸の方へとよろけたので、あわてて両手で抱きかかえる。安堵の息が唇をこじ開けた。今ごろになって、足ががたがたと震えだす。

「あ、ありがとう、千菊丸」

「いいんだよ」

そういって、稚児の背中を撫でてやる。どこかで雀の声がした。耳をくすぐるように聞こえたので、すぐそばを通りすぎたのかもしれない。

七

米粒を掌の上に置いてじっと待つ。しかし、雀は遠巻きにしているだけだ。

「ほら、生飯だよ。ついばめよ」

声をかけるが雀たちは近づこうとしない。夕餉が終わった後、千菊丸は雀に餌をやるようになった。すこしずつ近づくようになったが、まだ掌の上から食べるほどではない。すこしでも千菊丸が動くと、すぐに雀たちは飛んでいってしまう。

諦めて地面にばらまくと、待ってましたとばかりに集まってくる。

ついばみ終わると、小さな羽を羽ばたかせて上下に飛ぶ。

へえ、と思った。雀も人のように戯れるのか、と初めて知った。

「千菊丸」と、呼ぶ声がした。寺男のひとりが巻物を抱えて立っている。足元から伸びる影は、いつのまにか夜の闇に半ば没していた。

「老師がお呼びだよ。庫裡《くり》で待っているそうだ。早く来なさいって」

「なんのご用ですかね」

「この前の漢詩のことみたいだけど」

「本当ですか」

先日、漢詩の講義があり、幼いなりに必死に作詩した。その評が出たのかもしれない。老師の像外集鑑は、詩の作家として名を馳せている。

庫裡には、大小様々な竈《かまど》が鎮座していた。灯りは消え、黒々とした闇が沈殿している。米を炊いた残り香がただよっていた。

一番奥の板縁《いたえん》で、痩身の僧侶が坐禅を組んでいる。師である像外集鑑だろうと見当をつけ、合掌低頭して奥へと進んだ。

「千菊丸、待っていたよ」

その声に思わず足が止まる。

不覚だった。奥に座していたのは、摂鑑である。

「老師は……」

問う千菊丸の声が自然と硬くなる。

「嘘も方便というだろう」

足を崩し、ゆっくりと土間へと降りる。瘦身の体からは嫌な気が漏れ出ていた。背後を見ると、庫裡の入り口がぽっかりと口を開けている。人の気配はない。まさか、摂鑑が見張りを置かないはずはないと思うのだが――

「逃げたければ、逃げてもいいんだよ」

親切を装った声音に、千菊丸の背筋が凍る。

この男は何かを企んでいる。

勇気を振り絞り、正対した。

「耳に入っているだろう。奈多丸を匿《かくま》ったあいつらが、五山の怒りをかったことを」

「あなたの策略だったのですか」

「人聞きの悪いことをいわないでおくれ。五山の意に逆らった張本人と、その老師の名を教えただけだ」

一転して低い声で、摂鑑はつづける。

「あいつらは、五山を甘く見すぎた」

「それをいうためだけに、私を騙《だま》し、ふたりきりになったのですか」

「それだけじゃないよ。もうひとつ、千菊丸に教えてあげたいことがあってね。色々と調べたよ。どっちの生家が格上かわからないと、色々とやりづらいからね」

にじり下がりそうになる足が止まった。

「お前の母が何者かを探らせてもらった。薪村の庵に住むお前の母をね。あれはいい塒《ねぐら》だね。母上は源氏物語がお好きなのか」

氷柱《つらら》が、体を貫いたかと思った。

「それだけじゃないよ。千菊丸、お前は母の出自を知らぬのであろう。でないと、私の親切を無下にできないはずだからね」

逃げ出したい思いと、母の秘密を聞きたい衝動が千菊丸の薄い胸の中で暴れ出す。

「お前の母が帝に仕える女官だったのは本当だ。なのに、今は朝廷を追い出され庵暮らし。不思議だねえ、あれほどの器量なのに」

まさか、摂鑑は母の姿を見たのか。そういえば、摂鑑が珍しく遠方に托鉢《たくはつ》に出ていたことを思い出す。

「驚いたよ。あの女は南朝の家の出だった」

何をいっているかを理解するのに、しばしの時が必要だった。

「それがどうしたというのです。あなたは、明徳《めいとく》の和約を知らぬのですか。私の母が南朝の出だからといって、何も悪くない」

「たしかにそうだ。南北朝は和約している。南朝に与した家臣も許された。何より、お前の母は奈多丸とちがって、南朝の下級公家ではない。あの楠木《くすのき》一族の娘なのだからな」

母は楠木一族なのか。信じられない。

いや、それよりも摂鑑の放つ邪気が、息さえし難いほどに千菊丸を包んでいた。

ゆっくりと摂鑑が近づいてくる。

「なのに、なぜ、お前の母は朝廷を追放されたと思う」

千菊丸は首を横にふることしかできない。

「帝を弑《しい》さんとしたのだよ。恐れ多くも、ね。京に帰ったはいいが、厳しい暮らしを余儀なくされる南帝に同情し、刃を隠し持って帝に近づかんとした」

「嘘だ。そんなはずはない」

「じゃあ、なぜ母はお前に出自を明かさないのだ」

いい返そうとするが、言葉が出ない。

「千菊丸よ、よくも虚言したものだな。母の一族が許さないだって」

摂鑑は、高笑いを撒き散らす。

「一命だけは許され、朝廷から追放された元南朝の娘にどれだけの力があるというのだ」

摂鑑の手が伸びてくる。腕で必死に振り払った。出口へ向かって駆け出す。

「母がどうなってもいいのか」

足が縫いつけられたかと思った。

「お前の母が北朝を呪詛《じゅそ》している。私がそう密告したらどうなる」

「は、母上はそんなことはしない」

怒鳴ったつもりが、かすれた声しか出ない。

「そうかい。けど、菊水紋の葛籠《つづら》の中に、呪詛の紙人形が紛れているかもしれないよ。あるいは、源氏物語の一冊の中にあるかもしれない」

なぜ、摂鑑は母の庵に菊水紋の葛籠や源氏物語があることを知っているのだ。

「そうなれば困るだろうねえ。悪意のある誰かが紛れこませたものかもしれないけど、過去に罪を犯した南朝の女のいうことを誰が信じてくれるだろうかね」

首筋に吐息がかかった。

「千菊丸よ、逃げたければ逃げてもいいんだよ。外に出たければ、私は邪魔しない」

背後から摂鑑の腕が、ゆっくりと回された。

八

東の山際は明るくなりつつあるが、いまだ朝は遠かった。千菊丸は、京の街をよろめきながら歩く。橋の上で止まった。美しい風景のはずなのに、全く色を感じない。川辺の草や木々が緑なのはわかる。川面《かわも》が青なのはわかる。橋が檜皮色《ひわだ》なのもわかる。なのに、千菊丸の心は、ただ墨をこぼしたかのような情感しかわいてこない。目だけではない。鳥のさえずり、水と草の匂い、すべてが無味乾燥なものとしか感じられない。

あと少しの辛抱だ、と言い聞かせる。論語を学び、よい漢詩をいくつものものにすれば、五山に入寺できる。摂鑑の魔手から逃れられる。

ぶるりと全身が震えた。

安国寺から脱することができても、千菊丸に南朝の血が入っていることからは逃れられない。別の寺に入ったとて、摂鑑は間違いなくそれにつけこんでくる。

いや、摂鑑以外の誰かかもしれない。

髪を滅茶苦茶にかきむしった。川面を見ると、千菊丸の輪郭が映っているが、表情は影で塗りつぶされている。

もし、今、刃で肌を裂いても、きっと痛みは感じないだろう。

試そうか、と思った。この欄干《らんかん》に己の頭を打ちつければ……。

懐から何かがこぼれた。一枚の反故紙だ。趙州無字の公案が書きつけられている。拾おうとしたとき、風が紙片を吹き飛ばす。

なぜか、追いかけていた。何かに導かれるように反故紙は辻を二度三度と曲がり、一軒の堂の中へと消えていく。足を止めたのは〝楽拍庵〟と扁額にあったからだ。

どこかで聞いたことがある。

もしかして——

門は開いていた。恐る恐る歩みを進める。

庭があり、縁側でひとりの禅僧が坐禅を組んでいた。広い肩幅としっかりとした目鼻、あれは養叟ではないか。反故紙は、養叟の掌が結ぶ法界定印《ほっかいじょういん》にひっかかっていた。

坐禅は目をつむらない。養叟は、千菊丸の存在に気づいている。

だが、坐禅を崩さない。

声をかけていいものかどうか迷った。養叟は夜明け前——振鈴が鳴らされる前から坐禅をしている。考えられるのは、夜坐《やざ》をしていたということだ。全ての勤めが終わった後、就寝の前に坐禅を組むことだが、安国寺ではそれをする者は皆無だ。何より、もうすぐ振鈴が鳴り道場の一日がはじまる。

眠ることなく夜通しで、養叟は坐禅をしている。

道場の奥で人の気配がした。雲水が目覚めようとしている。修行道場の一日がはじまれば、養叟の坐禅も解かれる。

それが、ひどく惜しいような気がした。

「なんだい。随分と小さな参禅者殿だな」

背後から太い声がした。髭面《ひげづら》の武士が立っている。横には、絵師と思《おぼ》しき男もいる。

「おや、まだ振鈴は鳴らされていないのか」

武士と絵師が不思議そうに首をひねっている。

振鈴の軽やかな音が響いた。養叟の坐禅も終わりを迎えた。法界定印を結んでいた両手も解かれ、長い足を縁側から下ろす。

「養叟殿、まさか夜通しで坐禅をされていたのか」

武士が驚いたように聞く。

「老師からいただいた公案が解けそうなので、夜坐をしつつ考えておりました」

「寝ずに坐禅とは。養叟殿の体力ならば、戦場《いくさば》に出ても通用するぞ」

武士の大きな声には、敬服の色が見てとれた。そういえば、屈強な僧兵三人を一瞬で制したことを思い出す。

まだ夜も明けぬというのに、次々と参禅と思しき男たちが集まってきた。出家している者はいない。百姓、町人、能役者、公家と実に様々だ。

「戦で強いのは死の覚悟を決めた者だが、いざ戦場に立つと死ぬのが怖くなる。死を恐れないのが、一番、死から遠ざかるとわかっていても、その境地にはなれない」

武士は、公案と戦場の相通ずる点について語っていた。

「筆捌《ふでさば》きを高い技量で保つには、精神の統一が要になるでしょう。皆様は坐禅のとき、いかにして心を調える工夫をしているのでしょうか」

絵師が、雲水を捕まえて質問している。屈託なく参禅の民が交わりあうなか、千菊丸はぼんやりとやりとりを見ていた。

「千菊丸殿であったな」

養叟が微笑とともに声をかけてくれた。

「奈多丸のことが心配で来られたのならば、安心されよ。堅田の祥瑞庵で、稚児として勤めている。まあ、大徳寺の末寺なので楽な暮らしではないが、何年かすれば得度もできるだろう」

「なるほど、こちらの稚児殿は、ご学友の近況を尋ねるため参られたというわけか。ところで、どちらの寺の稚児なのかな」

感心した公家の問いかけに悪気がないのはわかっていたが、千菊丸の喉がきゅっと強張った。

「さあ、今より朝課《ちょうか》をはじめますぞ。禅の行におしゃべりなどはありませぬぞ」

口籠っていると、養叟のはりのある声が飛んだ。雑談は一気に止《や》む。僧堂と思しき所へ、参禅者たちは一列になって吸い込まれていった。

「あ、あの」

「しばらく、行の様子を見ていけばいいさ」

いいつつ養叟は、手にひっかかっていた反故紙を懐にしまう。

許しを得て、千菊丸は僧堂の中をのぞいた。

蔵に手をいれたもののようで、抹香よりも藁《わら》の匂いの方が強い。まっすぐな通路が背骨のように通り、その奥に文殊菩薩《もんじゅぼさつ》像が祀《まつ》られていた。通路の両側は一段高くなった単《たん》が並び、その上で武士、絵師、町人、公家らが坐禅を組んでいた。

「お客人、養叟老師がお呼びです。ご案内します」

雲水に誘《いざな》われたのは、独参場だ。坐禅を終えた者が老師の前で公案の見解を披露する場である。安国寺なら畳が敷き詰められているが、硬い板間だった。

養叟はそこに端座していた。手には反故紙を持っている。

「千菊丸殿、ものを粗末にせぬのは美徳だな」

すっと反故紙を差し出してくれた。紙だけでなく水や食、あらゆるものをあたうかぎり少なくすますのは禅の修行のひとつだが、安国寺にその風は薄い。では、千菊丸はなぜ貴重でもない反故紙を追ったのか。自身でも不思議だった。公案の内容を反芻するうち、愛着が生じたのだろうか。

「そなたが安国寺の稚児であることは黙っておく。他のものにも探らせぬゆえ、安心されよ。さて、どうしてここへ来られた」

言葉がうまく出てこず、千菊丸は言い淀んだ。

「もしや、あの一件で寺での立場が悪くなったのか」

養叟の声は千菊丸を包みこむかのようで、目頭が熱くなった。

「いえ、ちがいます」

なんとかそう答えたが、暗く沈んだ声しか出せなかった。

「乗りかかった船だ。そなたが奈多丸のように苦しんでいるのならば、救ってやりたい」

自然と顔が上がった。それは、摂鑑の魔手から守ってくれるということか。

心が揺れる。その言葉に、心身を委ねたい。

『千菊丸や、たくさん勉学するのですよ。そして、えらいお坊さんになるのですよ』

脳裏に蘇ったのは、安国寺に入ったときの母の言葉だ。紫衣を身につけた紙人形の姿も思い出す。母は、千菊丸が五山の傑僧になることを望んでいる。養叟のいる祥瑞庵では、それは叶わない。

ぎゅっと拳を握りしめた。

「大丈夫です」と、自分でも驚くほどしっかりと答えていた。

「決して、養叟様が思っているようなことは起こっていません」

「では、なぜここに来たのだ」

「それは――反故紙を追いかけて……」

「追いかける」

養叟が、千菊丸の手にある反故紙を見た。

「趙州無字の公案か。感慨深いな」

養叟は内容を誦《そら》んじた。反故紙にある不完全な内容ではない。

趙州和尚、ちなみに僧問う
狗子《くし》にかえって仏性有りや、また無しや
州いわく、無

まるで歌うかのようだった。安国寺の雲水たちの暗誦とは全くちがう。朗々とした口調から、養叟がこの公案にいかに向き合ってきたかがわかった。

「何を驚いている。私がこの公案を透過するまでに、一体、何万回、声に出したと思っているのだ」

養叟は平然といってのける。

「そなたのいる安国寺がどんな様子かはわかっている。昼から酒宴、夜にはいうのもはばかれるようなことをしているのだろう。まあ、われらの本山も同様の有様だがな」

養叟は苦笑とともにつづける。

「公案は有名無実と化し、家柄や賄賂によって出世が決まる。誤った印可を受けた者が、さらに誤った教えを伝えている。禅の教えはゆがみを増すばかりだ。本来、禅は――臨済禅は公案をどれだけ透過したか、ただそれのみを愚直に求める教えだ」

問われてもいないのに語る養叟の熱意に、千菊丸はただ聞き入った。

今、不思議と安国寺のことは頭にない。

母のことも、だ。

「養叟様、私の見解を聞いてくれませんか」

気づけば、そう口走っていた。

今度は養叟が驚く番だった。

「なるほど、ここに来られたのは、私の参禅を受けるためか。ほとほと難題を持ってくる稚児だな、そなたは」

養叟は勘違いしているが、それでも構わなかった。

趙州無字の見解を、養叟にぶつけてみたい。

「他寺の雲水の参禅を受け入れるなど、あってはならない」

「お願いします。私の見解がどれほどのものか、養叟様に判じていただきたいのです」

しばらく養叟は無言で考えていたが、諦めたように苦笑をこぼす。

「まあ、得度していない稚児だ。在家と同じ扱いでいいだろう。安国寺の稚児というのは……多少ひっかかるが、こうなったのも何かの縁だ。目をつむろうではないか」

「あ、ありがとうございます」

「では、さっそくやろうか」

その声には、もう優しさはない。武芸者のような厳しさが前に出ていた。

千菊丸は、まず趙州無字を作法どおりに漢文で暗誦した。そのことに養叟はわずかに驚いたようだ。

「まず……趙州老師は弟子の問いに、犬に仏性は〝無い〟と答えました。これを文字通りに受け取れば……」

千菊丸は必死に見解を述べた。

何度も弁がつまる。それを、養叟は黙して待ってくれている。

「趙州老師のいった〝無〟とは、無常、無我などの無の境地ということではないでしょうか。そうなると、犬には仏性が〝有る〟と答えたことになります。つまり、犬も人と同じように悟ることができるのです」

うつむきがちに聞いていた養叟が、あごを上げる。手元にある鈴をもち、小さな音を鳴らした。鈴の音は大きいほど透過に近い。つまり、千菊丸の見解は正しくなかったのだ。

「何が間違っていたのでしょうか」

思わず聞いてしまった。

「先ほどの弁がそなたの見解ならば、この楽拍庵のそばに病んだ犬がいる。そなた、今よりその犬を師匠として生涯を賭して仕えることができるか」

「え」

「犬に仏性の境地がすでに備わっているならば、別に人を師匠とするまでもあるまい」

「いや、けど……」

「どうしたのだ。はやく、行くがよい。悟りを開いた犬禅師に、弟子入りされよ」

「やめてください。そんな、冗談じゃない」

「では、お主の先ほどの見解は冗談なのか」

声には、殺気に似たものが込められていた。

冷や汗がどっと出る。参禅の場は真剣勝負だ。己の出した見解に命を賭けねばならない。犬に仏性がある、を千菊丸が答えとしたならば、犬を師と仰ぐのが筋だ。その覚悟もなく、ただ言葉遊びだけで犬に仏性有りと解釈した己の不用意さに気づく。

ぽたぽたと汗が落ちた。

頭が痺れる。

千菊丸は、己の浅はかさを恥じた。

と同時に、この公案の答えを知りたいと思った。

「申し訳ありません。未熟な見解でした」

額を床にすりつけて詫びる。養叟から殺気に似た気がすうと消えていく。いや、刃を鞘《さや》に納めるように、身の内に封じこめたのだ。

「面白き法戦《ほっせん》であったな」

慰めの言葉が、さらに千菊丸を恥じいらせた。

「さて、せっかくだから坐禅をしてみてはどうかね」

「い、いいのですか」

「参禅をしたのだ。坐禅を組まずに帰しては、禅の教えにもとろう」

独参場を出ると、武士や絵師たちが経行《きょうぎょう》をしていた。読経をしつつ僧堂の周りを歩くことで、坐禅で疲れた足を休ませる。驚いた顔で、髭面の武士が僧堂へ入らんとする千菊丸を見た。深く低頭して、千菊丸は一番末座の単の上で坐禅を見様見真似で組む。坐禅は身を調え、息を調え、心を調える、という。身も息も調わない。

心はもっとだろう。

だが、それでもよかった。

経行の衆が戻り、坐禅を再開する。小さな鐘が鳴り、みなが養叟のいる独参場へと走りだす。

与えられた公案の見解を養叟にのべるのだ。

しかし、千菊丸は動かない。

ひたすらに坐禅をつづける。

どこからか音が聞こえてきた。それが、千菊丸の胸を震わせている。

心音だと気がついた。それだけではない。水の流れるような音は、血の巡りか。

心臓の拍動と血の流れを、千菊丸は耳でなく全身で聴いていた。

己の体が、こんなに様々な音を奏でていることを初めて知った。心音がこれほど強いことを初めて感じた。

千菊丸が生まれてきてからずっと、体は休むことなく音を生み出しつづけてきたのだ。

自然と掌が震えた。体の奥がほのかに温かくなり、それが全身に広がっていく。

千菊丸は、己の奏でる音に耳をかたむけつづけた。

九

蹴りが、千菊丸の柔らかい腹に深々と入った。うずくまろうとしたら、両脇を抱える腕がそれを阻止した。蹴りをはなった主——摂鑑が冷たい目で千菊丸を見下ろしている。

楽拍庵での坐禅の後から、摂鑑の暴力が度を越すことが多くなった。今までは肉欲を満たすだけだったが、それだけでは飽き足らないかのように打擲《ちょうちゃく》も加えだした。顔こそは無傷だが、背中や腹には青あざが無数にできて、満足に眠れぬ夜もある。

「なぜだかわかるかい」

千菊丸のうなじに声が降ってきた。

「なぜ、私が千菊丸を殴るようになったかわかるかい。全部、お前が悪いんだよ」

無言を貫く。それが気に入らなかったようで、また蹴りが腹にめりこんだ。

理由は察しがついていた。あの日以来、坐禅の折に聴いた音を頭に蘇らせることで、千菊丸はちっぽけな何かを守ることができた。摂鑑に抱かれるたびに、今までは殺しつづけていたものだ。それを、摂鑑は鋭敏に感じ取った。

「お前は生意気なんだよ。どうして変わってしまったんだ」

また、脇腹に蹴りを入れられた。もう吐き出すものはない。だが、心が折れることはない。

あのときの音が、今も体のどこかに流れている。

「今日はこれくらいにしてやるか」

いつもより十分に執拗《しつよう》だったにもかかわらず、摂鑑はそういう。何より昼日中の出来事だ。

「千菊丸、お前も早く支度をしろよ。あと半刻(一時間)もすれば、あの赤松越州《あかまつえつしゅう》様がいらせられるのだからな」

将軍義持の若き寵臣《ちょうしん》、赤松越後守《えちごのかみ》が今日、安国寺を訪れることになっていた。

「出迎えに、寺の者がひとりでも欠けるのは許さぬとお達しがあったろう。千菊丸が欠ければ、寺の沽券《こけん》にかかわるのだぞ」

よろよろと立ち上がる。摂鑑の前を通りすぎようとしたとき、「待て」と止められた。

まだ嬲《なぶ》り足りないのか……

「お前が南朝の逆賊の血をひくことは――帝を弑殺しようとした者の子であることは、どんな寺に入ったとて変えられないんだよ」

摂鑑は嬉しげに笑う。

「お前は私から絶対に逃げられない。一生涯だ。どこの寺に行こうとも、だ」

そういって、摂鑑は千菊丸の背を優しげになでた。

十

境内の一角に毛氈《もうせん》が敷かれ、そこに僧侶たちがひざまずいていた。毛氈が途切れると得度したばかりの雲水たちが並び、そして稚児たちも列をつくる。その中に、千菊丸も加わっていた。山門が開いて、背の高い若者が姿を現した。歳のころは二十代半ば、高い烏帽子《えぼし》に紅色の直垂《ひたたれ》は芸能にうつつをぬかす公家といった風情《ふぜい》だ。

稚児たちを一顧だにせず進む。前を通りすぎるとき、千菊丸はちらと顔を見た。恐ろしいほどの美形だった。吊り上がり気味の双眸《そうぼう》は、きっと野心家なのだろう。

「赤松越州様、よくぞお越しくださいました」

像外集鑑は腰が折れんばかりにへりくだっている。

選ばれた何人かの僧侶たちに先導され、赤松越後守は本堂へと入っていく。その中に、摂鑑の姿もあった。残されたほとんどの僧侶や雲水、稚児たちはひたすらに待つ。やがて、一通りの案内が終わった一行が戻ってきた。

「夢窓国師《むそうこくし》の法燈《ほうとう》を継ぐだけのことはありますな。これほどの名刹は、間違いなく都でも屈指でしょう」

怜悧《れいり》な顔に似合わず、赤松越後守は相手を喜ばす世辞も心得ていた。像外集鑑や取り巻きの僧侶が、大袈裟に謙遜している。

「実は、参拝以外にも、もうひとつ用事があるのです。人を探しておりまして」

「人ですか」

「わが赤松家にとって主君にも等しい血筋の方が、この寺におられるようでして」

「それほどの方が当寺におられるのですか。家柄がたしかな者といえば、付き添いをしたこの者たちです。たとえば、この摂鑑は羽林《うりん》家の――」

「その方は身分を偽り、子息をこちらへ入れたそうです」

赤松越後守が遮るようにしていう。

「では、その方のご尊名は」

「ここではお教えできません」

「何か手がかりはございますでしょうか」

「秘かにこの寺へ入れられたゆえ、ご子息のお名前もわからぬ有様。ただ、私が陰ながらでも力になれればと、こたびの参拝にいたった次第です」

赤松越後守がずらりと並ぶ僧侶や稚児たちの列を見た。

「これで全員ですか」

「左様でございます。まさか、たしかめるために全員で出迎えるようにいわれたのですか」

「顔を上げるようにいってください」

像外集鑑が「顔をお見せしろ」と命じた。目差しだけは下にして顔を上げた。

土を踏む音が近づいてくる。顔を検《あらた》めているはずだが、歩調は速い。あっという間に、千菊丸の前を通りすぎた。見つけられなかったのだろうか、と思っているとまた足音がした。

千菊丸の前で止まった。

「間違いない」

何が間違いない、のだ。わからない。ただ、千菊丸に話しかけていることだけは理解できた。

「わかりますぞ。あの方の面影を、色濃く受け継いでおられる」

思わず目を上げてしまった。

この男は、母のことを知っているのか。ということは、南朝の縁者なのか。いや、名門の赤松家に、南朝に転じた者などいない。

怜悧すぎる、赤松越後守の相貌と正対する。あるいは化粧をすれば、誰よりも美しく女人に化けられるやもと思わせた。

「母のことをご存じなのですか」

「存じ上げているのは、お母上のことだけではありません」

千菊丸の薄い胸板に何かが当たった。手でたしかめる。己の心の臓が、凄《すさ》まじい速さで早鐘を打っていた。

「そ、それはどういうことですか」

言葉が震えだす。

突然だった。赤松越後守が、千菊丸の前で平伏する。あまりのことに、皆、声も出ない。

「私ごとき身分では、いまだ遠目でしか拝見いたしたことはありませせぬが、鼻やあごの形などはお父君に実によく似ておられます」

感に堪えないという声はすでに湿っている。洟《はな》をすする音も聞こえてきた。顔を上げた赤松越後守は、くしゃくしゃに顔をゆがめて、むせび泣いている。

「お名前は」

「せ、千菊丸です」

「千菊丸様、それがしは赤松越後守持貞《もちさだ》と申します。赤松一族の一葉でございます。どうかお見知りおきください」

「およしください。何かの間違いです。せめて、涙をふいてください」

懐から紙を取り出そうとしたときだった。

何かがおかしい。

手を止めて、しばし考えた。

これほどまでに泣いているのに、赤松越後守の着衣には涙のしみひとつついていない。感涙にむせんでいるように見せているだけだ。

それは、ほんの一瞬だった。

赤松越後守が、片頰だけで笑ったのだ。

人の弱みを見つけたときの嘲りの笑みだ。千菊丸の体がすうと冷たくなる。

赤松越後守とは、一体、何者なのか。千菊丸に近づいて、何を企まんとしているのか。

あまりにもわからぬことが多い。

だが、ひとつだけはっきりとしたことがある。

――この人は、私の味方ではない。

十一

像外集鑑は長いため息をついた。

「千菊丸や、本当によいのかい。赤松越州様のご推挙をいただかなくても」

像外集鑑の手には、何枚もの紙が重ねられている。論語などの四書五経について書いた作文や詠《よ》んだ漢詩などだ。

「私は、自分の力で立派な僧になりたいのです」

像外集鑑に託した作文や漢詩が優秀だと認められれば、五山や十刹、あるいは別格の南禅寺に入山できる。

まだ説得しようとする像外集鑑に丁重に礼をいって、部屋を辞した。通路ででくわしたのは、瘦身の摂鑑だ。ばつが悪そうに顔を背ける。赤松越後守の一件以来、千菊丸が狙われることはなくなった。逃げるような足取りの摂鑑を「師兄《すひん》」と呼び止めた。

「もう、これまでのようなことはなされますな。稚児たちをいじめるのは、やめると約束してください」

「わかっているよ。ああいうことはしばらくお休みだ」

その言葉に腹を焼くような怒りがこみあげる。

「しばらくではなく、私がこの寺からいなくなっても、です。これからもずっと、自重してください。約束できますか」

摂鑑の目尻が吊り上がる。千菊丸は眼光を受け止めた。

しばし、にらみあう。先に目をそらしたのは、摂鑑だった。

「千菊丸、誤解しないでおくれ。そもそもあれは、稚児灌頂《かんじよう》といって、稚児を仏神と――」

深々と頭を下げて、言い訳をやめさせた。狼狽《うろた》える摂鑑を無視して、きびすを返す。

山門を出て、いつか歩いた道をいく。

楽拍庵は、以前と変わらずにあった。門は開いている。気づいた雲水が取り次いでくれた。今日、ある人物が楽拍庵を訪れると耳にしたのだ。誘われた部屋には、ひとりの僧がいた。巌《いわお》のような趣の禅僧で、歳のころは五十代半ばほど。弓のようにそった背と無駄のない肉付きが、その気性を如実に表している。

華叟宗曇、養叟の師である。

「お主が、千菊丸か。話は、養叟から聞いている」

穏やかな声だが、聞くだけで重い石を抱かされたかのような心地になった。

「他寺の稚児にもかかわらず、公案透過を目論んだらしいな。なに、謝る必要はない。養叟めが認めたのならば、やむをえん。して何用かな」

「老師は、大徳寺住持の職に就けなかったとおうかがいしました」

「なるほど、それが自分のせいではないかと心配になってやって来たのか」

どうやら、奈多丸との騒動は耳に入っているようだ。

「五山から横槍が入ったのはまことだ。が、気に病む必要はない。峻烈と謳《うた》われた大徳寺の禅風は、今や見る影もない。そなたのいる寺と大同小異の有様だ」

大徳寺の塔頭《たっちゅう》は、経文をいれる蔵を、高利貸を営む酒屋や土倉《どそう》に貸し、利殖を増やすことに汲々としている、と華叟宗曇は憎々しげにいう。

「住持になっても、わしの育んだ禅風が汚れるだけ。横槍などなくても、最初から断るつもりだった」

慰めで嘘をいっているようには聞こえなかった。

いや、それ以上に感じたのは、切迫した気だ。

「今や、本物の禅は絶えつつある。このままでは、美しい禅は滅び、醜い野狐禅《やこぜん》のみが残る。わしが最後の砦となって、禅の教えを守らねばならん」

華叟宗曇の瞳は、大軍に挑む武士のそれに似ていた。

「話というのはそれだけかな」

巌の顔のままで聞いてくる。千菊丸は居住まいを正した。

「私は春がくれば得度します。五山のいずれかの寺に入りたいと思っております」

そして、五山で名をなし、紫衣を着てまだ見ぬ父と再会する。それが母の願いだ。いや、千菊丸自身も父が何者なのか知りたい。その欲求は、赤松越後守と会ってさらに大きくなった。

「ですが、いつか、私は――」

いつのまにか、喉がからからに渇いていた。舌がうまく回らない。

「公案を究めたいと思っております」

頭に閃《ひらめ》いたのは〝無〟という文字だ。趙州無字の先にある境地を感じ取りたい。養叟たちが、公案によってどんな風景を見たかを知りたい。

なのに、語れば語るほど、千菊丸の本心から遠ざかる。

実際、華叟宗曇も怪訝《けげん》な顔をしている。

「私がつけ加えさせていただいてよろしいでしょうか」

振り返ると、養叟が立っていた。深々と一礼して、千菊丸の隣に座る。

「千菊丸殿は老師のもとで修行したいようです」

肝心要のことを言い忘れていたことに気づき、顔が熱くなった。

「ならば、なぜすぐにわしのもとに参禅せんのじゃ」

「私には母がおります……」

千菊丸は、母との約束を正直に打ち明けた。

「五山で名をなしてから、わが門下にくるというのか」

腕を組んで、華叟宗曇が沈思する。

「養叟、座を外せ」

なぜか、再び千菊丸とふたりきりになる。緊張で、また鼓動が激しくなる。

「養叟め、先日、趙州無字の解釈についてわざわざ聞きに来おったのよ。とうの昔に透過した公案だというのに、だ」

華叟宗曇は間をとるように嘆息した。

「よほど、お主との出会いで思うところがあったようだ」

今までとちがい、声は柔らかかった。

「わしの修行は厳しいぞ。命を落とした弟子もいる。歳をへてから入山すれば余計に、だ」

脅しの言葉ではない。千菊丸をひとりの禅者とみなし、ただ事実をいっている。

「それも覚悟のうえです」

「いいだろう。お主が五山の傑僧になるのを、首を長くして待つとしようか。ただし、あまり時をかけん方がいいぞ」

「なぜでしょうか」

「養叟だよ。あいつも、いつまで堅田の道場にいるかわからん。いつかは、わしのもとを離れ、自分の力で弟子を育てねばならん」

華叟宗曇は、つるりと自身の顔をなでた。

「兄弟《ひんでい》の絆は、ある意味で師弟以上に太い。兄弟で法燈という名の縄を編めば、きっと千年後にも絶えぬ大禅の道ができるであろうさ」

それは、養叟と一緒に美しい本物の禅を後世に伝えてくれ、といっているようにも聞こえた。

第二章　周建

一

ひやりとした刃が周建《しゅうけん》の頭皮に添えられた。なかば眠っていた心が目覚める。まぶたが開きかけたが、すぐに閉じた。毛を剃る音が心地いい。周建の頭皮をなでるかのようだ。

「周建さん、子供みたい」

女の声がした。温かい膝の上に、己の頭がある。

「じゃあ、千菊丸《せんぎくまる》と呼んでくれ」

ふざけて答えてみた。

「へえ、かわいい。それが小さいころの名前なんだ」

女の息が耳をくすぐる。剃刀《かみそり》はさらに周建の口元を剃っていく。千菊丸は周建という法諱を与えられていた。得度したのは五山三位、建仁寺の知足院《ちそくいん》の慕哲《ぼてつ》老師のもとでだ。それから四年がたち、十七歳になった。

「はい、逆を剃ったげる」

ごろりと周建は頭の向きをかえた。女の温かい膝に顔を埋《うず》めるような形になる。

剃り終わると同時に、体を起こして背をのばす。肩がこっている。師匠の慕哲は、周建は若いからまだ肩もこるまいというが、これが老齢になったらさらにひどくなるのか。

文机の上の紙に手を伸ばそうとしたら女にはたかれた。

「なんだい、佳姫《かき》」

「千菊丸さん、傾城屋に来たら詩のことは忘れて」

「そういうわけにはいかないさ」

手に取った紙には、漢詩が書きつけられていた。起承転結の四句で四行、一句は七つの漢字からなる七言絶句だ。佳姫と共寝《ともね》するこの部屋で作ったが、一夜明けると粗《あら》が目立つ。とても、師匠の慕哲には見せられない。

「ねえ、千菊丸さん」

「もう周建でいいよ」

佳姫の方を向かずにそういった。

「周建さんは、まだ僧侶にはなっていないっていってたけど」

ぎょっとして、佳姫を見る。

「いつ、私がそんなことをいった」

「寝言で。朝方、話しかけたら寝言で答えるのが面白くて。夜更けまで詩偈《しげ》に悩んでるから、周建さんはきっとえらいお坊さんになるよっていったら、そう答えたの」

無理に微苦笑を作る。寝言はあながち嘘ではない。

「佳姫、私には二つの悲願がある」

母の望みを叶えることと、美しい本物の禅を究めることだ。

「周建さんだったら、きっとどっちも成し遂げられるわ」

追従《ついしよう》だとわかっているが、気分は悪くない。

「じゃあ、今は禅の世界でがんばっているのね」

逆である。今は、母の望みを叶えるため、建仁寺で詩作に励んでいる。法諱をもらい禿頭《とくとう》にもなったが、実は得度したとは思っていない。建仁寺の禅は、安国寺同様、美しいとは言い難いからだ。

まず、母の悲願を叶える。このまま慕哲のもとで詩作の才を鍛えれば、いずれ五山の塔頭の住持になれる。そうすれば、母の願い通りに父と会える。

「周建さん、やっぱりお父さんに会いたいの」

生き別れの父がいることは、佳姫には伝えていた。

「そりゃあね。佳姫はちがうのかい」

話の矛先《ほこさき》を変えるような問いを発したのは、不用意に父のことに言及すれば、母が追放された事件を蒸し返すことになりかねないからだ。焦ることはない。父が何者か、母がなぜ朝廷を追放されたのか、己が力をつけてから調べればいい。

「佳姫のご父母はどんな方だったんだい」

佳姫の家は下級の公家だったが、早くに二親を喪《うしな》い、以来、傾城屋で遊女として働くようになった。身の上が周建の母と似ているようで、他人とは思えない。

「亡くしたときは子供だったから覚えてないわ。もう会えないから周建さんが羨ましい」

そういう佳姫が愛おしくなり、頭の形をたしかめるように髪を撫でる。佳姫の体がかすかに傾《かし》いで、周建の胸に重みがかかった。

「五山で出世したら、次はどうするの」

「禅を学び直す。道場に入って一から修行をする」

佳姫の肌を掌で味わいつつ答える。師事するのが、養叟《ようそう》になるのかその師匠の華叟宗曇《かそうそうどん》になるのかはわからないが、改めて新しい法諱をもらうつもりだ。

「ふーん、そんなこといって、女と遊ぶ言い訳をしてるんだ」

思わず笑った。たしかにそうかもしれない。出家する前に、今生の名残りとばかりに女や酒に走る者は多い。周建の今の行いもそれに似ている。事実、養叟か華叟宗曇に弟子入りすれば、戒律を守る覚悟はできている。

とはいうものの、色や欲に未練が無いわけではない。人よりも、それらの執着は強いと思っている。十三歳になって、急に目覚めた己の変化に驚いた。そして、女や酒を経験し、わかったことがある。美しい女人やひたむきな女人を見ると、周建の身の内からこんこんと詩興が湧きあがってくるのだ。華叟宗曇の会下《えか》に参じたとき、この厄介な気性と折り合いをつけねばならぬことが心配の種ではある。

「老師がお目覚めになったようです」

障子の奥から女主人の声がした。

「わかった。すぐに支度をする」

佳姫の体を引き剝がし、水を持ってこさせて顔を洗った。僧衣を身にまとい、部屋を出る。抹香と甘い薫物《たきもの》の匂いが過分にただよう部屋の前で、両膝をついて控えた。

障子が開き現れたのは、師である慕哲だ。遊女が慕哲の脇によりかかっていた。

「老師、おはようございます」

「うむ、周建、楽しんだか」

四十代の慕哲は、僧侶らしからぬ俗っぽい精気をまとわせている。

「はい、おかげさまで」

遊女が慕哲の耳元に口を近づけた。

「嘘ですよ。佳姫の話では、夜更けまで詩作にふけっていたそうです」

周建にも聞かせるつもりだったようで、声は小さくはなかった。慕哲が愉快げに笑う。

「傾城と戯れていても五山文学の心を忘れぬとは、周建は臨済僧の鑑《かがみ》よな。佳《よ》き詩偈はできたのか。わしに見せられるか」

「起きて読み返すと、赤面ものの出来でした。ご勘弁ください」

慕哲は、詩偈では五山随一といわれている。

傾城屋の裏庭につけられた牛車《ぎっしゃ》には、むせそうになるほど抹香の煙が立ち込めていた。脂粉の匂いを消すためだ。ということは――

「どこかへ向かうのですか」

「お主の『春衣《しゅんい》にて花に宿る』の詩偈を、いたく気に入った土倉の主人がおってな」

「まことですか」

思わず周建は前のめりになった。「春衣にて花に宿る」の詩は、二年前に作ったものだ。慕哲だけでなく、他寺の僧からの評判も高い。

「嬉しかろう。わしも初めて声がかかったときは、天にも昇るような心地であった」

禅僧は、絵画などに賛――詩偈を書くことが多い。名誉な仕事であり、謝礼もたっぷりともらえる。名人の絵に賛をいれれば、百年後千年後にも詩偈が残る。

慕哲のように詩の世界で高名な禅僧には、引きも切らず依頼が舞いこむ。

二

周建に与えられたのは、徳山《とくさん》の禅画に賛をいれることだった。徳山は、五百年以上前の中国の禅僧である。訪ねた僧侶に必ず棒の一撃を加える奇行で有名で、公案にも『徳山の棒』と題するものがある。その苛烈な男を描いた絵に、周建は詩偈をいれる。描いた絵師は無名だが、丁寧な筆致は間違いなく良品であった。

文机の上には詩が書かれた紙がある。詩偈といえば七言絶句が多いが、余白が少ないため四言詩の体裁をとる。四文字の漢字で一句、それが四句で起承転結を構成する。

周建は口の中で詩を読み下した。

一代の傑僧
南を見ながら北を見る
一条の棒頭
腕頭の力は幾ばくか

しかし、最初の起の行が朱墨で塗りつぶされている。〝一代の傑僧〟では平凡すぎる、と慕哲はいう。起の行には、徳山を讃える文をいれるべきだ。しかし、平凡な句だと徳山の性《さが》が表せない。せめて七言絶句であればいかようにもできるのだが。

「周建、もしや、これは老師から依頼された徳山画の賛かい」

声をかけたのは、歳上の僧侶だ。

「はい。老師に見せたのですが、起の句を書き直すように、と。そういわれてみると〝見る〟が二回つづく承の句もいかにも窮屈で……」

「たしかに、平凡な詩だな」

思わず顔を上げた。

「どうした。だから、老師も起の句を直せとおっしゃったのであろう」

「そうなのですが……」

「まあ、私ならもっと奇抜なものにするがね」

見下すような目を向ける。この男が得意なのは、他者の欠点をあげつらうことだけだ。

「では、師兄《すひん》ならばどう直しますか」

「そ、それは——」

先ほどまでの強気がたちまち失せた。

「やめておけ。周建は老師のお気に入りだ。剽窃《ひょうせつ》されても、文句はいえんぞ」

遠くにいる僧侶が声をかけた。

「われらは周建とちがって、老師にかわいがられておらんからな。聞けば、お主の母は帝に仕える女官だったそうではないか」

「根も葉もない噂ですよ。母は商家の出です」

嘘をつくのは慣れていた。

「信用しかねるな。あの赤松越州《あかまつえつしゅう》様のご贔屓《ひいき》を受けたとも耳にしたぞ」

「おお、怖い。あまり、家格の劣るわれらをいじめないでおくれよ」

そういって、僧侶たちは離れていく。

周建の握る筆がきしんだ。

家格が高いから慕哲の寵愛を受けているのではない。詩作の才を認められたからだ。そして、精進も怠っていない。毎日、一首を己に課した。老師に隠侍し傾城屋で泊まるときでも、だ。十三歳の春に入門してから、一日たりとも欠かしていない。

家柄など関係ない。どうして詩興の多寡だけで、己を評してくれぬのだ。

あるいは、徳山が参禅者に棒を振るったときも、こんな心持ちであったろうか。

はっと閃くものがあった。素早く、紙に書きつける。

——賊

盗賊や山賊などを表すが、他にも人を傷つけるという意味もある。徳山の痛棒はまさに〝賊〟だ。周建は必死に筆を動かした。起の句だけでなく承の句も直す。

賊賊賊賊
南を看ながら北に面す
一条の棒頭
腕頭の力は幾ばくか

これだ。これこそ徳山画にふさわしい。

筆を置いて、立ち上がった。僧侶たちが部屋から出ようとしている。

「な、なんだ」

気づいた僧侶たちがあわてて振り返る。

「待て、悪かった」

「そうだ。嫌味をいったのは――」

周建は深々と頭を下げた。

「ご助言、感謝いたします。おかげで、素晴らしい詩ができました」

「助言」と、僧侶たちが目を見合わせた。

素晴らしい嫌味でした。徳山の棒を食らわせたいほどに――とは無論、口にしない。

三

料理屋の二階で、周建は土倉をいとなむ商人《あきうど》と対面していた。貸金を生業《なりわい》とするだけあってか、顔も体もふくよかだ。肉づきのいい手で商人が取り出したのは、徳山画だ。四角い顔つきの徳山が手に太い棒を持っている。

「いかがでしょうか。すでに老師からの添削はすんでおります」

周建は、持参した賛の下書きを商人に渡す。

「素晴らしい。起の句に賊を四つつづけるとは、思い切った趣向ですな。あなたが詩の大家になると見込んだ私の目に、狂いはなかったようですね」

内心で快哉《かいさい》を叫ぶ。これでまたひとつ、出世の階《きざはし》を上がった。あとは徳山画をあずかり、周建自らが賛を書き込む。失敗が許されぬ緊張よりも、己の賛が徳山の絵をいかに引き立てるかの期待の方が大きい。

「お待ちください。そちらの部屋には先客がいらっしゃいます」

店の主人の声がしたかと思うと、襖《ふすま》が勢いよく開いた。紅色の直垂と高い烏帽子の武人が立っている。切れ長の目は、以前よりも鋭さを増していた。

「どなた様ですかな。今は、大切な談合の最中ですぞ」

商人がたしなめるが、戸口に立った武人は顔色ひとつ変えない。その傍若無人な態度に、商人が声を尖らせる。

「さあ、部屋を間違えていますよ。さっさと出ていって――」

「旦那様、こちらの方は赤松越州様です」

周建の声に、商人は腰を浮かせた。二年前、大御所と呼ばれた足利義満《あしかがよしみつ》は死去した。四代将軍の足利義持《よしもち》が全権を握り、必然として寵臣である赤松越後守《えちごのかみ》の力も増している。

「そ、その赤松越州様が、何のご用ですか」

「千菊丸様――いえ、周建様、お久しぶりです」

赤松越後守が恭しく頭を下げた。驚いて、商人が周建を見る。

「やめてください。私は、一介の僧侶にすぎません」

周建の狼狽を楽しむかのように微笑した赤松越後守は、商人へと顔を向けた。

「もう、ご用はお済みかな」

「は、はい。すぐに退室いたします」

徳山画をおいて、商人は外へと逃げていく。

「何の用ですか。失礼ではありませんか」

「風の便りで、初めて賛をいれると聞きましてね。ああ、そうそう。『春衣にて花に宿る』の詩は、実に見事でございましたな」

目を細めていう。

「帰ります。次からは、必ず訪《おとない》を前もって告げてください」

徳山画を抱えて立ちあがった。

「お父君のこと、知りたくありませんか」

周建の足が、床に縫いつけられたかのように動かなくなる。

「一介の僧侶にすぎぬあなた様に、なぜ私がここまで辞を低くするのか。その理由が、あなた様のお父君にあることは、最初のご対面のときに申し上げたはず」

赤松越後守が袖から出したのは、周建の似絵《にせえ》だった。一体、いつの間に描いたのだ。

「お父君に似ていると確信があったとて、私の勘違いということもあります。ですので、近衛《このえ》様や九条《くじょう》様、鷹司《たかつかさ》様などの摂関家の皆様にあなた様の写し絵をたしかめてもらったのです。お喜びください。やはり、そっくりだということです」

「摂関家ですって……馬鹿馬鹿しい。私をからかうのは止《よ》してください」

あえて周建は笑ってみせた。が、胸が不穏に高鳴る。父のことを調べるため、赤松越後守は公家の最高位の人々にたしかめた。一体、父は何者なのだ。

「私が軽口をいうような男に見えますか」

赤松越後守の目差しが突き刺さる。

「あなた様のお母上は、南朝の楠木《くすのき》一族です」

思い出したのは、安国寺の摂鑑《せっかん》だ。彼も同じことをいっていた。そして、母が帝を弑殺しようとした、と。あれは、本当だったのか。

「周建様、お父君とお母上のお話を聞きたくはありませんか」

座を蹴りたいができない。その様子を見て、赤松越後守はゆっくりとした所作で座る。

「明徳の和約によって南北朝は和睦しました」

語りつつ赤松越後守は周建に座るように促すが、首を横にふるので精一杯だった。

「吉野に逼塞していた南朝の家臣の多くが京へと戻りました。お母上の一族もそうです。しかし、吉野での暮らしがたたったのでしょうか、あなた様の祖父母にあたる方々は数年もせぬうちに病没されました」

声に憂いの色をのせて、赤松越後守はつづける。

「天涯孤独になられたお母上は、朝廷の女官として働くことになります。そこで出会ったのが、父君である幹仁公《もとひと》――今の帝です」

最初は何をいわれているのかわからなかった。

「聞くところによると、源氏物語がおふたりともお好きだったようですな。しかし、帝の寵をいただいたものの南朝の出であることが障りになりました。こともあろうに、お母上が帝を弑さんとしていると讒言《ざんげん》する者が現れたのです。無論、根も葉もない噂。しかし、悲しいかな南朝のご出自ゆえ、お母上を庇《かば》う者はおらず、野《や》へと下《くだ》られました。それからしばらくして、お母上が妊《みごも》っていたことがわかりました。こうして生まれたのが――」

赤松越後守が周建を見た。

馬鹿げている。己が帝の落胤《らくいん》だというのか。笑おうとしたができない。

だが、赤松越後守のいうひとつひとつが、母の過去と符合する。

気づけば、呼吸が荒くなっていた。僧衣が汗で背にべったりと貼りついている。心とは別に、体がその事実を受けいれようとしていた。

「帝には……お父君にはまだお報せしておりませぬ。ご祭祀に障りがあれば一大事と愚考しました。九条様、鷹司様なども秘事として胸の中にしまわれております」

周建は己の二の腕を激しく抱いた。冬の日のように震えている。

そうだ。母に問いただそう。きっと赤松越後守のいったことを否定してくれる。

「御身《おんみ》の体には、唯一無二のものが流れています。それは、南朝と北朝の血です。これが何を意味するか、わからぬはずがありますまい」

和約によって、南朝と北朝の血をひく帝を交互につけることが約束された。今は北朝の帝――周建の父が在位している。次は南朝の帝が立たねばならないが、幹仁は自分の息子を皇太子に指名した。もし、赤松越後守のいうことが真実ならば、周建の異母弟が次の帝位につくということだ。

反発する南朝が吉野で挙兵するなど、不穏な事態がいくつも出来《しゅったい》していた。

が、もし周建が帝になればどうなるか。

周建は南朝と北朝の血をひいている。約束を反故にしたことにはならない。

あえて周建は笑った。声をだして、赤松越後守を嘲る。

「あなたのいうことはおかしいことばかりだ。私はすでに僧籍に入った身ですよ。帝位につくことはできない」

退位した帝が出家して法皇になることはあっても、出家した皇子が帝位につくことはない。

「無論、百も承知です」

赤松越後守が立ち上がり近づいてくる。周建を冷たい目で見下ろす。

「慕哲殿と傾城屋によく行かれていますな」

「それがどうしたのです。囲女《かこいめ》を置く禅僧など珍しくないでしょう」

「咎《とが》めているのではありません。その話を聞いたとき、嬉しく思ったのです」

何をいっているのかわからない。

「僧になって女を遠ざけることがあれば、どうしようかと密かに案じておりました。律儀に女人を断って修行に邁進《まいしん》する者は、五山の中にも少ないながらおります。周建様が、その類《たぐ》いではないことがわかり、嬉しかったのです」

赤松越後守は、わざとらしく烏帽子を整える。

「周建様、あなた様はたしかに帝位にはつけません。しかし、その御子はまた別です」

赤松越後守は、周建の目の高さに顔をあわせる。

「残念ながら皇子おふたりは――あなた様の腹違いの弟君は評判が芳しくありませぬ。まあ、まだ幼いので歳を重ねればご成熟されるやもしれませんが」

赤松越後守が周建の手をとった。

「私は夢に見ることがあります。英明なあなた様の御子が次の帝に――」

「やめろ」

手を振りほどいた。有無をいわせずに、背を向けて部屋を出ようとする。

「女を抱くのはよいですが、くれぐれも間違いを起こされますな」

その声には、殺気さえもこもっていた。思わず、周建は振り向く。

「子を孕《はら》ませるようなことは、くれぐれもなされますな。あの佳姫という女は、尼寺に捨てられていた捨て子です。おや、その顔ですと出自は知らされておりませんでしたか。まあ、仕方ないでしょう。傾城たちは夢と春を売るもの。たしかなのは、佳姫はあなた様の子を妊るには分不相応な女だということです」

赤松越後守の目差しが周建の全身をはう。

「いずれ、あなたに相応《ふさわ》しい女を私が用意いたしますよ。家柄も容姿も一流の――」

「黙れっ」

怒鳴りつけるが、赤松越後守の顔色が変わることはなかった。

ため息をひとつついてから、赤松越後守はいう。

「くれぐれも、お遊びにはお気をつけあれ。出自もわからぬ女を孕ませれば、私は嫌な仕事をせねばなりませんからな」

言葉は、刃のように鋭かった。

四

苦悶の声が、周建の腕の下から聞こえてきた。

「す、すまない」

周建は思わず体を起こす。傾城屋の一室を、紙燭《しそく》の灯りがたよりなく照らしていた。

褥《しとね》から周建は這い出た。水瓶へ直接、口をつけて水を呑む。

「今夜は気が立っているようだ。もう、よそう」

褥の中にいる佳姫にそういった。努めて優しくいったつもりだが、突き放すような声音になってしまった。吐き出した息が重い。ちらと見た文机の上には、詩を書き連ねた紙が散らばっている。どれも凡句ばかりで、完成にはいたらなかった。初めて、一日一首の課を破ってしまった。

赤松越後守の言葉を、嫌でも思い出す。

『出自もわからぬ女を孕ませれば、私は嫌な仕事をせねばなりません』

あの男はきっと躊躇《ちゅうちょ》なくそれを成す。

何より、野心が恐ろしかった。周建を操り、赤松家の権柄《けんぺい》の肥やしにしようとしている。

目差しを感じ、褥の中の佳姫に顔を向けた。怯えた目で、こちらを見ている。

「いい詩が浮かばなかったからかな。乱暴をして悪かったよ」

「いいよ、周建さん。一緒に寝よう」

だが、声は平静のころとは違い、硬い。それが、周建をさらに落ち込ませる。

「若いのに、慕哲様から大切な仕事を任されたんでしょ。心が疲れるときもあるわ」

その言葉は、まぐわう半刻ほど前にもかけられていた。判で捺《お》したような、とはこのことかと周建の頬が皮肉な笑みで緩む。

五

並べられた長机に、僧侶たちがずらりと座していた。その中に、周建もいる。

「さて、次は周橙《しゅうとう》の作に移ろうか」

慕哲がそういうと、稚児が七言絶句が書かれた大きな紙を掲げた。

「山月の美しさを詠んだものであるな。では、ひとりずつ思うところを述べなさい」

慕哲にうながされて、僧侶たちが詩偈の評を順番に述べていく。

「月の景色が見事に詠まれております。韻もしっかりと踏まれていて申し分ないかと」

「首をあげて月をのぞむ部分など、動きに観月者の思いがこめられておるのがよいかと」

僧侶たちが、次々と詩偈を褒めていく。

やがて、周建の番になった。しばし、前にある詩偈を睨みつけた。

「凡句だと思います」

ざわりと、皆が動揺するのがわかった。

「そもそも、これは李白《りはく》の『静夜思《せいやし》』の焼き直しにすぎませぬ。新しいところがひとつもありません。評するには値せぬかと」

「どうしたのだ、周建」

小声で隣の師兄がいった。詩を作った師兄は、凄まじい形相で睨みつけている。

いつもの周建ならば、周りの意見にあわせる。だが、なぜか、それができない。

「そもそも月を見る場所を海にするならば、静夜思とはちがい横の広がりを詠むべきです。しかし、この偈は静夜思と同じで、首の上下の動きで縦の広がりしか見せていない」

睨んでいた師兄の顔色が徐々に青ざめていく。

「これ、周建、口がすぎるぞ」

あわてて慕哲が言葉を割り込ませた。

「私の評に、何か間違いがありましたか。間違いがあるならば、老師にぜひ指摘していただきたい」

慕哲の眉間に深いしわが刻まれる。

「そういうことではない。詩偈の才は一日にして成らん。千日万日の精進の果てに、成就するもの。まだ修行中の者に、かように鋭い評を下すものでない」

「そうでしょうか。失礼ながら、周橙師兄は得度されてから十年はたっておられるはず。にもかかわらず、作る詩は決まって月を詠んだ李白もどきばかり――」

「黙れ。もうよい」

慕哲が唾を飛ばした。

「周建はもういい。次は周峰《しゅうほう》の番だ」

評が述べられていくが、場の気分は重い。ちらちらと何人かが周建に目をよこす。

「では最後は、周建殿の詩偈です」

稚児が新しい紙を皆の前に掲げた。

「これは」と、誰かがうめいた。

　　法を説き、禅を説くのに、姓名を挙げる
　　人を辱める一句、聴きて声を呑む
　　若し問答の起倒を識らずんば
　　修羅の勝負は無明を長ぜん

　しんと場は静まりかえる。

「周建、こたびの秀作は、湖月会《こげつかい》に出すことは知っていよう」

　慕哲の言葉に、無言でうなずく。湖月会では、建仁寺派の名だたる高僧が集まり、門下の秀作詩偈を翫賞《がんしょう》する。

「そのような場で、こんな詩偈を出せるわけがあるまい」

「なぜですか」

「なぜだと」

　理由は、湖月会に集まる高僧たちが、家柄で出世した者ばかりだからだ。公案などひとつも会得していない。そんな高僧たちを責める詩偈を、周建は作った。

「湖月会に出せぬのならば、その理由《わけ》をいってください。この詩偈が、いかに駄句なのかをお教えください。その言葉に納得できたならば、私は黙って老師に従います」

　慕哲の体が震えだす。七言絶句にあるいくつかの決まり事――脚韻《きゃくいん》、平仄《ひょうそく》は守っている。詩の体裁としては、何の問題もない。

「詩の問題ではない」

「これは詩です。その劣っているところを挙げてください。ないのならば、秀句として湖月会に出してください」

「もういい。今日は閉会だ」

だが、誰も立とうとしない。慕哲と周建を恐ろしげに見つめている。

「周建、湖月会には以前に作った、徳山禅師の賛を提出せよ」

「あれは、湖月会のために作ったのではありません」

「わしのいうことが聞けぬのか」

周建と慕哲は睨みあう。慕哲の瞳に怯えの色が混じっていた。周建はうつむかざるをえない。慕哲のいうことは至極、まっとうだ。この詩偈が五山の目に止まれば、慕哲は破滅しかねない。それをわかっていてなお、周建は書かずにはいられなかった。

そして、今、胸に広がる思いは失望だ。心のどこかで、慕哲にこの詩を評価してほしい、あたうならば共感してほしいと願っていた。

拳を痛いほどに握りしめる。

「わかりました」

そういって、周建は唇を嚙んだ。

六

その道場——楽拍庵は京の外れにあった。千菊丸と呼ばれていたころに何度か訪れていたが、そのときよりも門や建物が小さくなったような気がする。

「すみません」と、楽拍庵の小僧に声をかけた。

「周建と申します。養叟様がおられるならば取次をお願いします」

「どちらのお寺の方でしょうか」

小僧が不審げな目で見つめる。建仁寺の名前は出したくなかった。

「千菊丸が来たといえば、わかってもらえるはずです」

小僧が奥へと引っ込み、やがて「どうぞ」と声がかかった。

小さな一室で、養叟は待っていた。歳は三十をすこしこえたはずだ。だが、精悍さは以前よりも増している。

「立派になったな。風の便りで、建仁寺に入山されたと聞いたが」

「はい、知足院の慕哲老師の会下《はか》で詩を学んでいます」

そういうだけで、砂を食んだような思いになる。あの一件以来、慕哲からの寵愛を失った。

傾城屋に隠侍することもなくなり、詩をいくら作っても無視される。周建の詩よりも劣るものが評価され、慕哲の紹介で次々と禅画の賛にいれられて世に出ていった。

もはや、知足院には周建の居場所はない。

「『春衣にて花に宿る』の詩偈で、大いに名を上げたようだな」

はっとして顔をあげる。養叟は、周建の詩偈を読んでくれていたのか。たったそれだけで、心の重荷が軽くなるような気がした。

「だが、私は『長門《ちょうもん》の春草』の方が好きだな」

「長門の春草もご存じなのですか」

入山したての十三歳のころに作った詩偈だ。長門とは、漢の武帝の寵愛を失った妃《きさき》が追いやられた宮殿のこと。朝廷を追放された噂のある周建の母を、皇帝の寵愛を失った妃に見立てたものだが、図らずもそれは真実でもあった。

「それはそうと、今日はどうしてここに」

「実は、この詩偈を読んでいただきたいと思いまして」

周建が差し出した紙には、門閥を糾弾する七言絶句が書きつけられていた。

養叟がいかな感想を述べるのか。今の門閥に与して周建を責めるのか、あるいは慕哲のように遠ざけるのか。いや、そんなことはしないはずだ。この養叟の道場では、様々な身分の者が参禅し、等しく修行している。周建の思いに、必ず同調してくれる。

「不思議な詩だな」

ぽつりと養叟はいった。

「この詩が、他者を責めるだけのものとはなぜか思えない。そうだな。あたかも、この詩偈の作者が自身を糾弾しているかのようにも感じる」

小さな雷が体を駆け巡ったかと思った。

そうか、とつぶやく。己こそが、この詩偈の中の矮人《わいじん》そのものなのだ。

無論、周建は出自を誇ったことはない。枷《かせ》とさえ思っている。しかし、それに囚われている
うちは、無明の牢獄にいつまでも囚われつづける。

七

托鉢姿の周建が訪れたのは、薪村にある母の庵だった。妙勝寺跡は、今はほとんど空地にな
り、朽ちた柱や梁が散らばっている。道を隔てた場所で、しばし心を落ち着けた。

母に出自のことを問いただす。父のことも含めて、だ。

母が本当に南朝の楠木一族の出なのか、本当に父が帝なのか。母の口から聞く。

その上で、建仁寺を出る。門閥で全てが決まる五山からは、あたう限り早く離れたかった。

そして、養叟らと同じ道を進む。

母は落胆するはずだ。あるいは、驚きのあまり寝込むやもしれない。それでも、己の本心を
伝えねばならない。

だが、庵を前にして周建の足は重い。あともう少しというところで、完全に止まった。十、

数えたら行こう。あの牛が道を渡りきったら行こう。切り株の上のカラスが飛びたったら行こう。

日がかたむきはじめてきた。

この程度のことで怯んでどうするのだ。己を幾度も責める。

気の早い梟《ふくろう》が鳴きはじめ、蝙蝠《こうもり》の羽音も聞こえてきた。

またの機会にしよう――

そう思ったときだった。一台の牛車がやってくる。風が御簾《みす》を動かし、西日が中の人物を照らしだした。赤松越後守だ。

牛車は、母の庵の前で止まる。優雅な所作で赤松越後守が降りた。竹で編んだ花器を手にしている。生けられた女郎花《おみなえし》が、黄色い小花を揺らしていた。桜の木の前で待っていると、庵の戸が開く。

出てきた母が満面の笑みでよりそった。

ふたりを乗せた牛車が遠ざかる様子を、周建は呆然と見送る。

息が自然と荒くなった。なぜ、赤松越後守と母が会っているのだ。どうして、母は親しい人と接するように赤松越後守を出迎えたのだ。

よろよろと庵へ近づく。灯りが漏れている。乳母の楓《かえで》が、赤松越後守のもってきた竹編みの花器を部屋に飾っていた。

「楓」

「ひぃ……ああ、千菊丸様ですか。驚かせないでくださいよ。どうしたのですか」

「母上はどこへ行った」

「お母上は、村の会合へ出ております。きっと帰りは遅くなります」

そういう楓の目は、左右に忙《せわ》しなく動いていた。

「遅くなるだと」

荒い息が周建の唇をこじ開けた。楓が一歩二歩と後退《あとじさ》る。

「赤松越州様の牛車に乗り込むのを、私は見た」

楓が顔を背けた。庵の奥にある押板には、女郎花を生けた竹編みの花器が飾られている。花器の清楚な風情が、押板の木目に溶け込んでいた。この庵のことをよく知っていないと、女郎花と花器は贈れない。

いや、こたびだけではない。庵には、常に新しい花器と花があった。

今ならわかるが、とても母たちが買えるものではない。

「いつから母と赤松越州様は……入魂《じっこん》なのだ」

「わかりません」

「そんなわけはないだろう」

目の前にあった柄杓をとり、竈に打ちつける。木の破片が飛び、楓が小さな悲鳴を上げた。

「本当なのです。いつからかは私は知りません」

「楓は母上のそばにずっといるではないか。なぜ、知らぬのだ」

「私が乳母を務めたころには、すでにおふたりは入魂の仲でした」

肩に当たったのが、庵の壁だと最初はわからなかった。

「なんだって……」

楓は――周建が生まれて何ヶ月か後に乳母になったはずだ。そのとき、すでにふたりは入魂の仲だったのか。そういえば……母が月に何度か習い事で外へ出ていたことを思い出す。まだ六歳にもならなかった周建には、その意図を疑うことはできなかった。

「母上はどこへ行った」

「それは――」

「教えてくれぬならばいい」

牛車の轍《わだち》をたどるだけだ。周建は庵を飛び出した。かすかな陽光をたよりに、轍をたどる。たどりついたのは、小さな社だ。牛車の横で、赤松家の郎党と神主が談笑している。足音を消して、周建は裏へと回った。草むらをかきわけ、社殿へと近づく。

声が聞こえてきた。何かを詠《うた》っているのか。

いづれの御時《おおんとき》にか、女御《にょうご》、更衣《こうい》あまた候《さぶら》ひ給ひける中に、
いとやむごとなき際《きわ》にはあらぬが、すぐれて時めき給ふありけり……

これは源氏物語の桐壺の巻だ。光源氏の母の桐壺更衣が、帝に見初められるも他の妃たちの

嫉妬を受け病に陥る。

男と女の声が物語を唱和している。

板壁の隙間からそっと中をのぞく。赤松越後守と母がよりそっていた。ふたりで源氏物語を詠んでいる。

かぎりとて別るる道の悲しきに
いかまほしきは命なりけり

臨終の間際に、桐壺更衣が帝に贈った和歌だ。ふたりの声が途絶えた。

がりと板壁が鳴る。薄い壁に周建は爪をたてていた。指先から流れるのは血か。

「越州様、千菊丸はえらいお坊様になれますか」

湿った息遣いとともに、そんな声が聞こえてきた。

「ご安心ください。千菊丸様を、流れる血にふさわしい僧侶に必ずやしてみせます」

赤松越後守の声はどこまでも優しい。それが周建の肌を総毛立たせた。

「誰もが仰ぎ見る傑僧です。関白や公方様は無論、千菊丸様のお父君である帝さえもです」

周建は口を大きく開けた。必死に息を吸い込むができない。呼吸をしたいのに、吐きも吸いもできない。

「そして、あなたを虐げたすべての者を、私と千菊丸様の力で見返してさしあげます」

「嗚呼《ああ》」と、母の声が零《こぼ》れ落ちる。

「追放された私を救ってくれたのは、越州様です。もし、あのとき、あなた様がいなければ
――」

甘えるというよりも、すがりつくような母の声だった。

なぜ、母は気づかぬのだ。

赤松越後守の言葉が野心に満ちていることが、なぜ、わからぬのだ。

周建母子を操らんとする邪智《じゃち》に、どうして心身を委ねるのだ。

ゆっくりと赤松越後守が母の衣を脱がしていく。まるで枷から解き放たれたかのように母の顔が上気する。やがて、ふたつの影がひとつになった。

突然、だった。

赤松越後守が素早く起き上がる。

板壁の隙間ごしに周建と目があった。あわてて顔を引き剥がしたとき、背後の大木に背を強く打ちつけた。枝が揺れ、梟が飛び立つ。

気づけば、周建は走っていた。無数の枝が激しく顔を打ちつける。何度も転んだが、足は動きを止めることはない。

八

大雨が降る中を周建は歩いていた。かぶっていた笠はどこかへと消えていた。雨が容赦なく打ちつける。酒壺を乱暴にかたむけ、酒を喉に流しこんだ。

通り過ぎる牛車が、周建に泥を飛ばす。僧衣は、襤褸《ぼろ》のように汚れてしまっていた。

「周建さん」

上から声がかかった。傾城屋の二階から佳姫がこちらを見ている。

「どうしたの。そんな姿で」

佳姫の後ろで人影がゆらりと揺れた。

「周建だと」

顔を出したのは、周建のかわりに慕哲に隠侍するようになった師兄だ。

「お、お前、どうしたんだ、その姿は」

「なりなんて、どうでもいいでしょう」

そんなものはなんの意味もなさないではないか。美しい姿をしていたら、生まれが高貴なものに変わるのか。卑しいなりをしていたら、出自も卑しくなるのか。

「周建さん、待ってて」

佳姫が身をひるがえす。

「よせ、佳姫。周建は気が触れたのだ。戻ってこい。あいつは、すでに破門も同然の身だぞ」

傾城屋の入り口に立った佳姫の手には、笠が握られていた。一歩、近づいてくる。佳姫が周建に笠を差し出そうとした。白い肌がたちまち雨に濡れる。

「周建に近づけば、お前は私たちを裏切ったとみなす。慕哲老師の敵だ」

店の奥から師兄の怒号が聞こえてきた。

佳姫の細い体がぶるりと震えた。逡巡するように、周建と師兄を見る。

さらに一歩、周建の方へ近づこうとした。

「師兄、どうですか、佳姫の抱き心地は」

周建は店の奥にいる師兄を見ながらつづける。

「気をつけることです。この女、公家の出でも何でもありませんぞ。尼寺に捨てられていた女です」

寄りそおうとした佳姫が、一歩二歩と下がっていく。顔が蒼白になっていた。

「口を慎め、周建」

酒壺を口にやるが、もう中身はなかった。壁に打ちつけて割る。振り返ると、師兄に抱かれるようにして佳姫が傾城屋の奥へと消えるところだった。

雨と泥にまみれた笠が転がっている。風が吹いて、あっという間にどこかへと飛ばされた。

周建は、足をひきずって歩いた。

見えてきたのは、建仁寺だ。巨大すぎる山門は鬼神を、雨にうたれる甍《いらか》と堂宇は鱗をもつ龍を思わせた。

懐から短刀を取り出し、刃を露わにする。

山門の柱めがけて斬りつけた。

全身を使って、字を彫る。

説法説禅挙姓名
辱人一句聴呑声
問答若不識起倒
修羅勝負長無明

最後に、周建と己の名前を刻みつけた。これでもう、五山には戻ることはできない。こんな所業をする周建を、赤松越後守も見放すはずである。

きっと、母も——

顔を天に向けて笑った。

雨がとめどなく口の中に入り込んでくる。

第三章　宗純

一

喚鐘《かんしょう》はいつまでたっても鳴らされなかった。粉雪が舞い込む僧堂で、周建《しゅうけん》は坐禅をしつづけている。体のあちこちが痛い。坐禅を組む足は悲鳴を上げている。腰は鉛を流しこんだように重い。膿《う》んだ足からは、血も流れていた。

かれこれ何刻になるだろうか。朝の坐禅はまだ暗い寅《とら》の刻（午前四時）から始まるが、すでに太陽は完全に昇っている。なのに、参禅を知らせる喚鐘の音がまだ鳴らない。

半年前のことが嫌でも頭をよぎる。

建仁寺の門に門閥主義を責める詩偈を刻んだ周建は、破門の身となった。そして、当代随一といわれるほどの苛烈な禅風で知られる謙翁《けんおう》のもとを訪ねた。謙翁は妙心寺《みょうしんじ》で修行し、本来ならその塔頭の住持になってもおかしくない人物だ。それを嫌い、洛外の西金寺《さいこんじ》でひとり激しい修行に明け暮れていた。

謙翁の会下《えか》に参じたのは、苦行を求めたからに外ならない。

僧堂に人が入ってくる気配がしたが、目に見える風景はぼやけていた。痛烈な警策《けいさく》の一打が与えられる。肩から血がにじみ、同時に視界がよみがえる。肌をさす寒さも、だ。

謙翁が立っている。高い頬骨と真っ白い眉をもつ老僧だ。警策をもつ指には大きなたこがいくつもあった。

「周建、なぜ喚鐘を鳴らさぬかわかるか」

白い息とともに、謙翁は問いかける。

「公案を透過するには、はからいを取りのぞくことが肝要なのはわかっていよう」

はからい――知識や経験、常識、見栄など生きていくうちに身につけたありとあらゆるもののことだ。難解な公案を知識や経験だけで透過することはできない。はからいを捨て去って、はじめて透過に近づける。

「今のお主では溺れることもできぬ」

その言葉は、先ほどの警策の何倍も苛烈だった。姿勢が崩れ、息も無様に乱れた。

はからいを捨て去るのは簡単だ。溺れて死にかけたとき、誰が見栄を気にするだろうか。

雲水たちを修行で追いつめるのは、心を溺れた様《さま》にするためだ。そうすれば、はからいを捨て去ることができる。だが、周建は溺れることさえもできない、という。

「溺れることができぬならば、はからいも取りのぞけぬ。参禅するだけ無駄だ。だから、喚鐘は鳴らさなかった」

坐禅の終わりを告げる小鐘――引磬《いんきん》の音がした。

周建は坐禅を解くが、それだけで体中の骨が砕けるかと思った。よろよろと立ち上がる。すでに日は高く、本来なら日天掃除《にってんそうじ》の刻限だ。

「周建よ、お主が何に囚われているかわかるか」

脳裏によぎったのは、赤松越後守《あかまつえちごのかみ》に抱かれる母の姿だ。

「今のまま修行をつづけても埒《らち》があかぬ。今日の作務《さむ》はいい。傷の手当てをしてから、隠寮《いんりょう》に来なさい」

謙翁が去ってから、体の手当てをした。短刀を使って布をさき、体のあちこちに巻く。膿や血を申し訳程度にぬぐってから、隠寮の障子戸を開ける。謙翁は、硯《すずり》にむかって墨をすっていた。壁には、円相図《えんそうず》が掛けられている。

円は悟りや真理、あるいは無を示す。多くの禅僧が円相図を手がけ、謙翁が得意とするものでもあった。

謙翁はすったばかりの墨に筆をひたす。十分に潤わせてから、筆先を潰すほどに紙につけた。ゆっくりと腕を回していく。最後は払うようにして、円を結んだ。

「今より、周建という名前を捨てよ」

「そ、それは」

思わず口籠った。

周建という名前をもらったとき、母は涙を流して喜んだ。紙を取り出し、何度も周建と書いてくれた。時折、涙が文字を滲ませたのを覚えている。その横には、紫衣を着た紙人形もあった。

その名前を捨てろというのか。

謙翁はまた筆を走らせた。今度はいびつな円だ。しかし、稚拙というわけでなく、どこか味のある円相だった。

「名前を捨てることはできぬか」

捨てねばならない。

それはわかっている。

だが――

引き裂かれるかのような痛みが心の中に生じていた。

「単に呼び名を捨てるのではない。お主の中にある、周建を全て捨てるのだ」

また謙翁は円を描く。細い線で、ぶんまわしを使ったかのような美しい円だった。

「よそう」と、謙翁はつぶやく。

「お主には、無理だ。日の出とともに荷をまとめて、ここを出ていきなさい」

最後の声は諭すかのように優しかった。そのことに周建は愕然とする。謙翁はまた筆を持ち、円を描く。半分ほどしか描いていないが、筆の勢いが見えぬ線を浮かび上がらせていた。

静かに筆を置いて、謙翁は目を閉じた。

気づくと、寒風の中で立ち尽くしていた。

あれから、どういうやり取りをして外へ出たのか覚えていない。

手には、先ほど布をさいた短刀がある。振り返り、老師のいる隠寮を見た。障子戸に老師の影が映っている。衝動を抑えられない。障子戸に手をかけ、勢いにまかせ開く。

謙翁は先ほどと同じ姿勢で瞑目《めいもく》していた。血が滴り、床を赤く染める。衝動に駆られる周建は、短刀で斬りつけていた。謙翁が目を開ける。驚きのあまり、老いたまぶたが揺れた。

周建の手首から血が流れている。刃で、己の手首を深く傷つけたのだ。流れる血を、硯へと流しこむ。

「老師、お願いです。私に新しい名前をあたえてください」

拳を握りしめると、さらに血が滴る。謙翁は無言だ。ただ、指を口元へとやってガリッと噛む。指の腹から滴る血が、硯へと流れこむ。

ふたりの血が墨の中で混じりあった。

謙翁は筆を血混じりの墨につけた。そして、筆を走らせる。先ほどまで描いていたどの円相図よりも激しい筆捌きだった。

――宗純《そうじゅん》
周建に新しい名前が与えられた。

二

参禅を知らせる喚鐘が鳴るようになった。

宗純は謙翁のいる独参場へと足を運ぶ。与えられた公案は『趙州無字』――幼いころ、養叟《ようそう》と参禅もどきの問答を繰り広げたことが懐かしい。今にして思えば〝無が有る〟という解釈はあまりにも理《ことわり》が先走っている。

僧堂から独参場へと向かうわずかなあいだも、ひたすらに宗純は考える。

〝無〟とは何か。

つまるところ、これが趙州無字の問いかけだ。

犬に無の心はない。ひるがえって考えるに、修行中の己はどうか。当然のごとく、無の心にはほど遠い。ならば、己などは犬同然だ。

そんな宗純が、どうやって無とは何かを見解として示すことができるのか。

言葉や理を尽くしても無理だ。

己の五体、五つの臓と六つの腑、目、鼻、舌、耳、肌、心の六根《ろっこん》、その全てを使って無とは何かを表す。

独参場へと入り、老師と向きあった。狂人と思われてもいい。あらん限りの力を使って、無を叫んだ。

かすかな鈴の音が聞こえてくる。聞き取れるか否かのわずかな音。

老師の鳴らす鈴の音は、弟子が示した見解がどれほど透過に近いかを示している。

独参場を出るなり、宗純の体からどっと汗が吹き出る。参禅で見解を示すのは、決闘にも似ていた。中途半端な答えだと容赦なく罵詈雑言《ばりぞうごん》を浴びせられる。

次は作務が待っている。禅は、暮らしの全てが修行である。庭をはき、畑の手入れをしつつ、無とは何かを幾度も自問した。今、手入れをする冬の畑の中に無はあるのか。虫の死骸は、無なのか。雀の鳴き声に無は存在するのか。

わからない。

考えれば考えるほど袋小路へと迷いこむ。

無という文字を何度も頭に描くうち、無が無ではなくなったかのような心地になる。知人だと思って声をかけたら、少し面影が似ている別人だったときのようだ。

ふと、箒《ほうき》を動かす手を止める。

手水《ちょうず》に己の顔が映っていた。

こんな表情をしていたのか、とわれながら驚いた。この寺の門をくぐったときは、もっと険しい顔をしていたはずだ。あるいは、凶相といってもよかった。

だが、今はちがう。悩みに沈んでいるが、陰惨なものは感じない。

「そうか」と、つぶやいた。趙州無字を考えているとき、宗純は母のことを忘れることができた。謙翁の門を叩いたときは、心のどこかに母の言葉が棘《とげ》のように刺さっていた。赤松越後守の邪心が、体のどこかを縛《いまし》めていた。

だが、今はちがう。

公案に没頭することで、宗純は母や赤松越後守のことを忘れることができた。

三

銅銭が時折、応量器《おうりようき》に投げこまれる。都の辻で、宗純は托鉢をしていた。

托鉢もまた修行だが、同時に道場で張りつめた心と体が解き放たれる一時でもある。謙翁の鳴らす鈴の音が少しずつだが大きくなっていることもあり、気分は晴れやかだった。

車軸のきしむ音が近づいてくる。一台の牛車が、宗純の前で止まった。中から出てきたのは、高い烏帽子をかぶった赤松越後守だ。齢《よわい》は三十をすこし越えた程度だが、肌は少年のように若々しい。頰にさした紅が、足利義持《あしかがよしもち》の寵臣であることを誇示している。

宗純の胸に不穏な気が満ちる。

取り去りつつあったはからいが、再び宗純の心身を縛めようとする。

そんな胸中を知ってか知らずか、微笑をたたえた赤松越後守が銀の粒を応量器へ落とした。

多額の喜捨《きしや》は、嫌でも人々の目を集める。

「お久しぶりでございます。いつ以来でしょうな」

宗純は無言で応ずる。本来、托鉢中に声をかける方がおかしい。

「あの夜、以来ですかな」

ぶるりと宗純の手が震えた。赤松越後守は、宗純が密会の場にいたことを知っている。あるいは、楓《かえで》から聞いたのか。

「あなたは、最初から私のことを知っていて近づいたのですね」

「安国寺で芝居をしたことは謝りましょう。私があなた様の尊顔や名前を知っていれば、どうしてと勘繰るでしょう」

いや、それだけではない。さも、自らが見つけだしたかのように装うことで、宗純の心を操ろうとした。

網代笠《あじろがさ》の下の宗純の顔をのぞきこみ、赤松越後守が囁く。

「お父君は、退位を決意されました。もう、お耳に入っておいでかな」

宗純の反応を窺うような間をとる。

「お父君は、位を南朝皇子にゆずるつもりはないようです」

これに憤慨した前《さき》の南帝は京を出奔し、吉野へと入った。いずれ、伊勢《いせ》国の北畠《きたばたけ》や関東の鎌倉公方も同調するのではないかと噂されている。

「帝室の乱れは世の騒乱につながります。由々しき事態です」

「私にどうしろというのです」

「修行に没頭するのはよいでしょう。今さら五山には戻れませぬゆえな。ただ、もっと大局を見るべきです。南北両朝の血をひくあなた様が次の帝のそばにいるだけで、政《まつりごと》というのは風景を一変させます」

「無駄です。私の決意は固い」

「では、このまま世が乱れるのを座して見ているのですか」

「私は一介の雲水にすぎませぬ」

「そうやって逃げるおつもりか。あなたの力があれば、世を動かせるのですよ。辻で乞食《こつじき》の真似事をしているときではないでしょう。ああ、そうか」

赤松越後守が手を打った。

「これは失礼。帝位について話すよりも先に、お伝えせねばならぬことがありましたな。あなた様のお母上のことですが――」

宗純の背に悪寒が走る。よしてくれ、と叫びそうになった。今、母のことを耳にいれてしまえば、これまでの修行が台無しになる。

「もし」

赤松越後守の弁をさえぎったのは、背の高い僧侶だった。宗純と同じように托鉢姿で、網代笠をかぶっている。

「托鉢は修行です。それは、施される僧侶だけでなく、喜捨をするあなた様もです。平らかな心で布施をすることで、煩悩や業から解き放たれます。そのような大切な行を、自ら妨げるのはいかがなものかと」

僧侶はゆっくりと網代笠を持ち上げる。養叟だ。さらに精悍さを増した顔、それとは逆に穏やかな瞳が赤松越後守をとらえる。

「御坊《ごぼう》、黙っていてもらおうか」

「いえ、仏道を歩むものとして、修行を妨げる行いを見過ごすことはできませぬ」

「ほお、私が赤松越後守と知ってもか」

ぴくりと、養叟の眉が動いた。息を静かに吸った。

そして、大きな声でいう。

「公方様ご寵愛の赤松越州《えつしゅう》様だからこそ、いうのです。仏道を妨げる行いを赤松越州様がなしたと知られれば、お仕えする公方様の名前にも傷がつくのでは」

路地を歩む者たちがざわついた。

「赤松越州だってさ」

「公方様の寵臣が何の用だ」

「きっと痴話喧嘩だろうさ」

ささやきの声は徐々に大きくなっていく。苦いものを含んだかのように、赤松越後守は唇をゆがめた。

「わかりました。今日のところは退散するといたしましょう」

牛車に乗り込む間際、赤松越後守が養叟を睨む。

「御坊、お名前と寺は」

「養叟と申します。堅田の祥瑞庵で修行しております」

「ああ、住持になりそこねた大徳寺の末流ですな」

そう吐き捨てて、赤松越後守は去っていった。

「ありがとうございます。助かりました」

宗純はやっと息をつくことができた。

「あの赤松越州様が、お主に何の用だったかは聞かないでおこう。それよりも、建仁寺を破門になったと聞いたが」

「お恥ずかしい限りです。今は、宗純と名乗っております。西山《にしやま》の西金寺におります」

「ということは、謙翁老師のもとか。それは、大変な道を選んだな」

大徳寺と妙心寺の開山は、師弟の間柄だ。宗派はちがうが、その禅風は近しい。ただ、大徳寺は十刹に列する官寺で、妙心寺は林下《りんか》と呼ばれる在野寺という違いはある。

「寺から出られる托鉢の日が待ち遠しい有様です」

「それはこちらも同じことだ」

ふたりは同時に破顔する。

「それはそうと公案は進んでいるか」

何気ない口調だが、ずしりと宗純の心が重くなった。

「今は、趙州無字に取り組んでいます」

「趙州無字か、懐かしいな」

「覚えているのですか」

「もちろんだ。今思えば、安国寺の稚児の参禅を許すなんて、無茶もいいところだ。だが、趙州無字ということは、まだ公案はひとつも透過していないのか」

趙州無字は、雲水が最初に取り組む公案だ。

謙翁は公案を多く透過することを是としない。公案とは、はからいを打ち砕く槌《つち》で、その数を競うのはおかしいという考えだ。ゆえに、趙州無字も年を数えて取り組むことは覚悟していた。

とはいえ、公案をいくつも透過した他寺の雲水たちの姿を思い浮かべると、嫌でも焦りがつのる。

何より――

「そういえば、もうすぐ接心《せっしん》だな」

七日七晩におよぶ坐禅――臘八《ろうはつ》接心がもうすぐ始まる。作務などはなくなり、ひたすら坐禅をする。寝るときでさえ、坐禅の姿勢を崩さない。食事も足を組んだままだ。用便以外は坐禅を解かない。

この修行で心と体を壊し、還俗《げんぞく》せざるをえなかった雲水も多い。

いや、ときには命を落とす者もいる。

建仁寺でも臘八接心は行《おこな》っていたが、いくらでも休む抜け道があった。

はたして、あの小さな鈴の音しか鳴らせぬ己が臘八接心を乗り越えられるだろうか。

「謙翁老師の接心はとりわけ厳しいであろうな」

「怖がらせないでくださいよ」

が、いうとおりだ。謙翁の弟子は宗純ひとり。寺務を助ける寺男はいるが、苦しみをわかちあう同夏《どうげ》（同期）はいない。

「接心を何度も経験すると、不安はなくなりますか」

「そんなことはないさ。ただ、不安よりも楽しみの方が大きい」

「楽しみですか」

「接心を行うごとに、悟りへと近づけるからな」

ふと疑問が湧いた。

「養叟殿は、なぜ禅の道を究めるのですか」

「なんだ、今さら」

「今の私には同夏がおりません。あまり、そういう話はしません。公案を通った先には、何があるのですか。悟りに近づけば、どんなものが見えるのですか」

「そうだな」

養叟は網代笠をかぶりなおした。

「公案を透過すると、この宇宙が美しく見える」

宇宙――〝あめのした〟ともいう。上下左右前後、過去現在未来のことで、この世界そのもののことだ。ふと思い出したのは、安国寺で稚児だったときのことだ。夜でも朝でもない刻限に、幼い己はひとりたたずんでいた。この瞬間が永遠につづけば、とずっと思っていた。

宇宙と聞いて、宗純が思い出した風景だ。

懐かしいと思った。

あのとき感じたものはもうない。だが、公案を透過すればちがうかもしれない。

美しい景色が、再び宗純の目の前に現れるかもしれない。

四

宗純の体と心は限界を迎えていた。腰や膝の痛みは大鐘の響きに似て、潮騒のように何度もやってくる。一方で、公案についてひたすら考えぬいた頭は朦朧《もうろう》としていた。自分が今、起きているのか、目を開けたまま眠っているのかも定かではない。

ただ、このまままぶたを閉じれば楽になれるのに、と思う。

子《ね》の刻（午前零時）を迎えて、十刻（二十時間）におよぶ臘八接心の坐禅が終わった。だが、姿勢は崩さない。今まで坐禅をしていた僧堂の単が、寝床だ。足は坐禅の形、掌は法界定印を結んだまま、まぶたを閉じる。

宗純はあっという間もなく、眠りの世界へと落ちた。

臘八接心の三日目の夜だ。

夢の中でも、宗純は坐禅を組み、悩み考えていた。

無とはなにか。

独参場の鈴の音は、いまだ小さいままだ。無を全身全霊で表すが、一向に透過に近づかない。涯《はて》のない海をずっと泳いでいるかのようだ。いや、底のない海中をずっと沈みつづけているのか。

そもそも、本当に答えなどあるのか。

得ることとなく、七日七晩の接心が終わるかもしれない。それは死よりも大きな恐怖だ。

苦悶の声が唇からもれた。

己は、謙翁や養叟とはちがう。禅の素質などないのに、勘違いしてその門下となった。このままでは、数日とたたぬうちに心が壊れる。今なら引き返せる。暖かい寝床で、ゆっくりと心身を休ませて、漢詩と酒と女を愛する日々を送ればいい。

弱気に心を支配されていた。心が、ぐちゃぐちゃにひしゃげてしまいそうだ。

これほど、己が無価値だとは思わなかった。

息を数えろ、と夢の中で己を叱咤《しった》する。

ただ、そのことだけに集中しろと心を縛りつける。

ひとつ、ふたつ……

冷風が吹き荒《すさ》ぶ音がする。

ひゃくななつ、ひゃくやっつ……

木の枝がしなっている。

いっせんごひゃくきゅうじゅ……

屋根板がきしむ。

振鈴が鳴り、宗純はまぶたを上げた。頰が湿っているのは、涙を流しているからだろうか。それとも汗をかいたのか。寝ている間に、坐相が崩れていた。法界定印は解け、左右の足もほどけかけている。そのことに、いいようのない失望を感じた。まだ己は、禅そのものになりきれていない。

坐禅を組み直す。

まだ太陽は昇っていない。また、坐禅三昧の一日がはじまる。

いつしか、日にちの感覚がなくなっていた。

今日が、接心の何日目なのか。五日目や六日目のような気もするし、初日のような気もする。いや、そもそも生まれたときからずっと接心をしていたのではないか。自分が、千菊丸《せんぎくまる》や周建と呼ばれていたころが幻であったように思える。ずっと前から……それこそ己が生まれる前から、西金寺で行われる接心の中で生きてきた。

目と心に映る、すべての事象の輪郭がなくなり、溶けあう。

雪は降っていないが、風は身を斬るように冷たい。薄い雲が流れていく。

「嗚呼」と、つぶやいた。

なんでもない寺の瓦が、ひどく愛おしい。

寒さに耐えた百日紅《さるすべり》の幹が、とても尊い。

顔を上げれば、くすんだ空に白い月が浮いている。なぜか、蒼《あお》い空に億におよぶ星が瞬いているように思えた。空のさらに向こうに夜がある。白い月は円ではなかった。球のようななりをしていて、太陽の光をうけている。

手をのばせば、月に手が届くのではないかと思った。

腕を天に向けた刹那、見えていた星々は消えて、月は球体から円に変わる。

それでもなお、月は美しかった。

己はこれほど美しく尊いものを、一体、今までいくつ見逃してきたのだろうか。

宗純は思った。

もっと美しい世界を——宇宙を見たい、と。

五

宗純が西金寺に入山してから三年がたっている。

ひとつの公案を突き詰めるのが、謙翁の禅風と知ってはいたが、まさか三年たっても趙州無字を透過できないとは思っていなかった。その一方で、宗純はたしかな成長を感じていた。朝でも夜でもない一時が、一刻たっても二刻たってもつづいているかのように思うことがあった。物事や風景を愛おしく思うことが多くなってきた。

そう思えた次の日は、決まって参禅の折に鳴る鈴の音は大きくなった。

その鈴の音の成長が突如、止まった。

謙翁が円相図を描いているときだった。ぽとりと筆を落とし、うずくまったのだ。あわてて医者を呼ぶと、胸の病であるという。しばらくは安静が必要だと医者は冷徹に告げた。

宗純の暮らしから参禅が消えた。

医者から教えられた薬の調合や粥《かゆ》をたくことに時をついやした。

その日も竈で粥をたいていた。溶けていく雑穀の様子を見つめていると、ふと、妙な気配がした。後ろに人がいるわけではない。胸騒ぎがこんこんと湧きあがる。

小走りで庫裡を出て、隠寮へと急いだ。

障子に痩せた人影が映っている。

「老師、ご病気だということをお忘れですか」

謙翁は、床の上で坐禅を組んでいた。

「邪魔をしてくれるな、宗純」

声は弱々しいが、有無をいわせぬ圧が含まれていた。

「し、しかし……」

「わしは、死ぬまで禅者でありたい」

「せめて、お体が治ってからにしてください。お願いです」

宗純は床にはいつくばった。

「いや、悟後《ごご》の修行に終わりはない」

悟後の修行とは、印可を得た後の修行のことだ。謙翁の思いは痛いほどにわかった。なんでもない月が美しいと感じたとき、宗純は公案の先に見える風景を知りたいと思った。もし、宗純が謙翁の歳で病に倒れたら、きっと同じことをするだろう。

余命を燃やし尽くして禅を究め、その先の風景を知らんとする。

「わかりました」と、言葉を絞りだす。

「ですが、くれぐれもお体を労《いたわ》ってください」

宗純は退出せざるをえない。できることは薬を丹念に調合し、柔らかい粥を作ることだけだ。隠寮に、謙翁がひとり籠る日々がつづいた。

ある日のことだ。いつもよりも気分がいいのか、謙翁は筆を持っていた。

様々な円相図を描く。だが、宗純の目から見ても、筆の勢いが衰えていた。ときに紙をはみだし、墨が床を汚す。

「老師、根をつめますとお体にさわります」

「これが最後だ」

か細い息を継ぎつつ、謙翁は円を描く。思わず目を背けた。恐ろしくいびつな円相だった。あえて均衡を崩したのではない。謙翁は、もはや円を描ける体ではなくなっている。

「無がわからん」

こぼすように謙翁はつぶやいた。痩せて小さくなった老師がうずくまる。肉の落ちた掌は、まめがやけに大きく見えた。

「無がわからなくなった」

その声は絶望に満ちていた。

外では梟の鳴き声が響いている。

以後、謙翁は円相図さえも描かなくなった。

ただ壁に向かって何かをつぶやく日々がつづき、時折、何かに駆られるように寺の裏にある森を徘徊《はいかい》した。

何日か後の晩だった。

胸の上に重石《おもし》をのせられたような圧を感じ、宗純はまぶたを上げた。

息を呑む。

謙翁が宗純に覆いかぶさっていた。枯れ木のような指が首を絞める。指にできたたこが、牙のように喉にささる。

「ろ……老師、なぜ」

「かえせ」

凄まじい形相で、謙翁が叫んだ。何のことかわからない。

「わしの無をどこへやった」

血走った目は、正気の色が完全に消え失せていた。

「お前がわしの悟りを奪ったのであろう。趙州無字を盗んだであろう。わしから無を奪うために、身分を偽りここへきたのであろう」

首を絞める手に力がこもる。爪が肉に深く食い込んだ。

宗純の喉仏の奥に、無が隠されているとでもいわんばかりだ。

ふりほどくのは容易《たやす》かった。しかし、途中で宗純は抵抗を止めた。

もし、本当に宗純の中に無があるのならば——老師の老いた指がそれを宗純の身の内から探り当ててくれるのならば……

甘んじて、それを受け入れようと思った。

やっと宗純は無になれる。

こんなに喜ばしいことがあろうか。

突如、首の縛めが解かれた。

奔流のごとく空気が肺腑に流れこみ、激しくむせた。

「わ、わしは……何をしていたのじゃ」

朦朧とする宗純の頭に、そんな声が聞こえた。

両手を顔の前にやって、謙翁は震えている。体を動かそうとしたが、宗純の手足はまだ痺れたままだ。よろよろと立ち上がった謙翁は、あちこちに体をぶつけながら逃げていく。

やっと手足が動いたときには、すでに謙翁の姿は闇の中に消えていた。

「老師、どこですか」

大声で呼びかけるが、返答はない。厚い雲が月の姿を隠している。獣の気配はあちこちにあるが、人のそれはない。一体、どれだけ探したであろうか。

宗純は足を止めた。何かがいる。生き物ではない。目を細め、地面に刻まれたものを見る。

地面のあちこちに、いびつな円が描かれていた。

一際大きな円相図の上で、謙翁が宙に浮いていた。足は完全に地から離れている。

がくりと宗純の両膝が落ちた。

木の枝から下げた縄で、謙翁は首を吊っていた。もう息がないことは明らかだ。

風が吹いて、雲が動く。月明かりが差し込んだ。

最後に描いたと思しき大きな円相図を照らし出す。

一瞬だけ姿を現した満月は、すぐに雲によってかき消された。

六

歩きつづけた足からは、とめどなく血が流れていた。草鞋《わらじ》は履いていない。素肌に石が食い込む。ぼろぼろになった僧衣を風が引き剝がそうとする。

空腹よりも喉の渇きの方が耐え難かった。

宗純が進むたび、人々が汚物をさけるかのように道を開ける。もはや足を上げる力はなく、つま先を引きずるばかりだ。

首に手をやると、あのとき、謙翁がめりこませた指の痕《あと》がずきりと痛んだ。

なぜ、老師は死んだのだ。

なぜ、宗純に透過を許さなかったのか。

老師と同じ風景を見ることを、なぜ許さなかったのだ。

物乞いさえも道をよけるなか、宗純は歩む。休むつもりも止まるつもりもなかった。ただ、足を前へとひたすらに進める。

馬鹿馬鹿しい、と宗純はうめいた。

無がなんだというのだ。

修行がなんだというのだ。

公案がなんだ。

所詮、人は生まれて死ぬだけの定めではないか。

石につまずき、前のめりに倒れる。顔をしたたかに打ち、鼻や口から血がにじむ。よつんばいになって進み、手をついて立ち上がった。

己の命が尽きるまで、足は止めない。その先にあるのが、死でもかまわない。

ただ、宗純は己の命を燃やし尽くしたかった。

空の上からカラスの声が落ちてくる。

死の匂いを嗅ぎ取ったのならば、これほど嬉しいことはない。もうすぐ、宗純は力尽きることができる。悲鳴のような声を上げて、カラスが襲ってきた。宗純の皮膚や肉に嘴《くちばし》を突き立てる。爪が肌に赤い傷をつけた。宗純は抵抗しなかった。ただ、されるがままだ。

一陣の強風が吹きつけ、カラスたちが一斉に飛び立った。巨大な太陽が山際に沈まんとしている。空が血を流したかのように赤い。

夜でも昼でもない一時が、辺りを妖しく照らす。

声がしたような気がした。

黄昏《たそがれ》の中に痩せた人影が見える。

なぜか、目に涙があふれた。

残照が人影の顔貌を洗う。高い頬骨をもつ老僧が立っていた。

「老師――」

宗純は叫んでいた。前にまろびつつも歩みを止めない。

夜はすぐそこまで来ていた。謙翁の姿は水墨画のように淡い。

間合いをつめようとして、己が崖の上にいることに気づかされた。謙翁は、断崖の先の虚空にいる。

頭上で渦を巻くカラスたちの声は耳を聾《ろう》するほどであったが、なぜか宗純は静かだと思った。恐ろしいほどの静寂を味わっていた。

謙翁の表情は穏やかだ。何かを静かに待っている。

宗純は全身に力をこめた。

全霊を絞りだす。

顎が外れんばかりに口を開けて、喉を震わせる。

宗純は叫んでいた。

喉が破れ、血の味と匂いが込み上げる。肺腑の息をすべて使って、叫喚した。

何かが、師と弟子の間をつらぬく。それは無音の雷に似ていた。


――それこそが無だ。


その声を最後に、老師の体が黄昏に溶けていく。いや、夕焼け自体が夜に蝕《むしば》まれていた。輪郭がにじみ、顔貌が薄くなっていく。

老師と叫んだつもりだったが、もう喉は限界を超えていた。ただか細い息の音しかしない。

とうとう、謙翁の体は見えなくなった。気配さえもない。

数歩先の崖に円相が浮いている。まるで満月が落ちたかのようだ。その円相が小さくなる。

宗純の体が、極限まで円相に吸い込まれる。

「よせ」

叫び声が聞こえた。

「戻れ、その先は崖だぞ」

そんなことはどうでもいい。この点になった円相の向こうに老師がいるのだ。

体が大きく傾いだ。

これで己は無、そのものになれる。

視界の隅に、男がいた。必死にこちらに駆けてくる。男の腕が宗純の僧衣をつかむが、音をたてて破れる。

ふっと、体が軽くなった。重さが無になったのだ。

「禅を究めるのではなかったのか」

声が耳朶《じだ》を打った刹那、腕が動いた。意識してではない。手が崖にのびる。岩肌をつかんだ。握りしめるが、指に力が入らない。

ずるりと滑った。

肩が外れるかのような痛みが走る。手首を凄まじい力で握られ、宗純の落下が止まっていた。

顔を上げると、養叟が崖から半身を乗り出して宗純の腕をつかんでいた。

第四章　一休

一

あの女は使える。千菊丸《せんぎくまる》ともどもわれの望みをかなえる具だ。慎重に慎重を重ねてもすぎることはないし、どんな災厄を呼び寄せるとしても、危険を冒すだけの価値がある。

どこからか声が聞こえてきた。

あの母子はたがいに人質なのだ。母は千菊丸を縛る人質であり、逆もまたしかりだ。

赤松越後守《あかまつえちごのかみ》――と発したが、己の耳には届かない。手が何かを握った。杖のようだ。強く握りしめると、ぼんやりと人の姿が浮かんでくる。

よくも母を——

渾身の力で振り下ろした。掌中に衝撃が爆《は》ぜる。

「やめろ」

人影の声は、赤松越後守のものではない。だが、宗純《そうじゅん》は止められない。母を守る。さらに凶暴な一打を放つ。手応えがあった。人影がよろめいている。

追撃の棒は袖にからめとられた。そのまま足を払われて、硬い床へと倒れこむ。

五感がゆっくりと覚醒する。痛みは鋭く、耳鳴りはうるさい。鉄に似た匂いがかすかにしている。視界が徐々に像を結ぶ。

「よ、養叟殿《ようそう》」

養叟のこめかみから血が流れていた。腕にも打擲の痕がある。

「気づいたか」

あたりを見回すが、赤松越後守はいない。かたむいた仏像が、闖入者《ちんにゅうしゃ》である宗純と養叟を睨んでいる。どこかの辻堂のようだ。

己は、今まで何をやっていたのだ。どうしてここにいるのだ。

謙翁《けんおう》が示寂《じじゃく》し、死に場所を求めて崖の上までたどりついた。

そして、真っ逆さまに落ちる寸前で、助けられた。

誰に。

養叟だ。

その養叟の体に、打擲の痕がある。

「それは……私がやったのですか」

こくりとうなずいた。

「どうして……こんなことを」

よりにもよって、なぜ養叟を傷つけた。

「禅病だな」

養叟は険しい顔つきでいった。

「なんですか、それは」

「禅の真理を究めんとするあまり、心身を害してしまうことだ」

己の首を絞めた謙翁を思い出す。いや、謙翁だけではない。自身もそうだった。

「どうして、来てくれたのですか」

「謙翁老師が示寂されたと聞いて、西金寺を訪れたのだ。すると誰もいなかった。聞けば、お主が襤褸のまま去ったと教えてくれてな。あわてて追いかけたというわけだ」

宗純は震える手を顔の前にやる。

「私は……もう終わりです」

「なぜだ」

「老師はもういません。それに、私自身も禅病に冒されています」

養叟が宗純の顔をのぞきこんだ。

「求道《ぐどう》の意思はまだあるか」

それが、宗純の望みだ。大願といっていい。しかし、恐怖が五体を強ばらせる。

先ほど振り下ろした棒には、間違いなく殺意がこめられていた。

「座れ。結跏趺坐《けっかふざ》を組め」

「何をするのですか」

「軟酥《なんそ》の法を教えてやろう」

「なんそ……」

「禅病を患った者にほどこす術だ。まずは、酥《そ》を頭の中に思い描け」

酥とは牛の乳を煮詰めた食べ物だ。なぜ、そんなものをと思ったが、目を閉じ、いわれた通りにする。

「酥を頭の上にのせろ。そして、熱をうけて溶けていく様を思い描け」

さらに両掌は、膝の上に置いて天に向けろといわれた。

宗純はゆっくりと呼吸を繰り返す。頭上の酥が熱せられ、宗純の顔へと流れてくる。首、胸、腹、腕、下肢へと伝わっていく。

右手には温かいものが、左手には冷たいものが置かれていると思い浮かべろ、と養叟の声がさらに飛ぶ。腹で呼吸するたび、頭上から流れる酥が、全身を覆う。右腕の熱と左腕の涼が、五体の中心でまじりあう。

何かが聞こえてきた。これは歌……仏歌のようだ。

地獄の亡者に、極楽の釈迦《しゃか》が蜘蛛《くも》の糸を垂らす。それを亡者はたどっていくが、後から他の亡者も続いていることがわかり……

気づけば、誰かが宗純を抱擁していた。たくましい腕が背中に回されている。

誰だ――とつぶやいた。抱く人の体の温かみが伝わってくる。

「宗純よ、そなたは美しい」

耳元でしたのは、養叟の声だった。それをきっかけに、宗純の体の輪郭がぼやけていく。空気とまじりあい、溶けていく。

はっと、まぶたを上げた。

誰もいない。ただ、朽ちた仏像があるだけだ。目の前に、一通の書状があった。

手にとり、開く。

軟酥の行をつづけ恢復《かいふく》したら、堅田の祥瑞庵を訪ねよと書いてあった。

二

独参場で鈴は鳴らなかった。かわりに華叟宗曇《かそうそうどん》はいう。

「一句、もち来れ」

稚児のころに華叟宗曇に出会ってから、十三年がたっていた。あのころよりもずっと痩せており、腰も悪くして動きは緩慢だ。しかし、顔相の厳しさと風格は増している。

宗純は、今の心持ちを句としてのべる。華叟宗曇は反芻するように何度もうなずいた後、宗純に退室するよう促した。

「やったな、宗純」

部屋から出てきた宗純を労《ねぎら》ったのは、南江《なんこう》という雲水だ。宗純よりも七歳上だが、入門した時期が同じなので同夏として親しくしている。

「もう十もの公案を透過したのだからすさまじい。わしなど、まだ五つだぞ」

公案に透過すれば、鈴は鳴らされない。宗派によってまちまちだが、華叟宗曇の一派は透過した今の心境を句として残す。そうすることで、透過の瞬間を永遠のものへと変えるのだ。

「たったの四年で大したものだ」

綺麗な禿頭をかきつつ、南江は豪快に笑った。そうか、養叟に救ってもらってからもう四年になるのか、と宗純は感慨にふける。

「たまたまですよ。それに、南江さんは詩作にかまけているじゃないですか」

「それをいうな。なかなか透過できないときの手慰みだ」

南江は詩作の名人として知られる禅僧だ。適度に酒や女をたしなみ、何度か傑作といわれる詩をものしたが、何を思ったか急に華叟宗曇の会下《えか》に参じた。

「今年のうちにも道号か印可をもらえるだろう、と師兄《すひん》たちはいっているぞ」

前師の謙翁のおかげである。謙翁は、多くの公案を透過することを是としなかった。多くの槌を手にいれるよりも、ひとつでいいから強力な槌を持て、という考え方だ。その槌が、今、宗純の前途を切り開いてくれている。

「あの養叟師兄でも印可を得るのに、十六年もかかったのだぞ」

四年前、養叟は印可を得た。入門してから十六年もたっていた。

「十六年もかかったのは、養叟師兄が印可を断ったからでしょう」

稚児であった宗純と養叟が初めてあった十三年前、すでに印可と道号の許しは得ていたという。しかし、養叟は固辞した。養叟自身が印可に程遠いと判断したからだ。そのせいで一時、養叟と華叟宗曇の仲は険悪になった。交わりの深い師弟にはよくあることで、ささいな齟齬《そご》が大きな断絶を生む。ちなみに養叟というのは道号で、法諱は宗頤《そうい》という。

とはいえ、宗純の透過の数が、華叟宗曇門下では異例なのは事実だ。

「わしも養叟師兄のように外に出てみたいのに、修行が一向に進まぬ。今のまま道場に籠りっぱなしだと、いずれ詩の才幹にも苔《こけ》が生えてしまうわ」

道号か印可を得れば、独り立ちすることができる。養叟はまだ自分の寺や道場を持つ気はないようで、畿内を行脚《あんぎゃ》し見聞を広めている。旅の間も坐禅し、これはという見解を得れば、ここ祥瑞庵へと戻ってくるのだ。

「独り立ちが無理ならば、せめて腹いっぱいに飯を食わせてほしい」

童のような情けない声でいう。

「たしかに、この道場に十年もいたら骸骨になってしまいますね」

そういった、ふたりの腹が鳴った。ここ華叟宗曇門下は弟子が二十人以上いる。大所帯の割に寺内の畑は小さい。ゆえに、絶食を強いられる日が何度もある。

「とにかく、明日からの托鉢が待ち遠しいわ」

南江はそういって笑った。雲水が托鉢を恋い焦がれるのは、西金寺も祥瑞庵も変わらない。

翌朝、まだ日が昇る前に、南江とともに宗純は祥瑞庵をたった。左手に琵琶湖を見つつ、ひたすら京を目指す。飢饉《ききん》で荒れはてた田畑が、あちこちにあった。痩せた犬の死骸に、カラスや蠅《はえ》が群がっている。身売りをされた幼い娘が商人に引きずられていた。

「托鉢は苦労しそうだな」

ぽつりと南江がいった。

飢饉の次にやってくるのは、疫病だ。飢えで弱った民の間に、病はあっという間に広がる。そんな彼らに、托鉢として食べ物や銭を布施してもらわねばならない。

山をこえると、京の街が見えてきた。大路沿いに店が並んでいるが、半分近くが遊女か男娼の店だ。売れるのは己の体ばかりという有様のようだ。

そんな中、槌音が聞こえてきた。甍を輝かせる寺院も見えてくる。新しい堂を建てているようだ。たとえ飢饉になろうとも五山の富がゆらぐことはない。いや、逆に富める者は飢饉を望んでいる。米の値が跳ね上がるからだ。利を得るのは、蔵に米をためこんだ商人や寺院だ。

入り組んだ路地を進み、その先にある小さな仏具屋へと入った。

「千菊丸、ひさしぶりだな。ああ、南江様も」

店の若主人が飛び出してきた。かつての名を奈多丸《なたまる》という。養叟に助けられ、華叟宗曇会下に参じた。得度はしたが修行の厳しさに心身を壊し、宗純といれ違うように祥瑞庵を去った。

「平蔵《へいぞう》、随分と仏具屋の若主人らしくなったね。今度、また法事がある。紙に書いてあるものを支度してほしいんだ」

奈多丸は養叟の伝手《つて》で小さな仏具屋の婿養子になり、今は平蔵と名乗っている。

「助かるよ。最近、葬式が多いわりには、仏具が売れない有様で」

冗談めかしていっているが、目は笑っていなかった。

「街の様子はどんな具合だ」

「代替わりの徳政を願う人ばかりですね」

南江の問いかけに平蔵は投げやりに答える。困窮する民たちの唯一のよりどころが徳政令だ。借財を帳消しにできる。だが、徳政令がでるのは、将軍家や守護家で代替わりがあったときぐらいだ。

それとて一時のもので、すぐに借財が山のように積もる。

「まあ、どんなに苦しくても祥瑞庵に戻ろうとは思いませんけどね。修行はこりごりだ」

思わず宗純と南江も笑う。

「おーい、祥瑞庵さんから仏具のご依頼だ」

平蔵が声をかけると、奥から女房が出てきた。丸顔と小さな目鼻が愛嬌のある女人だ。背中に赤子をおぶっている。夫婦ふたりで、どの棚にどの仏具が置いてあるかをやりとりする様は手慣れていた。

平蔵の店を辞して托鉢を再開するが、やはり思うように布施が集まらない。

まだ日はかたむいていないが、ふたりは左京へ足を向ける。見えてきたのは、〝西金寺〟という扁額だ。錠を外し、南江を中へと誘う。謙翁のいた西金寺を托鉢の宿がわりに使い、その際、中を掃き清めることにしていた。

扉や窓をあけて、風を入れる。南江に僧堂の掃除をまかせ、宗純は本堂を掃き清め、次に裏庭の雑草を取り払った。最後に、謙翁の起居していた隠寮へといく。

謙翁の円相図をかけて、その下に花を生けた。そして、両手をあわせた。

得度し、ここに必ず戻ってくる、と先師の円相図に誓っていたときだ。

「おい、なんなんだ、あんたたちは」

南江の声が聞こえてきた。慌てて外へ出ると、棒や大槌をもった僧兵や人足たちが三十人ほども集まっていた。

「貴様らこそ、ここで何をしている。この寺は南禅寺のものとなったのを知らぬのか」

権高な声で、僧兵たちがすごむ。

「お待ちください。ここは、私の前師である謙翁老師の寺です」

「それがどうした。今は無住であろう」

「私がいます。月に何度か托鉢の折に訪れ、このように手入れをしております」

「ならば、貴様らはどこの寺で修行する雲水だ」

「わ、我らは華叟宗曇老師の門下で修行しています。決して怪しい者ではありません」

慌てて南江がいう。

「華叟という変わり者のことなら、我らもよく知っているぞ。塔頭の住持にもなれなかった田舎坊主であろう。その程度の坊主の弟子がでしゃばるな。仏法をたがえるような真似をすれば、厳罰に処すぞ」

ぞろぞろと境内へと入ってくる。何人かは土足で寮舎や独参場へ上がった。僧兵が大槌を振り上げ、山門の柱へと叩きつける。本堂の屋根から朽ちた瓦が落ち、扉や窓が次々と棒で破られていく。

歓声をあげたのは人足たちだ。本堂から仏像や経典、掛け軸を抱えて出てくる。

「やめてください。こんな無法が許されると思っているのですか」

止めようとした宗純を、僧兵が乱暴に振り解く。

「おい、なんだこの掛け軸は」

僧兵のひとりが円相図を摑んでいた。目の高さに掲げ、首をひねっている。

「こんな古い紙は反故紙にも使えん。一文にもならんわ」

「よせ」というより早く、円相図はまっぷたつになった。引き裂かれた紙片が、風にふかれ宗純の前に運ばれてくる。

頭の奥で何かが爆ぜた。突き動かされるまま叫ぶ。僧兵に体当たりし、砂埃をあげて大地を転がる。しかし、すぐに太い腕が宗純の体を縛めた。

「大人しくさせろ」

背後で聞こえたかと思うと、腹に固いものが勢いよくめりこむ。つづいて、僧兵がもつ棒も頭にうけた。風景がいびつにゆがんでいる。立とうとするができない。まるで酒に酔ったかのようだ。

うずくまる宗純を、僧兵たちは容赦なく打ち据えていく。

「や、やめてく……」

止めようとした南江の声がくぐもっている。まぶたの隙間から、打ち据えられる南江の姿も見えた。鼻の骨から異音がした。温かいものがどっと流れ出し、宗純の僧衣を赤く染める。

三

じっと焚き火を見つめていた。火の粉が腫れて傷ついた顔を焦がすが、熱いとも思わない。それよりも身の内の猛《たけ》りの方が、もっと苛烈な熱を孕んでいた。

宗純は、破却された西金寺にいる。残された僧堂の柱に、背をあずけ座っていた。

「あまり、思い詰めるんじゃない。今日は、平蔵の店で休もう。手当てもしなくちゃならんだろう」

南江がそう声をかけてくれるが、首をふって拒否する。

「南江さんは、平蔵の店にいってください。私はここで泊まります」

「しかし――」

「いいから行ってください」

「そ、そうか……くれぐれも無理はするなよ」

南江が去ってから、ばらばらになった円相図を組み合わせていく。小石を重しに置くが、ほとんどが風に飛ばされたようで、いびつな円にしかならない。

砂を握り、炎に投げつける。身の内で暴れる感情を必死に御さんとした。

土を踏む音が聞こえてきた。南江が戻ってきたのだろうか。

「災難でしたな」

ゆっくりと振りかえる。

立っていたのは、赤松越後守だ。

「そんな言葉だけですむとでも思っているのですか」

「思ってはいませんよ。五山は害悪です。あなたもそう思うでしょう」

否定はしない。五山の醜悪さは、宗純がよく知っている。

「このまま彼奴《きやっ》らを野放しにすれば、いずれあなた様の大切な人が傷つくことにもなりかねません。こたびの一件で、そのことがよくわかったでしょう」

背後から遠巻きにするのは、赤松越後守の郎党たちだろう。

「だから、あなたと手を組めというのか」

「私と手を組めば、この寺を守るぐらい造作もないことでしたよ」

赤松越後守が瓦礫《がれき》から取り出したのは、割れた扁額だ。かろうじて、〝西金寺〟と読めた。

「あなたは、西金寺がこうなることを知っていたのですか」

「ええ、耳にはしていました」

西金寺を守ることができたのに座視した。ある意味で、五山以上に醜悪に思えた。

「あなたと手を組むぐらいなら、舌を嚙み切って死んだ方がましですね」

「随分な言い様ですな。宗純様の親しい人を、私がどれだけお助けしていると思っているのですか」

「母を人質にとったつもりですか」

「あなたの母上は、私にとってふたりといない大切な人。母上も、私のことをそう思っておられるでしょう」

そういって、赤松越後守は宗純の対面に座った。ふたりを隔てるのは、篝火《かがりび》の炎だけだ。

「宗純様の修行の様子を見聞するうち、いくつか疑問が浮かんだのです。仏の法《のり》に関してです。質問してもよろしいか」

にこりと、赤松越後守は笑う。

「それとも、憎い私めの問いには答えられませんか」

それは、仏の教えにもとる。

「私で答えられることであれば」

ぱちりと、焚き火が爆ぜた。

「ありがとうございます。私が知りたいのは、無漏《むろ》についてです。無漏とはいかなるものでしょうか。仏法に疎い私にご教授願えませんか」

「煩悩がなくなることを無漏、ある様を有漏《うろ》と申します」

「では、無漏路《むろじ》、有漏路《うろじ》というのは」

「無漏路は煩悩のない世のことです。有漏路は、その逆で煩悩のある世のこと」

「では、無漏善、有漏善も教えてくれますか」

赤松越後守は、どこかへ導くかのように問う。

炎は大きくなり、ふたりの姿を赤々と照らし出していた。

「煩悩がない様で行う善行を無漏善、ある様で行う善行のことを有漏善といいます」

有漏の心のまま善行をなせば善業がつき、悪行をなせば悪業がつく。善業が多ければ天上界へ、悪業が多ければ地獄道へ輪廻《りんね》転生する。どちらにせよ、輪廻転生の苦しみからは逃れられない。

無漏の心で善行をなすことで業から解き放たれ、解脱《げだつ》し涅槃《ねはん》へと到達できる。

これを〝悟り〟という。

「ならば、最後にもうひとつ。無漏善があるならば、無漏悪もあるのでしょうか」

穏やかな笑みをたたえているが、赤松越後守の眼光は鋭利さを増していた。

むろあく――と口の中でつぶやく。

聞いたことがない言葉だ。赤松越後守の造語であろうか。煩悩を捨て去った上で、悪事悪行をなすという意味なのはわかる。

うつむいて、炎の影をじっと見つめる。

「業は、心の動きとも言い換えられます。善行や悪行をなした心の動きが、業を生じさせます。一例ですが、無垢な童が虫を殺したとて、悪業も善業も負わぬと教えています。幼い童には虫を殺したことの意味が理解できず、善悪の心の動きが生じないからです」

たとえ殺生を禁じたとて、それから逃れるのは不可能だ。草鞋の裏を見れば、踏みつぶした虫がいる。竈に火をいれるときに虫がいないかを調べていれば、いつまでたっても米は炊けない。息を吸ったとき、小さな虫が口の中に入ることなどざらだ。

生きているだけで――路を歩き飯を食い息をするだけで、人は知らず知らず殺生をする。そんな行為にまで、悪業はつかない。殺したことに気づけぬからだ。

気づくことができねば心は動かず、業は生じない。

「つまり」と、赤松越後守は先をうながす。風が吹いて、火の粉が宗純にふりかかった。

「無漏の心でなした悪事ならば、業は背負わぬということになります。無論、そういう心の持ちようになるのは、至難のわざですが」

こめかみからつうと汗が流れた。

「なるほど、ためになるお話をおうかがいできました」

「なぜ、このようなことを聞かれるのですか」

いや、赤松越後守は答えを知っていてあえて聞いた。

「なに、いずれ宗純様と私は手を組みます。そのとき、まさかあなた様が手を汚すことはない、などとお考えか」

赤松越後守の体が前のめりになる。

「妨げとなるものをとりのぞくのです。邪魔者を殺《あや》めることもありましょう。あなた様の手も汚れます」

あまりの赤松越後守の気迫に、宗純はみじろぎひとつできない。

「私が惜しむのは、あなた様がこれまで積んだ修行が台無しになることです。ええ、私も不思議です。どうやら、修行に没頭するあなた様に、私は少々愛着を持ってしまったようです」

赤松越後守はここでひとつ間をとった。

「いずれ、あなた様は私と手を組みます。それは、あなた様が誰かを地獄へ突き落とすということ。だから、私は望むのです。そのとき、宗純様が感じる心の動きは、歩いていて知らずに虫けらを踏みつぶした程度であってほしい、と」

一際強い風が吹きすさび、炎が一気に大きくなった。その向こうから、火焔の何倍も危うい目差しが突き刺さる。

四

華叟宗曇から与えられた公案は『洞山三頓棒《とうざんさんとんぼう》』だった。

雲門《うんもん》という中国の老師のもとに、洞山という禅僧が訪れる。雲門が「汝、どこより来たりしか」と今までの経歴を問うたので正直に答えたところ、六十の痛棒に値する過ちだと激怒するも、これを赦すという。翌日、「何の過《とが》がありや」と洞山が聞くと、「無駄飯食いめ」と雲門が罵る。その瞬間、洞山は悟りを開く、という内容だ。

作務の合間にそれを伝えられたとき、静かなざわめきが生じた。洞山三頓棒を透過すれば、道号か印可を与えられると、華叟宗曇の門下では決まっている。

だが——

独参場で、宗純は華叟宗曇と対峙していた。

「宗純よ、もし汝が洞山ならばいかに答える。汝、どこより来たりしか」

華叟宗曇の問う声は、痛棒を浴びせるかのようだ。

「過去など関係ありません」

宗純は決然と答える。華叟宗曇の目が鋭くなる。武士さえも怯懦《きょうだ》させかねない峻烈な目差しに、宗純は膝退しそうになった。

「今、私はここにいるのです。これが答えです。華叟門下の宗純。それ以上でも以下でもありません」

「笑止だ。華叟門下の宗純が公案の見解だというのか」

「はい」

宗純は決然と答える。

「ならば、この門下を破門になれば、お主は何者でもなくなるのか」

「それは――」

「わが門下の看板しか、今のお主にはないのか。看板を外した先にある、お主自身は一体何者なのだ。答えてみよ」

答えに窮した。

過去の宗純には語るべきものが多い。上皇の落胤で、母は南朝の楠木《くすのき》一族。安国寺で稚児として学び、建仁寺で詩才を顕《あらわ》し、今、華叟宗曇門下で学んでいる。そういう一切のものを捨てた、己には何が残るのか。

考えるな、と宗純は己に言い聞かせる。

老師の問いに感じるままに答えるのだ。

「無――です」

華叟宗曇のまなじりが吊りあがる。

「無漏のなんたるかも体得できぬ分際で、どうして無と答えられる」

言葉は礫《つぶて》のように痛烈だった。

ぐったりとうなだれた宗純にとどめを刺すように、小さな鈴の音が鳴らされた。

公案は畢竟《ひっきょう》、〝今、この場所、己〟を問うものだ。宗純が答えるべきは、ありのままの自分だ。しかし、華叟宗曇は修行する宗純そのものを捨てろといった。その上で、何者かを問うてきている。

修行する己がなくなれば、残るのは何なのだ。想像すると、目に見える風景が色を失ったかのように感じる。

「苦戦しているようだな」

声をかけたのは南江だ。

「散々です。透過にはほど遠いです。無漏の境地は難しいですね」

これ以上いえば、参禅での教えを外に漏らすことになる。南江もわかってくれたのか、黙ってうなずくだけにとどめてくれた。

五

夜風が、坐禅を組む宗純の顔をなでる。木の枝がゆれる音を聞きつつ、ひたすらに洞山三頓棒の公案に没頭した。

縁側には、夜坐に精をだす雲水たちが等しく間をあけて並んでいた。

ひとり、ふたりと寝所へ帰っていく。

新たな気配が宗純の隣に座した。あえて動かない。坐禅に集中する。隣の気配もそれを待ってくれていた。

月が山際にかたむいたころ、坐禅を解いた。待ってくれていた人物に顔を向ける。

「師兄、こたびの旅は随分と早く終わったのですね」

上品な坐相で、養叟がそこにいた。旅装はといていたが、肌には旅塵《りょじん》が残っている。

「もしや、『臨済一句白状底《りんざいいっくはくじょうてい》』の見解が見つかったのですか」

「いや、そちらは袋小路にはまっている」

臨済一句白状底――華叟宗曇が養叟に与えた公案だ。臨済宗の教えを一言で表せというもので、一千以上ある公案の中で透過が最も難しいといわれている。

「老師から法事を頼まれたのだよ。その支度のためだな。一年前からの約束だ」

華叟宗曇は腰を悪くし、遠出を控えていたことを思い出す。

「そうですか。師兄ならば、檀家も納得するでしょう」

「それより、南江から聞いたぞ。洞山三頓棒に苦戦していると」

「はい。今の己自身をいかに表すのかが肝要なのはわかるのですが……」

「逆に、今ばかりを見ているのではないか」

「どういうことですか」

養叟はただ微笑を深めるだけだ。

「そうだ。三日後に法事のために出立する。供をしてくれぬか」

法事はひとりではできぬので、雲水が補佐としてつく。いつもならば喜んで外の空気を吸いにいくが、正直、気乗りがしない。

炎の壁ごしに語りかける赤松越後守の姿がよぎる。いつか、宗純は赤松越後守のいった無漏悪に呑みこまれるのではないか。それに抗うためにも、ひたすら坐禅を組みたい。

「根をつめすぎるのがよくないのは知っているだろう」

はっと顔をあげる。いつのまにか、己の命を危うくしたときと同じような心持ちになっていたことに気づく。

六

法事は滞りなく終わり、檀家たちに見送られて養叟と宗純は堅田への道をいく。南山城の景色を堪能しつつ歩いていた。

「師兄、この道は行きとはちがいますが」

先をいく養叟に声をかけた。

「なに、息抜きが必要だといったろう」

胸がざわついた。この先は、宗純のよく見知った風景が待っている。

「それとも、実家の薪村には足を向けたくないか」

養叟は足を止めて、宗純へと振りむく。この道は、母のいる村へとつづくものだ。

養叟には母との確執は話していない。なぜ、母のことを知っているのだ。

「実はな、謙翁老師が亡くなられたとき、助けにいったのは偶然ではない。お主の乳母が、私に様子を見にいくように頼んだのだ」

「なんですって」

「楓《かえで》殿というお方だ。赤松様が、お主の托鉢を邪魔したことがあったろう。そこに私が割って入った。どうもその一件を、赤松様の家来が楓殿に話したようなのだ」

養叟は、母と赤松越後守の関係をどこまで知っているのだろうか。

動悸が激しくなり、空唾を呑みこむ。

「そして、楓殿は謙翁老師が亡くなられたと聞き、私に様子を見てくるように頼んだ。赤松様には頼みたくないといっていたな。そのとき、私が堅田の祥瑞庵にいたのも幸いだった」

楓が赤松越後守に頼まなかったのは、宗純との軋轢《あつれき》を慮《おもんぱか》ってのことだろう。

「私は薪村には参りません。出家しているのです。すでに親子の縁は切れています」

「それは理屈だ。出家したとて、生家と断絶する僧侶などおらぬよ」

なぜ、今さら母のことをいうのだ。母へのはからいを慮外に置くために、どれだけ苦しんだと思っているのだ。

「母上へのはからいを取り除かんとするのは間違いではない。だがな、はからいをなくすというのは、それについて考えないことではないぞ」

「どういうことですか」

「執着や愛憎を捨て去って、生《き》のままに母上と向きあえ。今のお主は必死になって母の存在を捨てさろうとしている。裏返せば、まだ母への愛憎に囚われていることに外ならぬ」

「母と和解せよというのですか」

宗純自身にもわだかまりがある。復讐の具として己を利用する母を、ある意味で赤松越後守よりも憎いと感じていた。

「過去と決別するのでなく、正面から正しく向きあえ。老師を甘くみるな。そのぐらいのことは見抜かれているぞ」

「あなたに、私たち親子の何がわかるというのですか」

言葉が尖るのを止められない。

「何も知らぬよ。楓殿には、こちらから尋ねることはしなかったからな」

養叟はきびすを返した。薪村に背をむけて歩く。

「薪村にいかないのですか」

「いくつもりは最初からなかったよ。老師の許しもなく実家に帰れば、よくて参禅止め、悪くすれば破門だ。誘った私も間違いなく同罪だ」

「ではなぜ」

「迷える兄弟《ひんでい》に助言するのも師兄の務めだ。そのためには迷いの正体を見極める必要があった。

少々、無礼な探り方だったのは謝るさ」

七

日が暮れ、木賃宿で宗純と養叟のふたりは一夜を明かした。翌朝、旅にでる養叟と別れ、託された法事道具を背に負いつつ祥瑞庵への帰路をゆく。厚い雲が空を覆い、薄暗かった。吹く風には涼しさを通りこして、冷たささえ感じる。

「もし、お坊さん」

声をかけてきたのは、老いた琵琶法師だ。茣蓙《ござ》をしいて橋のたもとで座している。吹きつける風が、襤褸を旗のようにはためかせていた。盲《めし》いた目を宗純へと向けている。

「私が雲水だとわかるのかい」

「ほお、思ったより若い声だね。何、抹香の匂いでわかるさ。法具には鉄の匂いもある。大方、葬式か法事帰りだね」

「当たりだよ。悪いが、銭はない。私は客にはならない」

さらに雲は厚くなっていた。遠くにある家では、昼だというのに灯りがついている。

「琵琶法師も雲水も同じ仏徒。どうして、同門の士から銭をもらおうか。何か迷うておられるな」

「そんなことまでわかるのかい」

にやりと琵琶法師は笑う。

「うかつな小僧だな。迷っているであろうと問えば、この世の十人のうち十人が迷っていると答えるさ。迷いのない人間など、この世にはおらん。それこそ、帝であってもな」

帝という言葉が、嫌でも宗純の胸をえぐる。

「悩みや迷いは世の常だ。貴賤を問わぬ。疫病と同じさ」

「仏徒である琵琶法師がそれをいうのか。煩悩を捨て去るのが修行だろう」

けけけ、と琵琶法師が笑った。

遠くで雷鳴が聞こえた。

風には湿り気が多分に含まれている。

「ご覧のとおり、経をよむのは苦手じゃ。かわりに、小僧さんに平家物語の一節を聞かせてやろう。平家物語には人生の諸行無常が詰まっておる。あるいは、お主の近しい誰かに似た人物が、物語の中におるやもしれんぞ」

老人とは思えぬ激しい撥《ばち》さばきで、琵琶法師は平曲を奏ではじめる。

朗々とした声で語った。

入道相国《にゅうどうしょうこく》、一天四海を、たなごころのうちににぎり給ひし間
世のそしりをもはばからず、人の嘲《あざけり》をもかへりみず

不思議の事をのみし給へり
たとへばそのころ、都に聞こえたる白拍子の上手……

平清盛《たいらのきよもり》に愛された白拍子、祇王《ぎおう》の出世と没落を詠う祇王失寵《しっちょう》の段だ。清盛の祇王への愛は長くつづかなかった。新たに現れた若き白拍子、仏御前《ほとけごぜん》に清盛の寵が移ったからだ。都を離れ隠棲する祇王に、清盛からの使者がくる。仏御前が気鬱ゆえ、慰めるために舞えという。屈辱と失意のあまり、祇王は世をはかなみ、死を決意する。

気づけば、宗純は物語に引き込まれていた。

雷鳴はどんどんと近くなり、風に含まれる雨の気配も強くなる。頭をよぎるのは、宮廷を追放された母の境遇だ。祇王の失意が、わがことのように襲ってくる。

目頭が熱くなった。歯をくいしばり、嗚咽をなんとか喉の奥でつぶす。

今さらながら、ひとつのことに気づかされた。

己は、母と向きあおうとはしていなかった。

詩と文学に耽溺《たんでき》し、五山で出世することだけで母を悦《よろこ》ばそうとした。

今ならわかる。何をすべきだったのか。

それは、母の悲しみによりそうことだ。それをせずに、禅の修行へと逃げている。

とうとう雨が降り始めた。雨滴が顔を容赦なく打つ。

いつのまにか、琵琶法師はいなくなっていた。茣蓙をしいた痕跡だけが残っている。雨が降り注ぎ、水たまりができようとしていた。すぐ近くで雷鳴が轟く。それ以上に大きいのは、物語と琵琶の余韻だ。宗純の胸の奥で木霊《こだま》している。

思い出すのは、宗純の最も古い思い出だ。言葉もろくに話せぬころ、庵の奥で泣いている母の背を見た。苦しそうに何度もむせんでいた。花器の花は萎《しお》れてしまっている。

あのとき、幼いながらに思った。

母を救いたい、と。

なのに、今、己は何をしているのだ。

目を荒々しくこすった。熱い息が唇をこじあける。

雨は僧衣をぐっしょりと濡らしていた。責めるように、雷鳴と稲光が襲ってくる。

凶暴な風が吹き、膝と腰を曲げ必死に抗う。横殴りの雨滴が顔をうつ。目や鼻や口の中に雨が激しく入りこむ。

これが修行なのか。

愛する人を見捨てるのが行か。助けにいけぬ己にどんな値打がある。

一際大きな雷が、空を両断した。

黒雲に顔をむけて、宗純は口ずさんだ。

有漏路より無漏路へ帰る一休み
雨ふらば降れ、風ふかば吹け

数日後、宗純は洞山三頓棒の公案を透過し、一休《いっきゅう》の道号を得る。

第五章　風狂子一休

一

風が刃となって襲ってくる。耐えきれず一休《いっきゅう》の坐相が崩れたところで、警策が振り下ろされた。痛みとともに、血と汗が肌の上でまじりあう。

一休は頭を下げて、再度の警策を求めた。が、打ち下ろされる気配はない。どれくらい、その姿勢で待っていたであろうか。

「一休、もうここまでにしよう」

声の主は養叟《ようそう》だった。背後の籠には、折れた警策が十本以上も入っていた。

「どうしてですか。私はまだ大丈夫です」

一休は、臘八接心に挑んでいた。祥瑞庵ではなく、その一派が営む小さな修行道場だ。華叟《かそう》宗曇《そうどん》の腰はさらに悪化して、臘八接心を指導する体力を失っていた。

「これ以上、接心をつづけるのは危うい。もう、終わりにするべきだ」

「いえ、この程度では、はからいを断つことはできません」

一ヶ月前の出来事が頭をよぎる。道号を得た報告のため、薪村にある母の庵を訪ねた。しかし、その戸は固く閉ざされていた。

一休はひたすら座しつづけたが、戸が開かれる気配はなかった。道号を得た今ならば、心を開いてくれるのではないか。そんな淡い期待は思い上がりだったのか。

『千菊丸《せんぎくまる》様』と、声をかけたのは乳母の楓《かえで》だ。

『お母上のお気持ちを変えるのは、今は無理です』

五山の建仁寺を破門になったことを、母はまだ許していないという。

『時が導いてくれることもあります。今、面会を強いるのは良いやり方ではありませぬ』

そういわれれば反論できなかった。戸が開けられるまで何日でも待つつもりだったが、母や楓にすれば相当にこたえるであろう。

『楓の言葉にしたがうよ。けど、ひとつだけ教えてくれ。赤松《あかまつ》様と母上は、まだ入魂の仲なのか』

楓の顔色が変わった。

それだけで十分だった。

『赤松様は邪悪だ。なぜ、そのことを母上はおわかりにならない』

母に聞こえるように吐き捨てた。

『それはいかがなものでしょうか』

『楓は、赤松様の肩をもつのか』

『赤松様を失えば、お母上はお心をまた病んでしまいます。お母上がどんな気持ちで暮らしを送らねばならなかったか、すこしは考えてみてください』

そんなことは容易に想像できる。そして、母の悲しさに赤松越後守《えちごのかみ》がつけこんだことも。楓は寂しげな様子で首を横にふった。

『まずは、お母上の気持ちをわかるようになってください。それまでは、この楓が決してこの庵の戸を開かせませぬ』

そして、一休は庵を後にした。

赤松越後守に負けぬ禅者になりたかった。

だから、修行道場へ足を向けたのだ。

「一休の気持ちはわかる。しかし、このままでは魔境へ堕《お》ちてしまうぞ」

魔境——接心などで心身を追い込むあまり、幻に襲われることをいう。

「心配なのだ。魔境で引き返さず、禅病で命を落とした者は数多いる」

養叟が一休の両脇に手をまわした。無理矢理にでも坐相を崩そうとする。

「師兄《すひん》、私はまだ大丈夫です」

「いーや、大丈夫ではない」

突然だった。養叟が歯茎を見せて笑いだす。腐った銀杏《ぎんなん》のような臭気が鼻を襲う。

「なぜならぁ、お前はぁ……すぅでに魔境にあることに気ぃづいていないからぁだ」

養叟の口が、ありえぬほどに裂けていた。

「わぁしが幻だとぉ気づかず、問答をしていた。それこそがぁ、おぬぅしぃが魔境にあるぅ何よりの証《あかし》だ」

養叟の体のあらゆるところから毛が伸び始め、獣人のごとき趣に変貌する。

そうだった。今、この道場にいるのは養叟ではない。一緒に来たのは、南江《なんこう》だ。

「喝――」

一休は渾身の力で叫んだ。ゆっくりと獣人の体が消えていく。何事もない僧堂の風景が戻った。いや、戻ったのは眼根《げんこん》（視覚）だけだ。

「千菊丸や」

全身に鳥肌がたった。母の息が耳にかかる。柔らかい手がゆっくりと一休の腕をとった。気づけば、法界定印を結んでいた掌が崩れている。

「もう、いいのよ。あなたはよくやった」

目が熱くなる。なぜ、魔境は己の欲する一言を承知しているのだ。

一休は目を閉じた。そして舌を嚙む。血の味が口の中に満ちた。

六根がゆっくりと目覚めていく。

風が、また刃物のような鋭さを取り戻した。

二

七日七晩にわたる臘八接心が終わり、折れて使いものにならなくなった警策を庭に集めた。そして、火をつける。伸びた髭と髪を掌で撫でると、ざらざらとした手触りが生きていることを実感させた。

「おおい、餅を持ってきたぞ」

南江が餅の入った籠を頭上にかかげている。小枝にさして、ふたりで餅をあぶった。

「わしは一休を見守るだけの役だったが、それでも接心終わりの餅は美味《うま》いな」

接心の後、折れた警策を火に焼《く》べ餅をあぶって食うのは、祥瑞庵での恒例の行事だ。餅は火傷《やけど》しそうなほど熱いが、米の甘味と旨味が傷ついた口の中にしみた。

「そういえば小次郎《こじろう》様は」

「ああ、今は庫裡に行っておられる」

南江が餅を頬張りつつ答えた。本来、接心は余人の立ち入りを禁じている。だが、参禅を伴わぬ接心ということもあり、ある者が立ち会うことになった。一休の評判を聞き、どうしても修行の様子を見たいという。依頼してきたのは赤松越後守だ。来るものを拒む法《のり》は、仏の教えにない。たとえ赤松越後守の紹介であったとしても、だ。

ふたりの従者をつれた、若い武者がやってくる。まだ十代の後半で、白い肌と柔和な表情は公家のようだ。が、体つきはがっしりとしている。

「一休老師の行、この山名《やまな》小次郎、しかとまなこに焼きつけました」

深々と膝を折ったので、従者たちがあわててつづく。

山名家は、かつては日ノ本の六分一殿《ろくぶんのいちどの》と呼ばれるほどの大領を持つ守護だった。三十年ほど前、足利義満《あしかがよしみつ》の討伐をうけ、山名家の所領は半分近くになったが、それでも巨大であることに変わりはない。

小次郎は、その山名家当主の三男にあたる。

「恥ずかしながら、赤松越州《えつしゅう》殿から一休老師の話を聞いたときは半信半疑でした。世の中は、偽物の禅であふれておりますれば」

言葉には、少年らしい純粋さがにじんでいた。

「あなた様ほどの勇者を、私はいまだ見たことがありません。接心中ですが、老師は何度か魔境に足を踏み入れたのではないですか。にもかかわらず坐禅をやめませんでした。私は戦場に出たこともありますが、ああまで勇敢に突き進む武者は見たことがありません」

「ははは、一休が武者とは滑稽でございますな」

南江はおどけてみせたが、小次郎の顔がやわらぐことはない。赤松越後守の紹介で、しかも山名家の三男と聞いて不安だった。家督を乗っ取る野心の持ち主ではないか、と。

が、それは杞憂だったようだ。

「出家はかないませんが、ぜひ居士《こじ》として一休老師のもとに参禅させてください」

従者のひとりが、意外そうな面持ちで小次郎を見た。歳のころはおそらく小次郎より十以上離れており、きっと一休と同年代だ。片目がつぶれているのは戦傷でだろうか。

「失礼ながら、一休老師は大徳寺の本流ではございませんが……」

「甚内《じんない》、控えろ」

鋭い叱声《しっせい》で、小次郎が隻眼《せきがん》の従者を黙らせた。

「そこまでおっしゃるならばお引き受けしましょう。ただ、私は道号を得ただけです。印可はまだです。今すぐにというわけにはいきませぬが、それでもよろしいか」

「もちろんです。そのときを心待ちにしております」

そういって深々と頭を下げる。その姿は、禅を求道するひとりの若者にしか見えない。

何かに気づいたのか、小次郎がさらに深く膝を折った。見れば、天道虫《てんとうむし》が薪の上にいる。石の下で越冬していたものを起こしてしまったようだ。太い指をつかって虫をつまみ、そして宙に放つ。

息をするかのような、ごく自然な所作だった。

炎から救われた天道虫は、冬の空へと飛んでいく。

その様子を見て、何かを思い出しそうになった。

じっと考える。小さな歌声のようなものが思い浮かぶが、それ以上は無理だった。

目を空に戻すと、天道虫はどこかへと消えていた。

三

「頼もしい弟子ができたじゃないか」

旅路をいく南江が一休に語りかけた。すでに日はかたむき、二人の足元からは長い影がのびている。

「守護のご子息にもあのような方がいるとは、心強いですね」

「まったくだ。最近、よい話がなかったから本当に嬉しいよ」

南江の言葉には実感がこもっていた。華叟宗曇の具合がさらに悪くなったせいか、祥瑞庵を離れる雲水が増えている。会下《えか》に参ずる者も、最近はめっきり減った。

「ただ、赤松越州様の紹介というのが、ひっかかるな。あの人、いい噂を聞かぬだろう」

一休もうなずかざるをえない。赤松越後守の野心と邪智に、小次郎のような純朴な少年を巻きこみたくない。

日が落ちて、月は輝きを帯びはじめる。焚き火が見えてきた。灯りに背を向けて坐禅する僧侶がいる。広い背中に、焚き火でできた影が踊っていた。

「師兄、お待たせしました」

一休が声をかけると、養叟が坐禅を解いた。臘八接心が終われば、三人で旅に出ると約束した。道号をえた一休は、できうる限り見聞を広めねばならない。

「どうだった」と、養叟が聞く。母のもとへ行ったことは伝えてあった。

「時機を見て、また訪れようと思います」

養叟は黙ってうなずいた。

三人で薄い粥を食べ終わると、すぐに南江があくびを漏らす。

「火の番は私がしますよ。おふたりは寝てください」

「ありがたい。助かるよ。一刻後に交代しよう」

南江はすぐにいびきをかきはじめた。養叟もしばらく考えごとをした後に目を閉じる。

日が出る一刻ほど前、三人は火の始末をして出立した。

南江はあくびをかみ殺し、養叟は誰よりもしっかりとした足取りで歩く。

「まずはどこを目指すのでしょうか」

一休は、養叟の背中に問いかける。

「老《おい》ノ坂《さか》だな」

山城国から丹波《たんば》国へと通じる峠だ。そこに辻堂があるので、人と落ちあうという。

「どなたと待ち合わせですか」

「私の娘だ」

「娘」と、思わず一休と南江は声をあげてしまった。

「そうだ。老ノ坂で落ち合う約束をしている」

戸惑う一休と南江をよそに、養叟は足を速めた。日が昇り、あたりが明るさを取り戻す。ただよっていた靄《もや》が完全に消えたころ、山道の先にひっそりとした辻堂が現れた。すでに中から人の気配がただよっている。

「養叟だ。ついたぞ」

大きな声をかけると、頭を丸めた、まだ十代半ばと思しき若い尼が出てきた。

「なんだ、宗英《そうえい》殿ではないですか」

南江が間の抜けた声をあげた。

「なんだ、とは失礼ですね」

勝ち気な声で若い尼が非難する。

「師兄、養子縁組をされたのですね」

一休の問いかけに、養叟は微笑で返す。僧侶は尼と養子縁組をすることが多い。師匠の華叟宗曇も華林宗橘《かりんそうきつ》という尼と養子縁組をしている。宗英は、高源院《こうげんいん》という近江《おうみ》国の尼寺の住持の孫娘だ。法要などで顔をあわせるので、一休も面識はある。しかし、どうしてこの場で養叟と落ち合うのか。本来なら高源院で修行をしているはずだ。

「尼寺の修行は退屈です。私は、男と同じような厳しい修行がしたいのです」

「そして、義父《ちち》の私のもとまで押しかけてきたというわけだ」

養叟を見つめる宗英の目差しに、誇らしげな色が混じっている。

「一休はもう道号をえている。南江も以前にいた寺でもらっていたろう。尼が同行したとて問題ないと思ってな」

「そうはいうものの、宗英殿はまだ印可も道号もえていないでしょう」

男の僧侶と行脚することは、宗英にとっては戒律破りになるのではないかと暗に一休はほのめかす。

「宗英がいうように、女人の修行は不十分になりがちだ。歳を召してから出家される尼が多いからな」

子を産み夫と死別した女性が尼になることが多い。宗英の祖母もそうだ。

「祖母の下での修行では物足りないのです。私は、禅の本質を知りたいのです」

まるで喧嘩を挑むような声で宗英がいってくる。

「しかし、女の身でなあ」と、南江が一休に同意を求めた。

「日ノ本最初の仏徒も嶋《しま》という女性だった。それに、修行は男だけのものではない。尼寺でも、正しい禅の修行ができるようになるべきだ」

養叟は脚絆《きゃはん》の紐を結びなおした。

「さあ、いこうか。宗英、女だからといって手加減はせんぞ。一休、南江もそう心得よ」

厳しい声でいって、養叟は老ノ坂の険路《けんろ》を登りはじめた。

四

丹波にある庄屋屋敷の一隅で、一休らは坐禅を組んでいた。参禅を知らせる喚鐘がなり、独参場を模した小屋にまず向かったのは一休だ。南江と宗英は、坐禅を組みながら自分の順番が来るのを待つ。障子を閉めて、養叟に深々と拝礼した。作法通り、与えられた『牛過窓櫺《ぎゅうかそうれい》』の公案を漢文で唱えようとした。

「公案はよしておこう。一休を導けるのは、華叟老師だけだ」

「そんな、せっかくです。旅のあいだだけでも指導を受けたいのですが」

「一休は、道号をえるのに四年しかかからなかった。きっと、来年か再来年には印可をえる」

道号をえて通常、一、二年で印可をえることができる。

「私が印可をとるのに十六年もかかったのは知っているだろう」

「それは、師兄が老師に楯突いたからでしょう」

養叟が印可に納得していれば、七年で印可を得ていたはずだ。

「かわりに、こういうのはどうだ。現成公案《げんじょう》に取り組んでみてはどうか」

現成公案——この世に現出する全てのものは仏道であり、公案である、という考えだ。つまり、養叟は暮らしの中から公案を見つけろといっている。

「呆れましたね。それは師兄が怠けたいだけでは」

「そんなことはないぞ。一休は理に走りがちだ。もっと、この世のありとあらゆることに気を配った方がいい」

そうはいうものの雲をつかむような話だ。

「私が昔取り組んだ現成公案がある。仏歌だ。案外、公案に向いているかもしれんぞ」

養叟は、朗々と節をつけて語る。

釈迦が極楽から地獄をのぞき見たときのことだ。地獄にひとりの悪人がいた。俗世では人を殺し、物を盗むのが常だった。しかし、過去に一度だけ悪行を犯さなかった。盗みに入った帰り、悪人は地べたをはう蜘蛛を踏まずに、なぜか巣へと帰したのだ。それを知った釈迦は、極楽から蜘蛛の糸を下ろし悪人を助けようとした。悪人は蜘蛛の糸を伝うが、途中で地獄の亡者がついてきていることに気づく。糸が切れることを恐れた悪人は「手を離せ、この糸はわしのものだ」と叫んだ。

その刹那、糸は切れて、悪人は地獄へと真っ逆様に堕ちる。

語り終わった養叟は、黙ってこちらを見た。

「正直にいっていいですか」

「もちろんだ」

「御伽話《おとぎばなし》の域を出ていないと思うのですが」

「手厳しいな」と、養叟が苦笑いを浮かべる。

臨終間際の人と絵の中の仏の掌を糸で結び、極楽浄土へ導く風習がある。五色《ごしき》の糸というが、この糸を別のものに置き換えた寓話は各地にある。生前に救った生き物によって、すがる糸が蜘蛛の糸だったり蚕の糸だったりする。

「筋が平易すぎます。命あるものを助けることの大切さや仏果を他者と分かちあうことの重要さを説くには、よい話です。ですが、これでは疑団《ぎだん》が生じません」

公案は、心の中に迷いや疑問を生じさせることを目的としている。これを疑団という。疑団を乗り越えた先に、悟りがあるという考えだ。

「まあ、しかし、この仏歌を覚えておいて損はないと思うぞ」

言い訳じみた声でいうと、養叟は鈴を鳴らした。「南江を呼んでくれ」とにべもない。障子をあけて外へと出る。僧堂である納屋に戻ろうとして「ああ」と声をあげた。あのときの歌か。一休が禅病を患ったとき、養叟が軟酥の法で救ってくれた。その際に聞こえた歌だ。

なるほどこんな筋だったか、と合点がいった。

南江が去ってからしばらくして鈴の音が鳴り、次に宗英が僧堂を出ていった。彼女に与えられた公案は『趙州無字』。本当に一から修行をし直すつもりのようだ。小さな鈴の音がなり、傍目にもうなだれたとわかる宗英が戻ってきた。

参禅が終わり、日天掃除に移る。庭を箒で掃き清めているときだ。僧堂の前に宗英がいた。そういえば、参禅が終わってからずっと元気がない。納屋の壁によりかかり、必死に目元をぬぐっている。涙が頰を濡らしているのがわかった。

「宗英、どうしたんだい」

声をかけると、きっ、と睨んでくる。その目は真っ赤だ。

「なんでもない。ほうっておいて」

怒鳴りつけて、どこかへと消えていく。

「一体、何があったのです」

薪を運んでいる南江に声をかけた。

「ああ、どうも公案の読み方を間違ったらしい」

参禅のとき、最初にするのは公案を漢文で読むことだ。これを間違えると、どんな老師も烈火のごとく怒る。公案の肝は頭で考えることでなく、五感——いや心を含めた六根全てを使って感じとることだ。ときに〃雲水が公案と一体となる〃ともいわれる。そうまでしないと、公案は透過できない。

読みを間違った時点で、公案と一体となれていないのだ。

「宗英は、漢文に手こずっているようだ。まあ、仕方ないけどな。漢字を書ける女人は少ない。若ければなおさらだ」

南江の言葉は理解できた。だが、つづく言葉はちがった。

「かな文字の公案でもあれば、もっと女人が修行しやすくなるのにな」

「それはちがいますよ」

きつい声で一休はいっていた。

「漢文や漢詩の素養は欠くことができないもの。日ノ本の言葉だけでは、公案の美しさは感じとれません」

かな文字の公案など、出汁をとらぬ羹《あつもの》に等しい。

「理屈ではそうなのだが……」

「読めぬならば、教えてやればいいのです。それが師兄たる者の務めでしょう」

「おい、どこへいく」

「宗英に教えてやるのですよ」

「それはいい心がけだが……今はよせっ。お前が下手に教えれば、宗英が頑なになる」

「なぜです。公案の読みを間違えるような信じられない不作法は、すぐに糺《ただ》さねばなりません。養叟師兄にも申し訳が立ちません」

「そういう言葉遣いだ。理屈はそうなのだが、世の中は理屈だけでは回っていかぬ」

一休と宗英の仲裁役を常に押しつけられている南江は、抱きつくようにして一休を止めるのだった。

五

托鉢をする一休の前を、人々が通りすぎていく。空の応量器には誰も目をくれない。やがて足元からのびる影が長くなりはじめた。

「参ったな」と、つぶやかざるをえない。これでは、満足な食をえることができない。

「やれやれだよ」

南江が禿頭をかきつつやってきた。その様子から托鉢は不首尾だったとわかる。

「このぶんだと明日の粥座《しゅくざ》（朝食）や薬石《やくせき》（夕食）はお湯だけですね」

ほとんど空の頭陀袋《ずだぶくろ》を、一休は見せた。

「ほーおぅ」

凜とした声が聞こえてきた。網代笠をかぶった宗英が歩き托鉢をしている。

「宗英、そろそろ寺へ行こうか」

「南江師兄は、いかほどのお布施がありましたか」

「この様だ」

南江が頭陀袋の中を見せる。

「たったこれだけですか」

「これだけとは言いようだな。宗英――」

強い言葉でいった一休は口籠る。宗英のもつ頭陀袋には、たっぷりと米や雑穀がはいっていたからだ。

「ありがたいことです」

合掌する宗英に、一休は思わず「それはちがうよ」といってしまった。

「布施は、施す方もされる方も修行だ。ありがたいなどという心を持ってはいけない。平らかな心のまま布施をうけないと、いつまでたっても業から解き放たれないぞ」

「そんなことはわかっています」

「わかっているならどうして、ありがたいなどといったんだ」

「ああ、もうよせよ。養叟師兄が来たぞ」

「ほーおぅ」と、低い声が近づいてくる。養叟の顔にも疲労の色が出ていた。頭陀袋にはほとんど物が入っていないようだ。

四人は隣村の寺を目指す。村全体が臨済宗を信奉しており、大徳寺派の僧侶が旅するとき、常に宿の世話になっている。

「うん」と、養叟は立ち止まった。茅葺《かやぶき》の山門に、托鉢帰りの僧侶たちが吸いこまれていく。なぜか、みな輪袈裟を首からかけていた。あれは、一向宗が使う袈裟だ。山門ごしに、読経の声が聞こえてきていた。近づくほどに、南無阿弥陀仏の念仏が大きくなる。看板には〝一向宗寺院〟の文字が大きく墨書されていた。

六

村外れの空地で焚き火をして、一休ら四人は夜を明かそうとしていた。臨済宗だった寺は一向宗に宗旨替えしてしまっていた。宗英の托鉢のおかげで、多少なりとも腹が膨れたのは救いだ。

「義父上は多くの諸国を巡ったのでしょう。どこも、この村のような有様なのですか」

「南無阿弥陀仏の勢いは見過ごせないな。念仏を唱えれば成仏できる。苦しい世に、これほど民の心をひきつける教えはない。今日の寺のように、宗旨替えする寺も多い」

「禅は五山の制によって守られているのでしょう。どうして、一向宗に宗旨替えするのですか」

宗英の問いは切実だ。

「僧侶は五山の恩恵を受けるが、衆生《しゅじょう》はちがう。飢饉になっても、公方様や五山は動かない。それどころか、米を買い占めて値を吊りあげる。より一層苦しむのは、下々だ。禅寺が助けてくれないのであれば、南無阿弥陀仏を唱えて浄土にいける一向宗に救いを求める者が出てくる。この村のように大半の民が宗旨替えすれば、寺も追随するしかない」

「五山は、民を救うために動かないのですか」

そういってから、宗英は一休に目をやった。五山三位、建仁寺の詩僧として名をはせたことは、宗英も知っている。

「寺では酒宴の毎日だよ」

「僧侶なのに酒を嗜《たしな》むのですか」

「嗜むどころではないよ。寺で酒を造っているところもある」

見かねた将軍の足利義持《よしもち》は禁酒令を出さんとしているそうだが、効果のほどはわからない。そもそも義持自身が、禅寺でたびたび酒宴にふける有様だ。

「一休師兄も酒を嗜んでいたのですか」

「いやなことを聞くなあ」

南江に助けをこうが、意地の悪い笑みを浮かべるだけだ。

「師兄は、戒律をなんだとお考えですか」

「一休が破ったのは、飲酒の戒だけではないぞ」

南江のからかいの言葉に、宗英の目が吊りあがる。

「どうせ女色の戒も破ったのでしょう」

決めつけてくるのが忌々しい……が反駁《はんばく》はできない。

「宗英は知らないのか。釈尊が妻をめとり子もなしていることを」

「釈尊とあなたを一緒にしないでください。出家してからは、釈尊は戒を破っていません」

「ああ、よせよせ。そこまで、そこまで」

南江が呆れ顔で仲裁する。

「とにかく今の五山では、民の困窮に向きあえない。その結果、辺地の寺はどんどんと一向宗に宗旨替えしている。このまま民の心から離れつづければ、いずれ禅は滅ぶ。残ったとしても、それは野狐禅――邪道で醜い禅だ」

焚き火を見つつ、養叟はつづける。

「禅の修行を正しくなせば、暮らしの中に美しいものを見つけられる。それは、一向宗の念仏と同じくらい尊いものだ。はからいをなくすことで、判断を誤らなくなる。無漏の心に近づければ、正しいものや美しいものを見落とさなくなる」

一休は空を見た。億を超える星が瞬いている。かつて、一休は養叟が目にした景色を見たいと思った。禅の修行をへて、その境地に近づいている実感はある。

もし、衆生が養叟や一休と同じ美しい景色を愛でられたら。

その中に一休の母がいれば……

これほど美しいものはこの世にはないのでは、と思えた。

七

三年ぶりの都は、さらに流民の数が増えたようだ。公家や武家の邸宅が並ぶ場所でも、物乞いをする姿が見えた。

「じゃあ、一休、私たちは行くよ」

南江が手をあげた。笠を手にする養叟もうなずく。

「もう印可を得たのですから、くれぐれも戒律を破るような真似はしないでくださいね」

宗英の言葉には、苦笑を返した。

三年におよぶ旅の間、一度だけ祥瑞庵に戻り、その際、一休は印可を得ていた。

旅はまだつづけるつもりであったが、今年になって華叟宗曇が腰をさらに悪くしたのだ。歩くのもままならなくなったという。また、雲水も次々と去っていき、介添えの手が足りなくなっていた。四人は、祥瑞庵へ戻ることを決心したのだ。

その途上の京で、一休は赤松越後守の屋敷を訪れる。

そこで、山名小次郎に禅を教授することになっていた。

足を踏み入れたいとは思わないが、小次郎が待っているなら仕方がない。一休は三人と別れ、赤松越後守の屋敷を目指した。門の前にくると、言い含められていた家僕が「一休老師でございますね」と取り次いでくれた。

「三年ぶりでございますな。お会いできる日を一日千秋の思いでお待ちしておりました。小次郎殿は今、こちらへ向かっているそうです」

庭で待っていた赤松越後守が、旅塵でよごれた一休を丁重に奥の間へと案内する。

小さな水盆に白い笹百合《ささゆり》の花が生けられていた。部屋のしつらえにはそぐわない。しかし、母の庵にならばあうだろう。そう考えた刹那、内臓を手で撫でられたかのような不快を感じた。

「お母上のこと、気になりますか」

「いえ」といって、かぶりをふり、雑念を追い払う。

「老師の隠寮に、どんな花を生けようかと考えていました」

赤松越後守が微笑したのは、一休の嘘を見透かしたのだろう。

「それはそうと旅はいかがでした」

「世の荒み具合をこの目にしました」

村々の荒廃を語るが、赤松越後守の態度は変わらない。優雅な所作で、侍女が持ってきた茶を喫している。

「僭越《せんえつ》ながら、越州様は何もされないのでしょうか。飢饉は日ノ本に蔓延《まんえん》しています。座視するのはいかがなものかと。今すぐ施行《せぎょう》小屋を建てるべきです」

「まだ、その機ではありません。民に施しをした程度で世は糺せません。根源を変えねば、焼石に水」

いいつつ、赤松越後守は茶器を手と目で愛でる。

「それよりも変事が出来したのです。備後《びんご》で国人どもが蜂起しました。まずは騒乱を鎮《しず》めねばなりません。善行を施したくとももままならぬのが、もどかしい限りです」

わざとらしく沈鬱な表情をつくってみせる。

「小次郎殿の修行の方はいかがですか」

旅の合間にも参禅を数度、受け入れた。与えたのは趙州無字の公案で、見解などに鋭さや独自のものはなかった。一休が不備を指摘すると、小次郎は無言で顔を伏せる。耳まで真っ赤になっており、無の境地に至るにはまだまだ時が必要なようだった。

「小次郎殿から聞きました。無漏の心が難しい、とね。まっすぐな御仁ですな」

まるで己の飼い犬を評するかのような声だった。

「小次郎様をどうするおつもりですか」

「どうするとは」

「小次郎様を使って、山名一族を手にいれるおつもりなのでしょう」

母を使って一休を操ろうとしたように、とは言葉にしなかった。

「有能な御仁に、ふさわしい所領や役を与える。私の望みはそれだけ。三男の小次郎殿は、このままでは小領の主で終わってしまいます」

「小次郎様が、大きな領地を望んでいるのですか。まだ数回しか会っていませんが、真摯に禅と向きあおうとしています。血腥《ちなまぐさ》い政争には、あの方は向きませせぬ」

純粋すぎて危うさを感じるほどだ。以前、托鉢の意味を教えたときもそうだった。喜捨する者の修行でもある、と伝えると、小次郎はすぐに街へでて托鉢の僧侶を捕まえた。そして、何度も何度も布施を繰り返した。

理由を問うと、平らかな——無漏の心で一向に布施ができないからだという。心のどこかに喜捨を誇る己がいる、と。できるようになるまで、幾度も托鉢の僧侶を捕まえて喜捨を繰り返していた。純粋さがすぎて、何事にも思い詰める質《たち》のようだ。

「小次郎殿が家督を望まぬならば、私は何もいたしませんよ。が、家督を望むならば、別です。私はそれを助けます。全力で、です。ああ、そうそう、小次郎殿は、先ほど申し上げた備後の国人討伐に出陣します。手柄をたてれば、家督の行方もわからなくなるでしょう」

あの小次郎が戦に出るのか。体は屈強だが、武よりも文に長じている心の持ち主だ。

廊下がきしむ音が聞こえてきた。通りすぎる侍女たちとは明らかに大きさがちがう。

「山名小次郎です。一休老師のもとへ参禅に参りました」

「では、私めは退散しましょうか。大切な修行の邪魔をしてはいけませんからな」

そういって、赤松越後守は入れ替わるようにして出ていった。

参禅を終えて赤松家の屋敷を出るころには、日が西の山に半分ほど沈んでいた。

赤松越後守の毒気を受けたせいか、小次郎との参禅は満足のいくものにならなかった。それが、ひどくすまない気持ちにさせた。これでは何のための印可かわからない。

「一休老師」と、声がかかった。

振りかえるとまだ若い——少年といって差し支えない雲水が立っている。

「お初にお目にかかります。紹等《じょうとう》と申します」

幼い顔の作りに反して、声は低い。目にはよくいえば大人びた——悪くいえば不敵な光が宿っている。

「法諱から察するに、大徳寺の雲水か」

大徳寺は、法諱に宗や紹をつけることが多い。はたして、少年はこくりとうなずいた。

「何の用かな」

硬い声になったのは、屋敷を出るところを待ち構えられていたからだ。

「ぜひ、一休老師にお近づきにならせていただけないでしょうか」

「それはよしたほうがいいだろう」

「なぜでしょうか」

「そなたは雲水だろう。その歳ならば、公案をひとつでも多く透過するよう努めるべきだ。それに今日の外出は、老師の許しをえているのか」

紹等と名乗った少年が首を振った。今ごろ大徳寺の道場は大騒ぎであろう。

「公案をどれだけ透過しても、大徳寺では出世できません」

「仏道を究め、悟りを開くために入山したのではないのか」

「弟や妹を養っていくためです。私は出世せねばならぬのです。弟や妹の暮らしが成り立つようにせねばなりません。公案などという遊びに、時を費やしている暇はありません」

「遊びだと」

「そうではないですか。五山では、透過する公案の数は家柄で決まると言われております。ならば、私のような出自の卑しい者がいくら頑張っても無駄です。何より、私は公案や坐禅に意味があるようには思えません」

「意味など簡単にわかるものではない。だから、生涯をかけて坐禅を組むのだ」

「では、私が悟るまで、弟や妹はどうなるのですか。どうして、私が修行しているうちに、父は死なねばならなかったのですか」

紹等の剣幕に、一休は後ずさりそうになった。語気が荒くなったことに気づいた紹等が「失礼しました」と頭を下げる。

「一休老師、お願いです。私は出世したいのです。だから、禅寺に入ったのです」

紹等が両手をついて這いつくばる。

「出世したいならば、私でなくともよいだろう」

事実、大徳寺には五山の息のかかった住持は多い。

「赤松様と人知れず入魂になっている一休老師の慧眼《けいがん》に、私は惚れたのです。また、山名家のご子息も先ほど屋敷を訪れておりましたな」

ふてぶてしい声は、大人と変わらなかった。

「来年には言外《ごんがい》和尚の三十三回忌が行われます。私に、その法事を取り仕切る役を与えてくれませんか」

大徳寺の七代目住持の言外和尚は、華叟宗曇の師匠だ。その三十三回忌の法要は華叟宗曇の弟子が取り仕切る。諸国行脚に忙しい養叟ではなく、一休や南江が中心となる手筈だ。

「なるほど、法要には五山の高僧たちも来る。それが狙いか」

「はい」と、やはり悪びれることなく紹等は答える。

「引き立てていただければ、ご恩は一生忘れません。一休老師や赤松様にとっても悪い話ではないと自負しています」

じっと紹等を見る。一休の出自にまでは気づいていないようだ。

「弟子をとるつもりも、そなたを引き立てるつもりもない。それに、赤松様には近づかない方がいい」

紹等が、不思議そうに首を傾げた。

あのお方はお前が考えているよりずっと邪悪だ、という言葉は呑みこんだ。

八

祥瑞庵に帰ってからの一休の日々は、奔流のように過ぎていった。少なくなったが雲水たちを鍛え、華叟宗曇の介添えに汗を流す。しかし、どうにもならないこともあった。数ヶ月に一度は、雲水たちが去っていった。挨拶をして辞めるならいい方で、夜中に姿をくらます者の方が多かった。日に日に閑散となる祥瑞庵に、一休は暗澹《あんたん》となる気持ちを抑えられない。

そうこうしているうちに、言外和尚の三十三回忌の法要も近づいてくる。

久々の外出は、法要の談合のため大徳寺へ向かうことだった。雲水をつけずに京を目指したのは、そうしないと道場が回っていかないからだ。

夜明け前に出立し、旅の日々を懐かしく思いつつ足を運んでいると、あっという間に大徳寺についた。砦を思わせる山門に人々が吸いこまれていく様子は、祥瑞庵とは大違いだ。

「おい、あれは一休老師ではないか」

「老師の下の世話で名を上げた、あの一休か」

「まだ三十になっていないのではないか」

通りすぎる僧侶たちから、蔑《さげす》みの声があがった。華叟宗曇の介添えのことをいっているのだ。

一休は、老師の下の世話も躊躇しなかった。素手で便器も洗った。当然の行いだが、五山の僧侶にとっては蔑みの対象になるらしい。

「師兄、お待たせしました。わあ、これが噂に聞く大徳寺の山門ですか」

落ち合うなり、宗英は目を細めて山門や諸堂を眺める。

「遊山《ゆさん》に来たのではないからね。気をゆるめないように」

「わかっていますよ。私だって高源院の使僧を任されているのです。童扱いはくれぐれもしないでくださいね」

今日は仲裁役の南江がいないので、一休はぐっとこらえる。ふたりが目指すのは、如意庵《にょいあん》だ。言外和尚が開山した塔頭で、一休らにとっては本山に等しい。とはいっても、威容をほこるわけではない。清貧を旨とする如意庵は、蔵を土倉や酒屋に貸したり、金主になったりしている他の塔頭とはちがう。

しばらく書院で待っていると、住持や役僧たちがやってきた。住持自らが、歳の若い一休らに法要の段取りを説明してくれた。だが、やはり容易ではない内容が含まれている。予想していた一休は黙って聞いていたが、隣の宗英は我慢できなかったようだ。

「待ってください。徳荘《とくそう》老師や順安《じゅんあん》老師が参列されるのは結構ですが、席次がおかしくありませんか」

疑問はもっともだ。徳荘も順安も大徳寺塔頭の住持ではあるが、南禅寺や相国寺で印可をもらっている。五山上位の寺とはいえ、本来なら大徳寺出身の僧侶が席次では遇されるべきだ。

「五山からの許しをえるためには、このふたりを下位の席次にするわけにはいきませぬ」

「しかし、これでは言外和尚の弟子である老師たちは納得しませんよ」

若い宗英は怒りを抑えられない。

「そ、それはそうなのですが」

一方の住持は、困りはててしきりに汗を拭いている。

「反対しそうな老師は、祥瑞庵の方で説得いたします」

「師兄は、五山の横暴を認めるのですか」

宗英が一休を睨みつける。

「法要を滞りなく営むには、五山の理解は必要不可欠だ。下手をすれば、法要そのものが中止にさせられる」

「理解ですか」と、宗英は形のいい唇をゆがめた。つまるところ、賄賂である。

五山を慮った不当な席順をいかにしてみなに納得させるか、談合の八割はそのことに終始した。如意庵を出ると、境内には僧侶や寺男、出入りの商人たちが忙しげに行き来している。酒樽を乗せた荷車が堂々と塔頭の中へ入っていく光景は、かつて一休がいた安国寺や建仁寺と変わらない。

ふと、松並木の向こうからやってくる一団に気づいた。煌《きら》びやかな袈裟を身にまとった僧侶たちだ。一休を見て、ひそひそと耳打ちをする。

「師兄、お知りあいですか」

「ああ、私が建仁寺にいたころの師兄や同夏たちだ」

「それは――」

宗英が狼狽えているあいだに、僧侶たちがにやけた顔で近づいてきた。

「ひさしぶりだな、周建《しゅうけん》」

声をかけたのは、周懐《しゅうかい》というかつての師兄だ。

「ご無沙汰しております。今は一休宗純《そうじゅん》と名乗っております」

「くその世話で名を上げた一休とは、そなたのことか。これは驚いた」

建仁寺の僧だけでなく、行き交う人々も足を止めて笑った。

「くその世話で悟りを開いたのは、お主ぐらいのものよ。それはそうと、最後にあったのは傾城屋だったかな。もう、そちらの味は嗜まないのか」

あえて宗英に聞こえるように、周懐はいってくる。

「若いころに戒律に怠惰であったのは事実ですが、今は修行に邁進しております」

「まるでわれらが修行に真摯でないかのような言い草だな」

その通りだ、といってやりたい衝動を必死にねじ伏せる。

「しばらく見ぬうちに随分としおらしくなったではないか」

「騙されるな。言外和尚の三十三回忌が近いゆえ、猫をかぶっているだけだ」

「あなたたち、失礼ではないですか」

「宗英、やめろ」

嚙みつこうとした宗英を怒鳴りつける。

「そうだ。猫をかぶっているかどうか試してみるか。おい、そこの商人」

酒を運んでいた男を呼び、問答無用で壺をひとつ取り上げた。

「こ、困ります。それはこちらの寺に頼まれたものです」

「われらが建仁寺の僧侶と知ってそんな口をきくのか。ほら、銭は払ってやる」

銭を投げつけ、周懐は一休に向き直った。

「呑んでみろ、周建。お前も好きだったろう」

「私は修行中の身です」

「安心しろ。酒ではない、般若湯《はんにゃとう》だ。知恵と仏果をさずける薬湯だ。それとも建仁寺の般若湯は呑めぬというのか」

般若湯は戒律破りを誤魔化すための酒の別名にすぎない。

「三十三回忌の法要を無事にすませたくないのか。私たちの老師も参列する。当然、私たちも従僧としてお供をする。われらの般若湯を拒むのならば、そのことを老師にお報せせねばならない。建仁寺の沽券にかかわることゆえな」

一休は拳を握りしめる。

「それとも、そっちの尼殿に呑んでもらうか」

そういわれれば、受け取るしかない。両手で酒壺を持ち、口の中に流しこむ。十二年ぶりの酒は喉を焼くかのように感じられた。通りすぎる人たちが、不審げに一休を見ている。

「さすがは一休老師、般若湯の呑みっぷりにも修行の成果が見えるわ」

「そういう賢明さをもっと早く身につけるべきだったな。さあ、早く、全部呑み干せ」

「ああ、周懐様ではございませんか」

背後から声がかかった。振りかえると、まだ十代と思しき雲水が立っている。

「おう、誰かと思えば紹等ではないか」

周懐が親しげな声をあげる。

「法要で着用される袈裟や数珠《じゅず》のご用意はもうできております。きっと、ご満足していただけるかと」

深々と紹等がこうべを垂れる。

「身につけたもので、われらの評判も変わる。特に三十三回忌の法要ともなれば、参列者も多い。下手なものを着ていけば、名を落としかねん」

「ご安心ください。おっしゃっていた店で誂《あつら》えた良品ばかりです」

「紹等に頼んだ甲斐があったわ」

「おかげ様で皆様にかわいがってもらっております。私は用事がありますので、お先に行ってください。宴席の用意も整っております」

周懐たちを丁重に送りだした後、紹等は一休に向きなおった。

「災難でございましたな」

皮肉をたっぷりと籠めていう。

「どうですか。今の様子を見て、私がいかに使える男かおわかりいただけたでしょう」

「いいように使われているだけではないのか」

顔はにこやかなままだったが、紹等の瞳に鋭い光が宿る。

「しかし、周懐様は阿呆ですな。一休老師が赤松越州様とご入魂だと知っていれば、あんな無体はできなかったでしょうに」

言葉は悪意に満ちており、一休でさえ耳を塞ぎたい思いに駆られる。

「赤松越州様は将軍近習《きんじゅ》で終わる方ではありません。そのことをわかっている者は、私と一休老師だけですね」

「紹等には、尊敬する老師はいないのか」

「今お仕えしている老師は素晴らしい方ですよ。私の才覚をかってくれていますし、こたびの法要にも付き従うことを許してくれました」

「生きるために銭が必要なのはわかる。しかし、それが過ぎるのはちがう」

公案に打ち込むことで、一休はこの世界が美しく見えた。あのような経験を、紹等はしたことがないのか。いや、そういう風に老師や師兄は導いてくれなかったのか。

「そんな顔をしないで下さいよ。私だって公案で得たものはあります。疑団というものが、心中に生じましたよ。何なら披露してみせましょうか」

ずいと、紹等は一休に近づく。

「それは、公案など何の役にも立たないのではないか、という疑団ですよ」

そういって紹等は高らかに笑った。

九

道すがら、一休は幾度も宗英に詰《なじ》られた。「あのような無礼を許してもよいのですか」と。紹等に反論しなかったことが、よほど悔しいようだ。憤りのせいか、近江へとつづく峠道を進む宗英の足は速い。一方の一休の足は重い。

「印可をえた師兄ならば、あの若者の参禅を受けられるでしょう。私のかわりに、とっておきの公案をぶつけてやってください」

禅者とは思えぬ好戦の気に満ちた言葉に、一休は苦笑するしかない。

「じゃあ、宗英ならばどんな公案を彼に与える」

「そ、それは……」

宗英の言葉がたちまち萎《しぼ》んだ。

紹等の過酷であっただろう半生に思いを馳せれば、疑団を生じさせることの難しさを痛感せざるをえない。

ため息を吐き出したが、足は重くなる一方だ。

木こりが道の向こうからやってくる。童を連れていた。小さな掌をあわせて「南無阿弥陀仏」といった。

「これ、あちらは臨済宗のお坊様だよ。絡子《らくす》を身につけているだろう。申し訳ありません。物を知らぬ童で」

木こりが何度も頭を下げる。

「臨済宗ってなに」

「とても厳しい修行をする教えだよ」

「念仏、唱えるだけじゃだめなの」

狼狽える木こりは、童を引きずるようにして消えていく。

「だが、紹等のいうことも一理ある」

木こりが完全に見えなくなってから、一休はいった。

「なんですって」

「臨済禅は厳しい修行が必須だ。念仏を唱えれば救われるわけではない」

口には出さぬが、衆生も紹等と同じことを考えている。ただ、面と向かっていわないだけだ。

「私たちの教えは、自分たちだけが救われればいいといっているわけではないですよ」

宗英のいうことも正論だ。

「十牛図《じゅうぎゅうず》の入鄽垂手《にってんすいしゅ》の心です。師兄だって、そのぐらいわかるでしょう」

十牛図とは、禅宗が編み出した十の禅画だ。悟りの段階を、十枚の牛の絵で表している。最後の十枚目は入鄽垂手といい、悟りを開いた禅者は再び世俗に身を置き、今度は衆生を救う行へと移る様子を描いている。

自利を極めることは、他利につながるのだ。

では、衆生に臘八接心を課すのか。

あのような厳しい修行を、ふつうの衆生が耐えられるわけがない。得度したものしか救えぬのならば、一休や養叟が見た美しい景色に衆生は永遠にたどりつけない。

「そうだ。とびきり読むのが難しい公案を与えてやればいいのです。そして、読み間違えたら思いっきり叱ってやるのです」

思わず笑ってしまった。そういえば宗英は何度か公案を読み間違え、養叟に烈火のごとく叱られていた。そして、一休が手取り足取り教えてやろうとするが、それが仇となってふたりの口論が絶えなかった。

少し足が軽くなった。根を詰めすぎていたのかもしれない。

「宗英はもう公案を読み間違えないのか」

「ひどい言い草ですね。もう、大丈夫ですよ。公案と一体となる術《すべ》は、すでに身につけましたから」

公案と一体となるか、とつぶやいた。現成公案という言葉も思い出す。宗英が公案を読み間違えた日の参禅で、養叟は一休に現成公案に取り組んでみてはどうか、といった。

目の前におこる全てのことは禅であり公案である。ならば、一休の前に現れた紹等も現成公案だ。そして、紹等が突きつけた矛盾もまたしかりだ。

息を吐き出し、長く吸う。紹等の弁は、公案と考えればいい。

ならば、己はどうするのか。

公案と一体となり、全身全霊で答えを出すだけだ。

十

煌びやかな袈裟を着込んだ僧侶たちが、大徳寺の境内を歩いていた。従僧たちを何人もひきつれる様子は、武家の行列のようだ。言外和尚の三十三回忌だけあり、身につける法衣はもちろん、薫《た》きしめたお香も高価なものだとわかる。

「あれは南禅寺の和尚ぞ」

「あちらは相国寺の老師だ。従僧の方々の装いもまた見事よな」

見物の群衆たちの声も賑やかだ。難をいえば大徳寺の法要なのに、存在を誇示するのは南禅寺や五山から呼ばれた僧侶たちばかりだということだ。

だが、そんな人々の声がやむ。

歩む一休を見て、みなが息を吞んだ。

「なんだ、あのなりは。言外和尚の法要だということを忘れたのか」

誰かの声が聞こえてきた。一休が着ているのは、艦褸を縫い合わせた法衣と袈裟だ。弊履《へいり》という言葉がしっくりくる草鞋をはいて、一歩一歩を踏み締める。

「あれは、華叟老師会下の一休ぞ」

「あの方が一休様なのか」

「しかし、なぜあのようななりを……」

一休の歩みに、南禅寺や五山の高僧たちもたじろぐ。立ちすくんでいるのは、建仁寺の僧侶たちを案内していた紹等だ。目を大きく見開いている。背後には美しい法衣に身を包む、周懐たちもいる。

「い、一休よ、そのなりは何なのだ」

苦々しげに問うたのは、周懐だ。

「先ほどまで坐禅をしていました」

「坐禅だと」

「はい。七日七晩、橋の下で」

襤褸になった法衣のあちこちから、肌が見えているはずだ。そこには修行によってできた生傷がある。特に脛《すね》のあたりは長時間の坐禅でできた傷が膿んでいる。

一方、周懐たちの肉はたるみ、肌は艶やかだ。

別の僧侶が目を怒らせて、前に立ちはだかる。

「気でもちがわれたか。言外和尚の法要に、そのようなお姿で参列するおつもりか」

「いかにも」

立ち塞がる僧侶の顔が怒りで朱にそまった。その背後では、加勢するように五山の従僧たちが壁を作らんとしていた。

「では、どういう料簡《りょうけん》でそんな恥知らずな格好をされる。公方様お墨つきの十刹九位大徳寺の格に泥を塗るつもりか」

すぐには答えず、みなの目差しが集まるのを待つ。僧侶だけでなく、見物の群衆も見守っていた。

「あれは、大燈《だいとう》国師だ」

誰かがぽつりといった。

「大燈国師って、大徳寺開山の」

「そう、大燈国師の故事だよ」

「ああ、あの有名な大燈国師の乞食行《こつじきぎょう》のことか」

声がどんどんと大きくなり、広がっていく。

大徳寺の開山は大燈国師こと宗峰妙超《しゅうほうみょうちょう》だが、印可をえてからも五条大橋の下で二十年におよぶ乞食行を行《おこな》った。その姿は流民と区別がつかず、帝の使者でさえ探しあぐねたほどだ。

「なるほど、あれこそが真の禅者」

「馬鹿、あんなものは野狐禅だ」

「しかし、あの体をよく見てみろ。ただ橋の下にいたのではない。大変な修行をしたはずだ」

「今の時代に、大燈国師の乞食行などそぐわぬわ。あんなものは偽物の行だ」

「そうよ、一休とはとんだ愚物だ」

群衆たちは興奮気味に、一休の行いが是なのか非なのかを論じあっている。それがまた、見物の衆をさらに集める。

「ひとつたしかなのは、法衣の美しさは関係ないってことだ」

誰かがいった言葉に、みながどっと笑った。周懐らは顔を赤らめてうつむいている。

一休は、かつての師兄たちに近づいていく。

「周懐師兄、よくぞお越しくださいました。愚僧一休、法堂まで建仁寺の皆様をご案内したいと思います」

周懐たちは逃げることもできず、青ざめた顔で「わかった」と発した。その横では、紹等が唇を噛んでいる。

十一

法要が終わった大徳寺には、静けさの中にも熱気の残滓《ざんし》が漂っていた。建仁寺の僧侶たちや紹等はもういない。自分たちの出立《いでた》ちを恥じ、早々に境内から消えた。

ふと見ると、如意庵や祥瑞庵の僧侶たちが去っていく客たちに挨拶をしている。一際目立つ僧侶がいた。背の高い、養叟だ。広い肩幅に纏《まと》っているのは、美しい法衣と袈裟だった。

さすがに建仁寺の僧侶たちに比べれば地味だが、如意庵や祥瑞庵の誰よりも華美である。あるいは、華叟宗曇よりもかもしれない。

胸に不穏な気が湧き上がる。

なぜ、養叟は建仁寺の僧侶に追従するようななりをしているのか。

いや、と首をふった。養叟の装いは華美だが、特別なわけではない。ありうる範疇《はんちゅう》だ。なのに、養叟の姿を注視していると胸にわだかまりが積もる。

「一休老師の御名は、ますます世に鳴り響くでしょうな」

背後からの声に振り向くと、赤松越後守が立っていた。

「法要に参列していたのですか」

「いえ、私は呼ばれておりませんので。ただ、何事がおこってもいいよう、寺内で待たせてもらいました」

赤松越後守は、一休の襤褸を見ても顔色ひとつ変えない。

「それにしても、一休老師の師兄は恥知らずなお姿をしておりますな。これでは南禅寺や建仁寺の僧侶と変わりませぬぞ」

「師兄には、言外和尚の法燈を守る重責があるのです。私とちがってしがらみが多くあります」

赤松越後守を睨みつけた。

「なるほど、装いひとつとっても一休様のように気ままにならぬ、と。ああ、お待ちください。実は話があるのです。外ならぬ養叟殿のことです」

去ろうとしていた一休の足が止まった。

「お部屋は私の方で支度しております」

赤松越後守は大徳寺の塔頭のひとつを指さした後、有無をいわせず歩きはじめた。興味がないならついてこなくてもいい、とその背中はいっている。一休は後にしたがった。

掛け軸や花器が飾られた一間で、ふたりは向き合って座る。

「一体、なんなのですか。養叟師兄に何があったというのですか」

「それですよ」

赤松越後守が、わざとらしく憂いの表情をつくる。

「養叟、という道号です」

「それが何だというのです」

「五山に注進があったそうなのです。ある僧侶が、養叟という名前を僭称《せんしょう》している、と」

「なんですって」

赤松越後守はすかさず指を鳴らす。二十代前半と思しき痩身の僧侶がやってきた。怜悧な目元が、赤松越後守とそっくりであった。

「こやつは私と同じ赤松一族のひとりで、今は叔英《しゅくえい》老師の会下におります」

叔英老師といえば、相国寺、建仁寺、南禅寺などの住持をつとめた高僧である。

「なぜ、そんな方が……」

「間者ですよ。いずれ五山は潰します。そのためには、内情をよく知る者が必要ですからね。一族の者を紛れこませたのです」

「真蘂《しんずい》と申します。以後、お見知りおきを」

声は高く、聞き心地がいい。容貌も相まって、なりは人のよい僧侶のようだ。しかし、目つきゆえにどこか人を見下す風がただよっていた。

「さて、話のつづきですが、五山で、あることが取り沙汰されました。大徳寺派の僧侶に道号を騙《かた》る者がいる、と」

「そ、それが師兄だというのですか」

赤松越後守が真蘂に目をやる。あごだけで、しゃべれと命じた。

「ご存じのように、道号や印可をえた際、僧録《そうろく》へと届出をせねばなりません」

僧録とは、五山の人事の全てを司る役職だ。ちなみに五山の頂点ともいうべき蔭涼軒主は本来、僧録と将軍の連絡役にすぎなかった。しかし、将軍に近侍するゆえに、今は蔭涼軒主の力は僧録を凌駕してしまっている。

「五山に列する寺では当たり前のことですが、養叟殿……これは道号のはずですが、届出がなかったのです。さらに調べると、印可の届けもないのに師家《しけ》のような活動も見られました」

「そ、それは、手違いなのです。私は事情を知っています。師兄は、十年以上前に印可と道号を受けるはずだったのです。実際に必要な公案は透過しました。しかし、師兄は自分の見解がまだ透過には程遠いと印可を拒んだのです」

それだけでなく、道号も返上したいといった。

「それはそれは」

赤松越後守が他人事のような合いの手をいれる。

華叟宗曇は自分の信念に従い養叟と与えた道号で呼び、養叟は宗頤《そうい》と法諱で呼ばれることを望んだが、雲水たちは老師に従った。結果、養叟という名前だけがひとり歩きした。

「決して、誰かを騙そうとしたわけではないのです」

「しかし、養叟の名前で文書《もんじょ》を出しているのであろう」

赤松越後守が真蘂に水を向ける。

「在家の信徒の何人かに印可状を出しております。養叟の名前で、です。その信徒のひとりが僧録に問い合わせたところ、養叟という道号の僧侶はおらぬとわかったようなのです」

「申し訳ありません。師兄にかわり謝ります」

一休は両手をついて深々と頭を下げた。

「われらに頭を下げられても仕方のないこと。ただ、厄介なのは五山です。もともと本流から外れる華叟宗曇老師は、よく思われておりませんでした。排斥を考える一派も大徳寺内におります。そ奴らに、よい口実を与えてしまったようなのです」

「届出を忘れただけではないですか。もちろん、忘れるのはよいことではないですが……」

「私もそう思います。実際、林下の寺なら届出は不要ですからな。五山の寺でも道号や印可の届出がない僧侶も少ないながらいるでしょう。それでも、排斥を企む者たちにはよき口実となります。特に、養叟殿の昨今の名声を考えると、醜聞としては実に最適」

一休の顔から血の気が引いた。

「師兄は……どうなるのですか」

「真蘂めと私の説明が悪かったようですな。養叟殿、いや、正確には宗頤殿だけの問題ではありませぬ。華叟宗曇老師や如意庵を本山とする一派が犯した罪なのです。間違いなく、排斥派は祥瑞庵そのもの、あるいは如意庵を含めて責を負わせるでしょう」

一休の視界が揺れだす。

「私ならば、宗頤殿を破門にします。そうせねば、祥瑞庵も如意庵も救えませんよ」

赤松越後守が勝ち誇るような笑みを浮かべる。その望むところを知り、嫌悪が吐き気に変わった。

「あなたなら師兄を救える、と。そして引き換えに、あなたの野心を手伝う仲間になれ、と」

赤松越後守は目を糸のように細めた。

「さあ、どうされます。宗頤殿を、いや祥瑞庵を見捨てますか。私はそれでも一向に構いませんよ。それとも、私と手を組んで大切な師兄を救いますか」

赤松越後守の頬が火照っていた。

己の野心に酔っている。

「ひとつだけ教えてください。こたびの件は……あなたの謀《はかりごと》ではないのですね」

「と、いうと」

「あなたが、師兄を陥れようとした。私を手に入れるために。そうではないのですね」

すうと赤松越後守の高揚が消えていく。凄みを感じさせる冷徹な表情に戻る。

「そうですよ。これは、私の謀です」

恐ろしく低い声で、赤松越後守がいった。強烈な害意が、一休の全身に満ちる。己が、これほどまでに人を憎めるのかと思った。

「だから、どうしたというのです。悪いことをしたのは、宗頤殿ですよ。私はそれを見つけて、五山の目にふれるようにした。ただ、それだけです。何も悪いことはしていない。なあ、そうだろう」

赤松越後守が、聞き入る真蘂に同意を求めた。真蘂はあわててうなずく。

「いや、ちがうか、真蘂を使って大徳寺の排斥派を焚きつけたか。すっかり忘れていましたね」

そして、天井にむけて笑声を放つ。

一休は息を吐き出す。怒気をはらんだそれは湯気よりも熱く感じた。

「あなたと手を結びましょう」

にやりと赤松越後守が笑った。

「それで……師兄や祥瑞庵が助かるなら安いものです」

口の端を吊り上げる赤松越後守の様子は、狼が笑うかのようだった。

十二

祥瑞庵の東司《とうす》（厠《かわや》）の前に、養叟は立っていた。星が瞬く空を無言で見上げている。

「ここにいたのですか」

一休が近づくと、「いくつになっても、ここが落ち着く」と養叟は微笑を向けた。

「雲水のころを思い出しますか」

厳しい修行の中で、雲水が唯一息を抜けるのが夜中の東司だ。修行の辛さや弱音を吐露し、同夏たちと慰めあう。道場の中では私語はほとんどできないが、夜の東司だけは別だ。老師や師兄たちも見て見ぬふりをしてくれる。

「どうだ。食べるか」

養叟が懐から餅を取り出した。

「悪い師兄ですね」

大小便の匂いが漂う中、庫裡からくすねてきた芋や菓子をこっそり食べる。雲水なら誰もがやったことがある悪行だ。一休も、南江とふたりで食べたことがある。

養叟とふたりで餅をかじった。

「ははは、匂いがたまらんな」

「よく、こんなところで食べていたもんだと思いますよ」

一休は、努めて明るい声でいった。そうしないと、心の鬱屈が表に出てしまう。

「だが、師兄や老師の足音に怯えながら食べる餅は本当に美味かったな」

「老師が用を足しにきて、南江さんとあわてて芋を詰め込んだことがあります」

白い歯を見せて養叟が笑った。そのことに、なぜかほっとした。

「それはそうと、先日の言外和尚の三十三回忌は見事だったな」

餅が喉につまる。

「ありがとうございます。すこしでも疑団が生じればと思って」

「大燈国師といえば乞食行だ。よく思いついたな」

思いついたのは、きっと養叟のおかげだ。旅の途中で、現成公案に取り組めといってくれた。

「それに比べ、私は立派な僧衣を着てしまったな」

言葉とはちがい、口調は悪びれる風がなかった。

「檀家があつらえた僧衣と聞きました。外見で判断することの愚をいうなら、着ているものが高価かどうかも本来は関係ありません」

なぜか、養叟をかばうようなことをいってしまう。

「知っているか。老師がお主のことを、風狂と評したそうだぞ。『風狂人といえども純子あり』とな」

純子とは、一休の法諱の宗純のことだ。風雅と狂気の狭間を歩むことこそが、一休の禅道。そう華叟宗曇はいい、世に風狂子一休の言葉も広まった。不思議なもので、それまで悪口の対象だった華叟宗曇の介添えも美談に変わっている。

が、一休は困惑している。風雅はいい。実際に一休は漢詩をよくする。しかし、狂気とはどういうことだ。禅病で苦しみ命を落とした僧侶も多い。一休もそうなりかけた。それは風雅とは真逆のことだ。

何より……

「私には過分な言葉ですよ」

一休はもう美しい世界に戻れない。このまま、赤松越後守と共に血腥い覇道を歩まねばならない。もう二度と養叟と同じ美しい宇宙を見ることは叶わない。

「お前の行末を照らす、いい言葉だと私は思ったがな」

養叟は屈託がない。一休の名声が上がっても手放しで喜んでくれる。

「師兄」

「なんだ」

「師兄は、若いころに老師とぶつかったそうですね」

声が上擦《うわず》ってしまった。

「ああ、道号と印可の件でな。老師はそれに相応しいといったが、私はそうは思えなかった。だから、断った。無論、破門も覚悟の上でだ。おかげで、いまだに正式に印可をもらっていない有様だ。養叟という道号も、成り行きで皆からそう呼ばれるようになっただけだしな」

「僧録に届出は」

声が上擦るのを止められない。

そんな一休に、養叟は気づく素振りもない。

「今さらだろう」なんでもないことのように養叟は笑った。「届出をするとしたら、老師に一筆もらわないといけない。若いころの喧嘩をぶり返すことになりかねん」

華叟宗曇の体調はさらに悪くなった。言外和尚の三十三回忌の法要が終わったことで、張り詰めていた緊張が切れたのだろう。

「もし、ですよ。もう一度、人生をやり直せるとしたら、老師が道号と印可を授けるといったらどうしますか」

何かの異変を感じたのか、養叟はじっと一休の瞳を見る。

「やることは変わらんよ。私は、あの時の自分は透過には程遠いと思っていた。なのに、老師は透過だといった。たとえ、破門になったとて、いや、命が奪われたとて、意を曲げることはできない」

養叟はどこまでもまっすぐだった。一休は残った餅を口の中に放り込んだ。いつもは感じる米の味がしない。まるで砂を食むかのようだ。

喉が傷つくのも構わず、無理やりに呑み下した。

十三

庭では、赤松家の郎党たちが忙しげに働いていた。具足を身につけた郎党が小者を采配し、蔵から出した弓や槍を並べている。かと思えば、一休の眼前を巻物や帳面をいっぱいに抱えた家僕が走りすぎていく。客人や使者もひっきりなしに訪れていた。

一月《ひとつき》半ほど前、守護の赤松義則《よしのり》が病没した。名が示すとおり、赤松越後守と同じ一族で、播《はり》磨《ま》備《び》前《ぜん》美作《みまさか》の三ヶ国の大領の持ち主だ。その三十五日忌の最中に足利義持の使者が訪れ、播磨国を幕府直轄領にする命を伝えた。後を継いだ赤松満祐《みつすけ》が承服できるわけもなく、守護館を焼き払い領国へと帰ってしまった。

足利義持は謀反《むほん》と断じ、その討伐を全国の守護に命じたのだ。

赤松満祐を討つ支度で、今、赤松越後守の郎党たちは忙しい。

背後から気配がふたつ近づいてきていた。赤松越後守と真蘂だ。赤松越後守は長身、真蘂は瘦身だが、ふたり並ぶと兄弟のように顔の作りや雰囲気が似ていた。

「盛況のようですね」

皮肉ではない。事実をいったまでだ。

「これまでのご奉公が認められただけですよ。それに、まだ代官になっただけ」

直轄領となった播磨国の代官に任じられたのが、赤松越後守だ。もともと播磨備前美作の三ヶ国は、赤松越後守の祖父が継承するはずだった。しかし、紆余曲折があり、その弟の子孫が三ヶ国守護を相続した。以来、赤松越後守は小領を知行する傍流に落ちている。

そういうこともあり、こたびの一件も赤松越後守が裏で糸を引いているといわれているし、一休もそう確信していた。

「私はいずれ三ヶ国守護になります。それが終わったら、次は一休様の番ですよ」

赤松満祐の討伐が終われば、とうとう上皇との面会がかなう。赤松越後守と初めて出会ってから、随分と時が過ぎた。だが、それでよかったのかもしれない。若いころに父にまみえていれば、取り乱していたかもしれない。

「それはそうと、私がここに参ったのは小次郎様の参禅を受けるためです。どちらの部屋を使えばいいですか」

この騒がしさでは、とてもではないが参禅は受けられない。

「奥の離れを独参場として用意しております。こととちがって、静かです」

山名小次郎の白い顔が思い浮かんだ。備後の国人討伐で手柄を上げてからは、兄を差し置いて継嗣の筆頭に目されるようになった。

「禅の修行は、小次郎殿をたくましい武人に変えています。この調子で頼みますよ」

「小次郎様をあなたの手先にするつもりはありませんよ」

事実、小次郎とは今日の参禅を最後にするつもりだ。もう、自分は誰かを導く資格はない。華叟宗曇や養叟のもとからも離れる。来年には赤松越後守の手によって、五山のいずれかの寺の塔頭住持に就くはずだ。

やりとりが中断したのは、家僕が小次郎の来訪を告げたからだ。

「参禅の前に、三人でお茶でも喫しましょう。真蘂や、支度をするようにいってくれ」

無言で控えていた真蘂が去っていく。赤松越後守につづいて奥へと進んだ。

何人かの郎党がこちらを不審げに見つめていたが、気にせずに歩む。奥へと進むにつれ、嘘のように喧騒が遠ざかっていった。庭の見える部屋で待っていると、山名小次郎が静かな足取りで入室してきた。供はつれていない。二十代の半ばにさしかかった小次郎は、大人の風格を帯びるようになっている。が、やはりそれは武人というより文人の趣が強い。

「今、茶の支度をさせております。もうしばしお待ちを」

だが、人がくる気配はない。

「いえ、茶は不要です。ここにくるまでの牛車の中で坐禅を組んでおりました。すぐにでも参禅にのぞみたいと思っております」

「修行に熱心なのはいいことですが、亭主の面目をつぶさんでほしいですな。おい、茶の支度はまだか」

「そういうことですので、今より『南泉斬猫《なんせんざんみょう》』の見解を披露してもよろしいか」

赤松越後守を無視して、小次郎が一休にいう。

「小次郎殿、気が早いですぞ。もうすぐ茶が……」

赤松越後守が語尾を濁したのは、一休が首を傾げたからだ。

「なぜ、南泉斬猫なのですか。小次郎様には別の公案を与えていたはずです」

「では」

一休の問いかけには答えず、小次郎は公案を朗々と詠う。

東西の両堂が猫児を争う
泉、乃《すなわ》ち提起し……

ふたつの堂の僧侶が猫をとりあい、それを怒った南泉という高僧が禅の本質を答えてみろ、と問いかける。答えられなければ猫を斬るという。争っていた僧侶は禅の本質に言及することができず……


いつのまにか、赤松越後守の背後に小次郎がいた。まるで愛し合うように小次郎が赤松越後守を抱く。

「小次郎殿、お戯れはよしなされ」

そういう口を小次郎の左手が撫でる。まるで接吻《せっぷん》でも求めるかのような所作だった。

刹那、小次郎が右手に握っていたものを閃かす。短刀が、赤松越後守の鎖骨の間のくぼみに深々と刺さった。

「――――……………」

赤松越後守の叫びは小次郎の大きな左掌に遮られた。必死に抗うが、小次郎の手が顔を摑み自由を奪っていた。ただ出鱈目《でたらめ》に手足を動かすことしかできないが、それを苦ともしないのか小次郎はゆっくりと短刀を食い込ませる。

一休は動くことはおろか声を上げることもできない。赤松越後守と目があった。戸惑いと恐怖で瞳が濁っている。

「や、やめろ」

やっと、そう叫ぶことができた。ふたりを引き剝がさんとする。しかし、体が固まる。小次郎の顔には全く表情がない。瞳は空洞のように空っぽだった。それが一休の動きを縛める。小次郎はもがく赤松越後守に目を戻す。誰かに操られるかのように、短刀をさらに深く刺していく。

どさりと赤松越後守が倒れた。

体はぴくりとも動かない。

「な、なぜ、こんなことを……」

そういうのが精一杯だった。

いつのまにか、びっしょりと汗をかいている。

「これが私の見解です。南泉老師は猫を斬りました。それはなぜなのか」

まるで何事もなかったかのように小次郎はいう。

そのことに一休はさらに狼狽した。

「私が思うに、南泉は無漏の悪をなしたのではないでしょうか」

無漏の悪——以前、赤松越後守と問答した内容だ。

もし、心を平らかにして悪事をなせば悪業はつくのか否か。

「一休老師、いかがですか。私は今、人を殺めました。しかし、寸毫《すんごう》たりとも心は乱れておりませぬ。知らずに、虫を踏み殺したかのような心地です。今の私めは、南泉の境地に立っておりますか」

まっすぐな目で見つめられ、一休の全身が固まる。

「この日のために、私は国人討伐で幾人もの罪人をこの手にかけたのです。平らかな心で首を刎《は》ねられるまで、何度も何度も殺めました。ああ、もしや血の穢れを心配しているのですか。ご安心ください。缺盆《けつぼん》といいまして、ここを刺せば血はほとんど流れませぬ」

小次郎は、短刀が刺さった赤松越後守の鎖骨の間のくぼみを指さす。

「国人討伐のおりに学んだことです」

それから小次郎は不思議そうに首をひねった。

「はて、私は何かを忘れているような。そうか」

赤松越後守を殺めた手を口にもってきて、指笛をふいた。廊下を走る荒々しい音につづいて、障子が蹴破られた。鎧《よろい》を着た武者たちが部屋に乱入する。

「小次郎様、ご無事でしょうか」

隻眼の武者——名を甚内という男が小次郎の近くに侍《はべ》る。

「この坊主はどうします」

一休を睨みつつ、別の武者が小次郎に聞く。

「控えろ。こちらにおわす老師は禁裏ともかかわりがあるお方ぞ。ゆえに、このように血の穢れが少なくなるよう工夫し、この男を処した」

小次郎の言葉に、武者たちがあわてて一休の前でひざまずいた。

「え、越州様は、なぜ殺されなければならなかったのですか」

一休は、やっと声を絞り出すことができた。

「それについては、この私めが――山名家被官の桜木《さくらぎ》甚内が説明いたします」

隻眼の武者が片膝をついた。

「赤松越後守持貞《もちさだ》様は不義密通の罪を犯しました。前《さき》の公方様のご側室と密通しておられたのです。これが、前の公方様の逆鱗にふれました。そして、切腹を命じる使者を――」

「この私めが拝命しました」

桜木甚内の言葉を引き取ったのは小次郎だ。いつのまにか、一休らに背を向けている。しゃがみこんで、床に手をやっていた。指でつまんだのは、一匹の羽虫だ。指の腹にのせて息を吹くと、窓の外へと飛んでいった。

この期におよび、虫とたわむれるのか。

怒りが、一休の舌を動かす。

「まさか、越州様を殺すために私に近づいたのですか」

驚いたように、小次郎が一休を見た。目を見開いている。

白かった肌がみるみるうちに赤くなる。

「一休老師、それは違います」

桜木甚内が小次郎にかわって弁明しようとする。その言葉がつづかなかったのは、すぐ近くに異様な気を放つ人物がいたからだ。

「今、なんとおっしゃいました」

怒気、いや殺気さえも感じさせる声で小次郎はいう。白い肌の下で、血が急激に駆け巡っていた。火を灯したかのように、全身が赤みを帯びはじめる。

「私が老師を騙したというのですか」

声が震えていた。怒りよりも強い感情に小次郎が支配されていることに、一休は気づいた。

それは悲しみだ。怒りもあるが、それ以上に小次郎は悲しんでいる。

「老師は私を信じてくれないのですか。今まで参禅した私の姿、そのときの言動さえも偽りだったというのですか」

目は血走り、真っ赤になっている。

「私の願いは、初めてお会いしたときも今も変わりませぬ。老師と考えていることは同じ。間違いに満ちた醜い世を糺し、美しくする。そのために、純粋なる禅を広める」

それは一休だけの願いではない。養叟や華叟宗曇、宗英もそうだ。

だが、小次郎のそれは何かがちがう。

「そのためならば、私はどんな破壊や破戒も厭《いと》いませぬ。妨げとなるものは——この赤松越州のように老師をたぶらかす悪しき者は、私のすべての力を使って取り除きます」

小次郎の吐く息は瘴気《しょうき》かと思うほどに、禍々《まがまが》しかった。

「そのために私は参禅しているのです。完全なる無漏の悪を身につけるためです。京にある誤った禅寺の全てを焦土に変えても、なお、業を超越する心を手にいれるためです」

後に山名宗全《そうぜん》と呼ばれる男は、体を鬼のように赤らめてそう宣した。

第六章　求道一休

一

唱える経は、誰かを呪詛するかのようだった。

真新しい墓石の前で、一休《いっきゅう》の母がひざまずいている。髪はほとんどが白くなり、袖からでる腕も骨張り、数珠が重たげだ。

母は、かれこれ一刻近くも祈りつづけている。初秋だが、風は冬の日のように冷たい。

赤松越後守《あかまつえちごのかみ》が殺されてから一年がたつ。皮肉なことに、寵臣を切り捨てた足利義持《あしかがよしもち》も今年に入ってすぐに身罷《みまか》った。

「母上、寒さが増しているようです。お体にさわります」

返答はない。涙まじりの読経が大きくなるだけだ。

赤松越後守が亡くなった今も、母への呪縛は解けない。

いや、逆に強まっている。母は赤松越後守にすがることで正気を保ってきた、と今さらながら思い知らされた。

気づけば読経が止み、母が凄まじい形相でにらんでいた。

「どうしたのです」

「千菊丸《せんぎくまる》、そなたが越州《えつしゆう》様を殺したのじゃ」

一休の全身の血が凍りついた。

「そなたが五山を……建仁寺を破門にさえならなければ、越州様は死ぬことはなかった」

唾を飛ばしながら、母は絶叫する。

「そなたが、わらわのいう通りにしなかったから」

母が摑みかかり、伸びた爪がまぶたや頰を傷つける。痩せた拳で、必死に一休を打つ。悪鬼の形相で、一休を口汚く責める。

「や、やめて下さい」

腕を突き出したとき、強い風が吹いた。足元を踏み外した母が、横にまろぶ。赤松越後守の墓に強か《したた》に体を打ちつけた。

「だ、大丈夫ですか」

急いで、母を抱きかかえる。

「よかった……血は出ていない」

母の身を守るため、墓石との間に一休は己の体をいれた。

「幹仁《もとひと》様、どうしてですか」

こめかみを腫らした母が、一休を見上げていう。

「なぜ、わらわを見捨てたのですか。幹仁様ならば知っていたはずです。わらわが、あなた様を弑するなど決してしないことを。讒言にすぎぬことを。なのに、なぜ、わらわを庇ってくれなかったのですか」

全身に鳥肌がたった。母は一休のことを幹仁公と——上皇と間違えている。千菊丸と呼ばれていたころ、一休は目と口が母に似ているといわれていた。では、それ以外の眉と鼻は誰に似ているのか。

母が一休の唇に指をそわせた。

「どうして、一言、ちがう、と本当のことをいってくれなかったのですか」

血走った目から涙がこぼれ落ちる。鼻水もしたたり、一休の僧衣を汚した。

「わらわは……あなた様を赦すことができません」

母の爪が一休の頬に刺さる。指に力をこめて、一休の肌の下の肉を傷つける。

「わらわを見捨てたことを赦せませぬ。南朝の血をひくというだけで、わらわを弄び、わらわの大切な人を奪った」

思わず、一休は後退る。赤松越後守の墓石が背中に当たった。

「わらわは、あなたを赦さない」

さらに深く、爪が食い込んだ。流れる血が、一休の頬を濡らす。

二

丹波の山々は、秋の気配を深めつつあった。荒れた畑は、枯れ色になった雑草に覆われている。その中で、一休は汗だくになって働いていた。

頬がずきりと痛んだ。母につけられた傷は、いまだ癒えない。

仕事の手を休めると、嫌でも母の言動を思い出す。正気のときの母は一休のせいで赤松越後守が死んだと責め、狂気のときは一休を上皇と思い呪わんとする。

責める母以上に恐ろしいものを、いまだ一休は見たことがなかった。

「おい、一休、そんなに根をつめるなよ。ずっと働きっぱなしだろう」

襷掛《たすきが》けした南江《なんこう》は木陰で休んでいる。

「気にしないでください。体を動かしたいだけです。何より早く完成した道場を見てみたいでしょう。先師も喜びますよ」

二ヶ月前の正長《しょうちょう》元年六月二十七日、華叟宗曇《かそうそうどん》は示寂した。

赤松越後守の死から七ヶ月ほど後のことである。法燈を継いだのは養叟《ようそう》だが、前途は多難だ。雲水たちは散り散りになり、祥瑞庵も廃寺となった。華叟宗曇ほどの求心の力は、養叟にはまだない。再起を図るために選んだのが、ここ丹波国栂尾《とがのお》の地だ。廃屋となっていた屋敷を譲りうけ、一休や南江、宗英《そうえい》らとともに修行道場へ変えんとしている。

ただ座していると妄執に搦《から》め捕られてしまう。今は、己のやるべきことに没頭しよう。

たとえ、それが卑怯な逃げだとしても。

「一休師兄《すひん》、僧堂はどんな具合ですか」

屋敷の広縁をふく宗英が声をかけた。離れを僧堂に改装するのが、一休に与えられた役目だ。今は怠けている南江のために、雑草を払う仕事をしていた。

「あともう少しで天井板を全部、外せるよ」

それが終われば、床板を外す。その後は、単といわれる坐禅と起居の場を造る。

「もうすぐ、玄関の片付けが終わりそうなんです。看板を掲げる支度をしたいんですが、義父上の様子を見てきてくれませんか。ああ、南江師兄、手が空いているじゃないですか。あそこの木の枝を払ってください」

どっちが師兄かわからない言い様で、宗英は指示をだす。

一休が奥へいくと、半月前は汚れていた廊下が光沢を帯びていた。奥の間に襖はまだなく、華叟宗曇の位牌に手をあわせる養叟の背中が見えた。両膝をついて、一休は祈りが終わるのを待つ。

「待たせたな」と、養叟が振り返った。

「看板ができていれば掲げたいのですが」

「それなんだが、実は迷っていてな」

養叟が目をやった先を見ると、庵名を墨書した紙が何枚も置かれていた。養叟らしい闊達《かったつ》な筆跡だが、迷いがあるようでまだ清書にはいたっていない。

「まあ、急がなくてもいいでしょう。直さねばならぬところがいっぱいありますから」

ふと文机を見ると、一通の書状が置かれていた。

「大徳寺からですか」

宛名の文字を読んでそう察しをつけると、はたして養叟はうなずいた。よい予感はしない。大徳寺は一休らの本山ではあるが、その腐敗はひどい。今の住持は性才《しょうさい》という老師だが、南禅寺出身で五山の手先のような人物だ。

「実はな、大徳寺住持の就任を打診してきたのだ」

「まことですか」

こくりと養叟はうなずいた。

「まさか、お受けするつもりではないでしょうね」

養叟は腕を組んで考えている。否定しなかったことに驚いた。

「南江と宗英を呼んできてくれるか。皆で話し合おう」

汗をふきつつやってきたふたりは、最初は信じなかった。養叟が差し出した文を見て、顔を綻ばせて喜ぶ。

「義父上、すばらしいことです。今までの修行を本山も認めてくれたのですね」

宗英が目を輝かせていった。

「うまくゆけば、祥瑞庵も再開できるぞ」

南江もそれにつづく。

「私は反対です」

一休の声に、浮かれていた宗英と南江が訝《いぶか》しげな目を送る。

「先師は大徳寺住持の役を固辞し、近江堅田で修行する道を選ばれました。大徳寺に入れば、悪しき禅に穢されるからです」

もし養叟が、五山僧のような醜い姿になったら……一休は果たして耐えられるだろうか。思い出すのは、言外《ごんがい》和尚の三十三回忌のときの養叟の様子だ。華美な法衣を着こなしていた。無論、外見で人を判じることほど愚かなことはない。だが、養叟の中の何かが変わったと思わずにはいられなかった。

その直後、赤松越後守から養叟の道号と印可の件を聞いたから、余計にそう思うのかもしれない。

「ですが、政情が不安な今、座していれば先細りするばかりです。十刹に列する大徳寺の力を使って、法燈を守ることも考えにいれるべきです」

宗英は必死な声でいう。廃寺になった祥瑞庵を、誰よりも悲しんでいたのは彼女だ。

「五山の悪行は、宗英も知っているだろう。大徳寺もその風をさけることはできない。私たちが継ぐべきは、華叟老師の禅風だ。悪風を受けて穢れるぐらいならば、滅びた方がましだ」

「滅びた方がましなら、今すぐここから出ていけばいいじゃないですか」

「なんだと」

思わず一休は立ち上がった。宗英が、勝ち気な瞳でにらみつける。

「私は今の師兄は嫌いです。修行や仕事に没頭しているように見えるけど、ちがう。何かから逃げている。そんな人がいれば、行の邪魔になるだけです。ここを離れて、どこかの道で野垂れ死ねばいい」

「お前に何がわかる」

「やめろっ」

壁が震えるほどの怒声を放ったのは、南江だった。

「俺に怒鳴らせるなよ。そんな柄じゃないんだから」

ぎこちなく苦笑してみせる。

「で、師兄はどのようにお返事したのですか」

南江は穏やかな声で聞いた。

「ひとまず返事は留めおいた。よくよく思案せねばならないからな。たしかなのは、このままではいけないということだ。世は大きく変わる。そのとき、禅が生き残れるか否か」

「だからこそ」と、同時に一休と宗英はいった。

五山から距離をとるべきという一休、大徳寺の力を借りて難局を乗り切りたい宗英、仲裁する南江と静かに思案する養叟。四人の談合は夜更けまでつづいたが、結論は出なかった。明日のために英気を養う方が大事となり、散会した。

灯りを消し、養叟と宗英はそれぞれの部屋に、一休と南江は牛小屋へ。敷いた藁に身を埋める。安堵したのは、心も体も疲れきっていたからだ。体を酷使せずに床に入れば、妄執に苛まれる。今夜はその心配はないだろう――

鶏が鳴くより前に、一休のまぶたが跳ね上がった。街道が騒々しい。鼾《いびき》をかく南江をよけて外へ出た。村人たちが集まり、殺気だった声をあげている。

「一揆《いっき》だ」

「大津の土倉が襲われたぞ」

「それだけじゃない。都にも一揆が押し寄せている」

「どうしたのです。何か起こったのですか」

村人たちの間に割ってはいった。

「一揆だよ。近江で蜂起して、山城国に飛び火した。群衆が土倉や酒屋を襲っている」

「首謀者は誰なのですか。比叡山《ひえいざん》ですか、それとも守護ですか」

あるいは南朝か……

「それが――」

一休の問いに、民たちが口籠る。

「首謀者がわからねえんだ。馬借《ばしゃく》たちが立ち上がったと聞いているが」

馬借は運送を担う衆だ。が、いまだかつて馬借が一揆の首謀者だったことはない。

「わしは一揆を見てきたが、馬借はいるが数は多くない。あちこちの民や流民、貧乏殿原たちばかりだった」

民が決起して、一揆を起こしたのか。一揆といえば、武家や豪族、僧侶が結集し、力にものをいわせることがほとんどだ。民が立ち上がり結集するなど、いまだかつて聞いたことがない。

一休は東の山々を見た。その先には、近江国や山城国がある。重い雲が峰々に蓋をするように垂れ下がっていた。

三

家財道具を担ぐ民が列をつくっている。山城国の街道を走っていた一休らも、足を止めざるをえない。その様子から、尋常でない騒動が起こっているとわかった。各地で土倉や酒屋を潰し、借金の証文を焼いていると聞くが、一休らが想像する以上の規模かもしれない。

「どうしたんだ、なぜ、前へ行かないんだ」

南江の声にもかかわらず、民たちの列は遅々として進まない。宗英も不安げに行先を凝視している。

「ええい、どけどけ、われらが先に進むのだ」

「運ぶものがひとつでも欠けたら一大事だとわからぬのか」

列の先には橋があり、居丈高な僧兵たちが道を塞いでいた。二十台以上はあろうかという荷車を率いていて、荷を落とさぬようにのろのろと渡っている。

「何をしているのですか」

一休が駆け寄ると、薙刀《なぎなた》を突きつけられた。

「邪魔をするな。われらは五山の使いぞ。大切なものを運んでいるのだ」

荷車が大きな石に乗り上げ、行李《こうり》がひとつ地面に落ちた。こぼれたのは証文だ。

「すぐに拾え。一枚でも失くせば、貴様らの首が飛ぶぞ」

長《おさ》と思しき男の恫喝に、僧兵たちが風に吹かれる証文を追いかける。

「証文を運ぶために、橋の往来を止めているのですか」

「土倉や酒屋に五山がどれほど銭を出しているか、知らぬわけではあるまい。一揆らに証文を焼かれれば、一大事ぞ」

一休らの装いから臨済宗徒だと僧兵は見当をつけたようだ。

「せめて、女子供だけでも通してくれませんか」

「そうだ。そうだ」

詰め寄る一休に、群衆たちも加勢する。どころか、無理やりに橋への道をこじ開けんとした。

「無礼者が」

一休は、思わず両膝をついた。右のこめかみから生暖かいものが流れる。一休を薙刀の石突が襲ったのだ。

「師兄、大丈夫ですか」

宗英が駆け寄ってきた。幸いにも血はそれほど流れていないが、手足が痺れている。

「散れ、邪魔だ」

僧兵が薙刀を振り回して民たちを追い払う。あちこちで人がぶつかり、背負っていた荷が大地に転がった。

「ちょっと、あなたたち」

「よせ、行くぞ」

宗英の手首を握った。

「けど」

「いいから来い」

まだ足元はおぼつかなかったが、無理矢理に宗英を引っ張る。僧兵の刃も危ういが、それ以上に混乱する群衆が恐ろしい。倒れ込んでしまえば、踏み殺されかねない。

「だ、大丈夫か、ふたりとも」

離れたところで見ていた南江が駆け寄ってきた。

間道に入って、別の橋を探す。何度も一揆の群衆とすれちがった。男ばかりでなく、女や童の姿も目についた。土倉や寺社に礫を投げている。時折、南無阿弥陀仏の声が聞こえてきた。一向宗徒も多く混じっているようだ。

「すさまじいな、これが土一揆か」

南江が汗を拭う。道中の噂で、こたびの一揆は土一揆と呼ばれていると聞いた。日ノ本開《かい》闢《びゃく》以来、土民の蜂起これ初めてなり、と評す者もいるほどだという。

「ひとまず、養叟師兄にお報せしてくる。お前たちはどうする」

「残ります。この騒乱の行き着く先を見届けます」

「私もです。高源院が気がかりです。安否をたしかめたいです」

一旦口にすれば、宗英は退かない。

「わかった。じゃあ、一休とふたりで動いてくれ。くれぐれも無理はするなよ」

南江と別れ、一休は宗英とともに街道をゆく。

〝徳政〟と書かれた筵《むしろ》旗《ばた》が見えてきた。十本や二十本ではない。数百本、いや下手をすれば千本以上あるかもしれない。

「ああ、寺が燃えている」

宗英が苦しげにいった。一揆の群衆が、寺に火をつけている。

寺だけではない。神社や家屋に、群衆が大勢で踏み入っていった。すぐに、家財道具や樽を担いで出てきた。奇声をあげて、家に火をつけていく。

もはや、一揆はただの賊に成り果てていた。その勢いは、イナゴの大群を見るかのようだ。それに抗う術は、一揆に加わることだけである。このまま進めば、あるいは都も無事ではいられないかもしれない。

「師兄、あれを見てください」

宗英が指さす先には、守護たちの軍勢が集結している。五七桐紋の旗指物は、山名《やまな》家の軍勢だ。

「失せろ、山名の野良犬め」

「領国へ帰れ」

土一揆の衆が礫を浴びせている。数でまさる一揆勢は強気だ。事実、これまで何度か同じ場面に遭遇したが、守護や幕府の軍が必ず道を開けた。

が、今、目の前にいる山名勢は退こうとしない。どころか一歩二歩と近づく。石の雨と形容するにふさわしい礫が襲ってきた。ひとりふたりと倒れるが、それでも歩みは止めない。先頭に立つ巨軀《きょく》の大将の顔に礫が命中する。しかし、何事もなかったかのように進む。目を細め見ると、山名小次郎《こじろう》だとわかった。その横には隻眼の武者――甚内《じんない》も控えている。

赤い血が小次郎の顔からしたたっていた。それでも、土一揆の衆へと近づく。

小次郎が太刀を抜いた。地面に転がったのは、竹槍を持っていた百姓の首だ。血飛沫《ちしぶき》をあげて胴体も倒れる。小次郎が太刀を薙《な》いでいた。

だが、その顔に猛りの色はない。当たり前に佇んでいる。

それが合図だったのか、山名勢が反撃に転じた。

武具でまさる山名勢が鋭い刃で一揆勢を切り裂いたかと思うと、数でまさる一揆勢が山名勢を取り囲み鍬《くわ》や鎌でめった刺しにする。人は悪業をまとうと来世は修羅道に転生し、戦に明け暮れるという。一休の眼前に広がるのは、想像でしか知らぬ修羅道の世界だ。

血煙が舞い上がるなか、矢が鎧をかすめても小次郎は表情ひとつ変えない。一番近い敵に躊躇なく歩みより、凄まじい力で太刀を繰り出す。

また、首が地面に落ちた。

小次郎の表情には、怒りも悲しみも喜びもない。坐禅を組んでいるかのように平静だ。

赤松越後守を処したときと同じだ、と一休は思った。

死臭をかぎつけたカラスたちが空を覆うころになって、殺し合いは終わる。一揆勢は別の獲物を探すかのように逃散した。残ったのは、山名家のわずかな手勢と大地を覆う死体だけだ。

一羽二羽とカラスが降りてきて、骸《むくろ》の肉をついばみはじめる。

その中で、一休と宗英は立ち尽くしていた。

「そこにおわすは一休老師ではありませぬか」

気づいた山名小次郎が近づいてくる。その足取りは、一揆の衆を殺すときと何ら変わらなかった。礫で受けたと思しき傷が頬にあり、皮がめくれ裂けた肉が見えている。

「このような危うい場所にこられるならば、一声かけていただければよいものを」

小次郎の意を汲んだのは、隣に侍る隻眼の甚内だ。素早く郎党たちに指図し、一休の周囲に壁をつくった。

「殺生の戒を破ったことを気にされているようでしたら、ご心配なく。何十人と殺めましたが、毛ほども心は乱れておりませぬ」

悪びれずに、小次郎はいう。一休の隣にいる宗英が震えているのがわかった。

「それよりも、経をあげさせてほしいのですが」

「死者たちも喜びましょう」

小次郎は深々と頭を下げた。カラスたちの声がさらに増していくなか、宗英とともに経をあげる。日が山際に没するころ、ふたりは顔をあげた。

講義でも拝聴するかのように、小次郎は片膝をついている。

「土一揆どもの決起は不埒な行いなれど、これはよき前兆と推察いたしております」

まるで主君に言上するかのようだった。

「末世はすぐそこまできております。ですが、私は悲しんではおりません。この世は悪しきものや醜きもので満ちています。その世を滅ぼせるならば、末世もまた御仏のお導きでしょう。私めが悪しき世を終わらせます。その上に、一休老師が花を咲かせてください」

そういって、小次郎は歯茎を見せつけるようにして笑んだ。

怯えた宗英が一歩、二歩と後退る。

晩餐《ばんさん》にありつくカラスたちが、その様子を楽しげに見ていた。

四

旅塵をぬぐうこともせず、一休は養叟のいる一間へ急いだ。様子を見に行く前にはなかった襖の前で名乗る。

「入れ」

「失礼します」

「師兄、せめて足を洗ってきてください」

一休にわずかに遅れて帰ってきた宗英の声がしたが、取りあわずに養叟と対峙する。

「近江国の土一揆は京に乱入しました。そのおかげで、近江は小康を保っております。高源院は無事です。ただ、山城国では守護の軍勢とぶつかり、おびただしい死者がでました」

守護の手勢を屠《ほふ》った土一揆や山名勢の様子を、一休は語った。

「それほどまでに凄まじいものなのか」

一休はうなずいた。

「世は大きく変わります。今までの思い込みや権威が通用しなくなります。その大きなうねりに、禅も呑みこまれてしまうは必定です」

養叟は腕を組み、硬い表情で考えにふける。

「私たちも変わらねばなりません。そうせねば、禅を守ることはできません」

「それは、大徳寺の住持就任の件をいっているのか」

「そうです」

「師兄、足を出してください。ああ、こんなに汚して。ほら、自分で拭いて」

床を拭きつつやってきた宗英も部屋に入ってきた。

「大徳寺の住持を引き受けてください」

手巾を差し出した宗英の手が止まった。養叟も目を見開いている。

「反対だと、あれほどいっていたではないですか」

宗英が戸惑いの声をあげる。

「それは今も変わらない」

「じゃあ、なぜ」

「近江や丹波で細々と禅を伝えていても、いずれ大きな波に——とてつもなく醜悪なものに呑み込まれるだけだ」

宗英の顔には怯えの色が戻っている。土一揆や鬼気迫る山名小次郎の様子を思い出したのだろう。

「私は……義父上が大徳寺の住持になるのは賛成です。誇らしいことですし。ただ、すべては義父上のお心次第です」

宗英が養叟に顔を向けた。

「一休たちの助力が得られるならば、受けるつもりだった」

一休の胸に広がったのは、小さな違和だ。

養叟は、華叟宗曇以上に孤高であると思っていた。

だが、ちがうのか。

「しかし、一休、なぜ、引き受けろという。土一揆の惨状がそれほど酷いということか」

違和が失望にかわる寸前に、養叟が声をかけた。

「それもあります。ですが、第一の理由は策を思いついたからです。その策を実行してくださるならば、私は大徳寺住持になった師兄を全力で支えます」

一休は不安を無理やりに抑えこむ。

その策ならば、養叟は孤高でいられる。禅風も穢されずにすむ。

だが、恐ろしい険路を歩まねばならない。一歩でも踏み外せば、養叟も一休も破滅してしまうだろう。

意を決し、口を開いた。

「大徳寺の住持に就任するかわりに、五山とは縁を切ってください」

ぽとりと落ちたのは、宗英のもっていた手巾だ。養叟も驚きのあまり口を開いている。

「五山の干渉があるからこそ、大徳寺は野狐禅に陥っています。ならば、大徳寺は五山を抜ける」

「それは……林下の寺になるということですか」

落ちた手巾はそのままに、宗英が問う。

「そうだ」一休は養叟へと目を戻す。「そうすれば五山からの干渉は防げます。その上で、私たちは純粋なる禅を追究する」

宗英は激しくかぶりをふった。林下の寺の困窮ぶりは有名だ。そういう寺院は次々と一向宗や法華宗へ看板をつけかえている。

「無理です。あれほどの堂宇や僧侶を維持するのは、林下の寺ではできません」

「困難な道なのは承知の上だ。だが、これ以外に大徳寺が――禅の正しい教えが生き残る術はない。私はそう思っている」

「けど……」

「先師の残したものを正しく伝えるにはこれしかない。これなら、祥瑞庵も再開できる」

「大徳寺が林下になったとして、生き残れるのは十のうちいかほどだと思う」

養叟が一休をまっすぐに見つめる。

「一もないか、と」

「それでもやれと、私をけしかけるのか」

「師兄だからこそ、けしかけるのです」

しばし、無言で養叟は考えこむ。大きな掌で、自身の頬を強く打った。

「弟子として私が不肖だったことを今、悟った。華叟老師に住持就任の話がきたとき、私は一休と同じことをいうべきだった。住持となり、大徳寺を五山から切り離すべきだ、とな」

「そうです、師兄、やりましょう」

後ろの声に振り返ると、いつのまにか南江が立っていた。

「宗英はどうなんだ」

一休が呼ぶと、細い肩をびくりと震わせた。

「信じていいのですか」

宗英が一休を見つめる。

「師兄のいうことが素晴らしいことはわかります。けど、簡単な道ではありませんよね。苦労は厭いません。けど、そのせいで義父上や師兄が……」

「大丈夫だよ、宗英。私は全力で師兄を支える」

宗英は、何かを呑みこむかのようにうなずいた。

「なら、私も義父上についていきます」

宗英の決意を聞いて、養叟は立ち上がった。

そして、爛々《らんらん》と輝く瞳でこういった。

「私は大徳寺の住持に就任する。そして、五山を出る」

五

大徳寺は伽藍《がらん》こそ美しいが、人の姿は少ない。参拝に訪れる者もまばらだ。崩れかけた蔵もあちこちにある。五山の膝下にあったころには考えられなかった光景だ。

「いやあ、それにしても見事に廃れたものだなあ」

南江は大仰におどけてみせた。

「仕方ありませんよ。五山の制から外れたのですから」

「けど、実際にこの惨状を目の当たりにするとな……」

南江の言葉はもっともだ。養叟らと五山十刹の制から縁を切ることを決意したのが四年前、翌年に養叟は住持に就任した。やはりというべきか、十刹から外れた影響は大きかった。五山や十刹出身の僧侶たちが次々と離れていった。境内の一角を、土倉や酒屋に貸し与えるような者たちなので、離れてくれるのは望むところだが、檀家や信徒、外護者《げごしゃ》も次々と大徳寺との交わりを断つようになった。

「このままじゃあ、堂宇の修繕だってままならない」

「法要を行う費《つい》えもです」

南江と宗英が不満をもらす。

「だからこそ、新天地を求めるんだ。洛中は五山によってつけいる隙がない。都の周辺は一向宗や法華宗が強い。だが、明国や琉球《りゅうきゅう》との交易で栄える堺《さかい》ならば……」

一休らは、摂津《せっつ》国と和泉《いずみ》国にまたがる堺の港町へいく。堺は地下《じげ》請けといって、守護の支配を受けていない。自分たちで年貢を集め、その使途を協議し、事件が起これば自分たちで裁く。独立不羈《ふき》の気風が際立って強い。

それを支えているのが、商人たちだ。日々の商いで厳しい判断を求められる商人は、禅の教えを受け入れやすい。また、そんな彼らは絵師や詩家ら芸術の徒や工芸の職人たちを多く庇護している。道を究めんとする者にとっても、禅は行先を示す灯火になりうる。

堺に大徳寺禅を広げることで、なんとか今の苦境を脱せねばならない。

一休は脚絆の紐を結びなおす。だが、うまくいかない。指が震えている。もし、布教をしくじれば、西金寺や祥瑞庵のように大徳寺も廃寺になってしまう。思い出したのは、実家の薪村にあった妙勝寺だ。完全に取り壊すまで野犬の巣になっていた。

ふたりを見ると、旅装こそ万全だが緊張で表情は硬い。

三人は大徳寺の山門を出た。途端に、好奇の目差しが集まる。

「おい、あれが大徳寺から派遣される僧侶か」

「馬鹿な奴らだ。五山を離れてやっていけるものか」

「大燈《だいとう》国師の法燈もここで途絶えたな」

遠慮のない声が容赦なく聞こえてくる。

川湊の前では、大勢の武士が待っていた。

中心にいるのは、巨軀の山名小次郎だ。宗英が身を硬くするのがわかった。

「旅立ちをお見送りしたくて参上しました」

小次郎がゆっくりと前へ出てくる。礫を受けた頬の傷が痛々しい。香林《こうりん》と性才というふたりの老僧を背後に引き連れている。ふたりとも南禅寺出身で、五山の命で大徳寺の住持を務めていた。山名家は南禅寺の強力な外護者なので、このふたりは小次郎の子飼いだ。

「お聞きおよびでしょうが、私は山名家の正式な後継ぎとなりました」

「存じ上げております」

小次郎の兄が将軍の勘気をうけ京を追放されたことは、一休の耳にも届いていた。その兄は将軍の異母弟と結び、これに対抗せんとしている。

「お留守のあいだ、こちらの両老師が大徳寺を支援したいと申しております」

「私たちは五山の助けはかりませぬ」

「五山ではなく、私からの助けだと理解していただけませぬか。大徳寺が五山から抜けると聞いたとき、私は快哉を叫びました。やはり、一休老師は私と同じことを考えている、と」

五山は滅ぼすべき敵である、と小次郎の目がいっている。

「過分な助けは不要です」

小次郎は不服げに顔を曇らせた。

「そういうことでしたら、遠慮しておきましょう。ですが、私と老師の目指すものは同じはず。醜い世をわれらの手で浄化する。そのために私は、あたう限りの修行を積みます」

小次郎は、無漏の悪を究めるといっている。それは、土一揆との戦いで見せたような殺生を繰り返すということだ。

「破壊からは何も生まれません。無漏の悪などは間違った考えです」

「老師のお言葉とは思えませんな。土一揆の惨状をその目で見られたでしょう」

凄みのある笑みが、小次郎の顔に咲く。

隣の宗英が、ぶるりと震えた。

一休もにじり下がりそうになっていた。殺気に似たものが小次郎の体から発せられている。

出発の支度が整ったのか、旅人たちが次々と舟へ乗り込む。

一礼して、一休は川舟へと乗り込んだ。

「出立っ――」という勇ましい声が聞こえて、舟が大きくかたむく。

一休は岸に目をやった。小次郎たちがたたずんでいる。船縁《ふなべり》に立っていると、宗英が近づいてきた。

「師兄は、今後も小次郎様の参禅を受け入れるのですか」

「拒む法《のり》はないだろう」

「あの方は危ういです。ある意味、我らにとっての五山と同じでは」

「それはどういう意味だい」

「小次郎様は、我らを呑み込まんとしているように見えます。師兄を慕う心や、間違った世を憎む気持ちに偽りはないでしょう。だからこそ危ういのです。おふたりの根っこは似ています。同じ臨済宗の五山が大徳寺の禅風を変えてしまったように、小次郎様の業が師兄の禅を悪しき風へと変えるやもしれません」

思い出したのは、赤松越後守だ。彼には野心があった。一休に対して誠実ではなかった。が、邪《よこしま》だったがゆえに一休は赤松越後守に支配されることはなかった。しかし、小次郎はちがう。彼の思いに、一休は共鳴してしまう。嫌でも自分と同じものを見てしまう。

舟が大きく揺れた。岸に目を戻す。もう、小次郎主従の姿は見えない。

六

「今、なんとおっしゃったのですか」

一休は、恐る恐るたずねた。招かれた堺の商家の一室でのことである。窓からは冬の海が広がっているが、差し込む陽光は秋の日のように長閑《のどか》だ。

「はい、葬儀の導師を務めてほしいのです。その上で、檀家にもなりましょう」

商人は、朗らかな顔で答える。

「ほ、本当ですか」

「葬儀については、これだけの銭を支度しました」

どさりと銭の束を置く。

こんなにも、と背後の南江が心の中でいったのがわかった。

「都で名をあげた一休老師に頼めれば、私どもも箔がつきますゆえな」

商人の笑みはますます深くなる。

「ちなみに、どなたの葬儀ですか」

「ああ、私の妻でしてね。先日、自死してしまいまして」

さらりといった言葉に、一休の眉宇《びう》が硬くなる。

「そ、それはご愁傷様です。葬儀は精一杯務めさせていただきますが、これは多すぎます」

いや、それ以上にこの男はどうしてこうも朗らかなのだ。

「そういわずに」

男は銭の束を押しつける。

「その上で、お願いがあるのです。実は、隠し妻というのが私にはありましてな」

手を口にやるが、声は逆に大きくなっていた。

「隠し妻……」

「そう、そしてですね。子供もおりまして、十五になるのですが」

「はぁ」

「まあ、この銭で、どうか一休老師の弟子にしていただきたく」

「なんですって」

「ああ、まだ話は終わりではありませぬ。印可もいただきたいのです。三年後ぐらいに。なに、建てる寺の費えはこちらが持ちますゆえ」

一休は絶句してしまった。それを、商人はさらなる無心と勘違いしたようだ。

「無論、印可をもらった暁にはさらに銭を。いや、堂宇のひとつぐらいは寄進させていただきます。聞けば、本山の大徳寺は随分と苦しいようで。何かのたしになればと」

「我々は、そのような汚い真似はしません」

朗らかだった商人の顔から笑みが消えた。が、すぐに恵比寿《えびす》顔に戻す。

「これでは足りませんでしたか。失礼しました。では、この倍を」

「これから法話の会がありますので」

怒りを押し殺し、一休は立ち上がった。南江もつづく。商人の家を足早に辞した。

「くそ、いい話だと思ったのにな」

南江は音がでるほど禿頭をかいている。一休は、ため息でしか応じることができない。

堺に着到して三月《みつき》になるが、一向に信徒や檀家は増えない。声はかかるが、先ほどの商人のような心得ちがいばかりだ。

仏具屋を通りすぎたとき、「おい、あれは大徳寺の奴らじゃないか」と声が飛んだ。中から僧侶たちがぞろぞろと出てくる。

「堺に土足できた、大徳寺僧とはそなたらか」

ひとりが冷ややかにいう。

「それが何か」

一休はあたうかぎり平静な声で答えた。

「身の程をわきまえろ。堺は、交易の地ぞ。明や朝鮮の商人が大勢訪れる。そこに、林下の寺に出張られては秩序が乱れるのだ」

男たちは、五山の僧侶だ。漢籍に長じた禅僧は、通詞《つうじ》としても重宝されている。堺のような貿易港にも、五山は深く入りこんでいた。彼らにとっては、大徳寺が五山の縄張りを荒らしにきたと感じたのであろう。

「林下の寺が堺に出入り禁止とは、初耳ですな」

たっぷりと嫌味をこめて、一休は返答した。

「ふん、その強がりがいつまでつづくかな」

「おい、そういじめてやるなよ」

ひとりがしたり顔でいう。一休らに向きなおった。

「どうせ、うまくいっておらぬのだろう。そなたらが、街外れの荒屋《あばらや》を道場といっているのは知っているぞ」

「おお、あれが道場なのか。わしはてっきり東司かと思ったわ」

「馬鹿、われらの寺の東司はもっと立派ぞ」

嘲りの笑いは僧侶だけでなく、道ゆく人々からも湧き上がった。

南江は、顔を赤らめてうつむいている。

「そこで、だ。われら天龍寺《てんりゅうじ》の末寺になってはどうか。大徳寺なんて見限ってしまえ。そうすれば、われらの寺の一角を貸してやる。そうだ、古い東司がある。あんな荒屋よりも立派な堂となるさ」

「馬鹿にしないでいただきたい」

僧侶たちを押しのけて、一休は前へと進む。

「なにが東司だ。わしらの道場を」

南江が地面を蹴るようにして歩く。だが、〝無名庵〟と看板に書かれた道場について、暗澹たる心地になった。たしかに、大人数が一時に使うことがある大徳寺や建仁寺の東司の方がはるかに立派だ。

「お帰りなさい。どうでした」

箒を使っていた宗英が声をかけてきたので、ただ首だけをふった。隠寮というには、粗末すぎる小屋に入る。宗英が白湯《さゆ》を持ってきてくれた。これでも、一休はこの道場の老師だ。しかし、実際は南江と宗英しかいない。

今は我慢のときだ、と一休は己に言い聞かせる。

「宗英、今日の法話の会だが、どれくらい集まりそうだ」

在家の人を広く集め、月に三度、禅の教えを説いている。

「あ、そ、それが……」

「どうしたんだ。どのくらい人が来る。もう、何人か来ているはずだろう」

窓から外を見ると、牛小屋のような講堂があった。暗くて中には何人いるかわからない。

「それが、まだ誰も」

白湯を取り落としそうになった。

「誰も来ていないのか」

「はい。けど、大丈夫ですよ。絶対に来ます。まだ刻限には――」

宗英の言葉を遮るように、時刻を告げる鐘がなった。牛小屋のような講堂から疲れた顔の南江が出てきて、力なく首を横にふった。

「気落ちしないでください」

励ましの声に、すぐに応えられない。

「すまない、すこしだけひとりにさせてくれないか」

戸惑っていた宗英が、いきなり眉を吊りあげた。

「なんです、その情けない声は。五山を抜けろといったのは、師兄でしょう」

怒っているのではない。一休をけしかける意図は見え透いていた。

「さすがに、そんな気分ではないんだ。ひとりにさせてくれ」

吊り上がった宗英の眉がたちまち下がる。

「わ、わかりました。けど、仕方ないですよ。まだ、私たちは堺に来て日が浅いですから」

ちがう、もう三ヶ月になる、と一休は心の中で反駁した。

「ああ、そうだ。義父上から文が来ておりました。できれば、日のあるうちに読んでおいてください」

灯りをともす余裕も、無名庵にはない。

目の前にある書状をぼんやりと見つめていた。やがて、日がかたむき、暗くなってゆく。

やっと手を伸ばすことができた。書状を開く。

ただ、五つの文字が書かれているだけだった。

七

その女の死に顔は、破れた布を見るかのようだった。しわが縦横にはいり、しみやくすみが肌のあちこちにある。手を見ると皹《あかぎれ》でぼろぼろになっていた。首に縄の痕が深くあり、自死に至らざるをえなかった境遇に思いを馳せざるをえない。

「一休老師、葬儀を引き受けてくださりありがとうございます」

商人は這いつくばりそうな勢いで低頭した。その横にいる十代半ばの少年は、きっと隠し妻の息子であろう。

「いえ、今日は大徳寺式の葬儀を精一杯務めさせていただきます」

「おお、それは楽しみです。ほら、弔問の客もあんなに集まりましたよ。これが私めの力です。私の息子を弟子にすれば、老師の道場の隆盛は間違いなし」

一休は満面の笑みをつくって、「ご仏縁に感謝いたします」といった。隣では、南江が心配そうにやりとりを見つめている。

弔問の客が、ぞろぞろと広間に集まりはじめた。

読経はおわり、あとは荼毘《だび》にふすだけだ。棺桶に蓋がされ、葬儀の場から運ばれていく。

「あの、老師」

満面の笑みで、喪主が近づいてきた。

「せっかくですので、遺偈《ゆいげ》をいただけませんか。私もこの歳ですので、いつくたばるかわかりません」

南江の眉間にしわが刻まれた。亡くなった妻ではなく、生きている喪主自身への遺偈を求めたことに鼻白んでいる。

「生前から遺偈に考えがいたるとは、非常に感心なことです」

南江の戸惑いを無視して、一休はみなに向き直った。十分に目を惹きつけてから、朗々と詠う。

手の中にある一本の毛は活殺自在である。その毛を彭《ほう》という名の女が一刀両断する。『碧巌《へきがん》録《ろく》』にある吹毛剣《すいもうけん》の故事からとった偈を、即興で詠んだ。喪主の顔が険しいものに変わる。

「それは死んだ妻への偈でございましょう。私めへの遺偈をちょうだいしたいのですが」

「あることを加えれば、これはあなた様の偈に変わります」

「おお、そうなのですか。早くつづきをお願いいたします。おーい、みんな、今から一休老師がわしのために有り難い偈を完成させてくれるぞ」

そのあいだに、一休は外へ出て門前にあった松明《たいまつ》をとった。まだ夕方になる前だが、煌々と火がともっている。もどるなり一休は、あらん限りの力をつかって弔問客たちへ松明を投げつけた。

火の粉が盛大に散り、すこし遅れて悲鳴が湧き上がる。喪主の美しい衣にも火が燃え移った。

「狼藉だあ」

「この偽物の禅僧めっ」

怒号に対して、一休は胸をはった。

「これが風狂だ。大徳寺禅を舐めるなっ」

ありったけの声で怒鳴り返す。返ってきたのは、弔問客たちの殴打と体当たりだった。

「や、やめてください。すいません。痛い。やめろ。やめぇい。ええい、どけ、お前ら」

最初は謝っていた南江も蹴り返しはじめた。一休も袖をまくり、喪主の鼻先に拳をめりこませる。が、多勢に無勢で商家から放り出されてしまった。

「一休、お前、やりすぎだろう」

「やりすぎなもんですか。足りないぐらいですよ」

鼻血をぐいと拭った。

一休は、南江に一枚の紙を見せた。

養叟からの書状だ。〝風狂子一休〟とだけ書かれている。

「これは、養叟師兄も望んだこと。野狐禅を求める者には、風狂であたれ。これは、そういう意味の五文字です」

「たしかに、今まで大人しすぎたのは事実だが……さすがにやりすぎだろう」

「仕方ないでしょう。これが私の禅です」

僧衣をはたき、一休は立ち上がった。

「はぁ、帰ったら宗英から大目玉だな」

般若の顔で怒る姿が思い浮かんだ。道場へと行く道ではなく、ちがう路地に入る。

「おい、どこへ行くんだ。道場はあっちだぞ」

「餅を買って帰りましょう。宗英の好きな店を知ってます」

「そんな銭などないだろう、に」

「災難避けのお守りですよ。銭を惜しんでいる場合じゃない。さあ、早く」

一休は路地の先にある餅屋へと急いだ。

それから半月ほどたったある日のこと――

所用から帰ってきた一休の目の前に、人だかりができていた。無名庵を三十人ほどの男女が囲っている。何か悪いことでも起こったのか、ととっさに考えた。

「あなたたちは何ですか。無名庵に何の用ですか」

三十人ほどいる群衆が、一斉に一休を見た。

「あんたが一休か」

海賊のような男が睨《ね》めつけた。まさか、お礼参りか。だとしたら、誰のだろうか。葬式の日に松明を投げた商人か。偈を猛牛の角にぶらさげて「さあ、お読み下さい」とけしかけた庄屋か。自慢する金箔の仏像に小便をひっかけてやった武士か。書を所望されたから「馬鹿」と書いてあげた公家かもしれない。

心当たりは……あまりにも多すぎた。

「そ、そうだ。私が一休だ」

怒りはもっともだが、間違ったことはしていない。禅の考えをゆがめる者たちに、それに相応しい対応をしただけだ。十発までは殴られることを覚悟した。腹に力を入れ、歯を食いしばる。

「会いたかったよぉ」

海賊のような男は急に相好を崩した。そして、馴れ馴れしく肩を叩く。

「あんた、どうしてこんなに待たせるんだよ」

「そうだ、今日は法話の会じゃないのか」

「え、いや、あれ……」

戸惑う一休に「あんたの話を聞きたかったんだよ」と乱暴に背中が叩かれる。

「え、やっと来たの」

琵琶をもった遊女が辻の角から現れた。

「遅すぎるぜ、一休老師」

手斧《ちょんな》を肩に担ぐ番匠もいる。

「早く法話とやらを聞かせてくださいよ」

能役者と思しき衣装を着た中年の男が急かす。

そういえば、今日は法話の日だった。ここのところ人がこないので、すっかり忘れていた。

「あの、なんで、法話を聞きに」

集まった男女が目を見合わせる。

「そりゃ、あんたがあの五山とはちがうからだよ」

海賊のような男がまた背中を叩いた。

「俺は海の商人だ。琉球と明国の海で都合、三度死にかけた。五山の威光も、外《と》つ国《くに》の海では関係ねぇ。あんな偽物の教えにすがる気はない。そしたら堺に帰ってきたら、一休っていうとんでもない坊さんがいるって聞いてな。興味がわいて、来たわけだ。よかったよ。風がよければ、三日後には出港するつもりだったからな」

海賊風の商人は口を大きく開けて笑う。

「芸に必要なのは、心意気ですよ。能役者の私は、一休老師の風狂が眩《まぶ》しい。ぜひ、その気風を能の捌きに取り入れたい」

「やだ、わたしが先だよ。一休老師の生き様は、語りがいがありそうだと前々から思っていたんだから」

能役者と白拍子が一休を取り合う。

「いいのですか。五山に睨まれるかも」

なぜか、一休は彼らを遠ざけるようなことをいってしまった。

「なにいってるんだ、五山が怖くて船に乗れるか」

「俺の番匠の腕が堺一なのは、五山とは関係ねえよ」

一休の心配は、豪快な声で吹き飛ばされた。

「堺は、自由の街です。伊達《だて》に地下請けしてるんじゃないですよ」

一番年嵩《としかさ》の商人の声に、みながうなずいた。

「な、なんだこれは」

「何かあったのですか」

風呂敷包みを背に負う、南江と宗英だった。包みからは蕪《かぶ》や葱《ねぎ》がちらほら見えている。

「師兄、また何か悪いことをしたのですか」

宗英の目が吊り上がった。

「ち、ちがうよ。この方たちは、私の法話を聞きにきたんだ」

「え、嘘」

「本当だよ。早く、法話の支度をしてくれ」

一休が叫ぶと、南江が急に背を伸ばした。わざとらしく咳払いして、とても真剣な声でこういった。

「皆様、お待たせして失礼しました。実は、一休老師、ご高名ゆえに堺でも多忙でございまして。先ほどまで、さる高貴なる方との問答がありまして。それが意外なほど長引いてしまったのです」

そう朗々と虚言している隙に、宗英が裏へと回り、かたむいた山門の扉を厳かに開ける。

「さあ、法話の会の始まりですよ」

南江と宗英が声を揃えた。

八

牛小屋のような講堂で、一休はぐったりと疲れていた。心はもっと疲れているが、それは心地のよいものだった。

「師兄、とてもいい話でしたよ」

「ああ、次の法話の会も来てくれると何人もいっていたぞ」

労いの言葉が、一休の疲れた体に沁みいる。

「この分ならば、在家の入門者も期待できるぞ。何人か、熱心に修行や坐禅のことについて聞いてきたからな」

「よかった」

しみじみと、一休はつぶやいた。

「これも、一休の風狂のおかげだな。もっと早くからやっていればよかったものを。なんで出し惜しみしたんだ」

「ちょっと、助言したのは義父上ですよ。一番手柄は、養叟老師です」

南江と宗英は無邪気に喜んでいる。

「ああ、すいません」

急に、南江が大きな声を出した。顔は、かたむいた山門の方を見ている。

「もう法話の会は終わりですよ。次は十日後ですよ」

開いた門から、ちらほらと人影が見える。十人ほどはいようか。公家と武家が半々。いや、中のひとりは痩せた体に法衣を身につけていた。

「し、真蘂《しんずい》っ」

思わず、一休は呼びかけてしまった。門の前にいるのは、真蘂だ。赤松越後守が殺されて以来である。

「お知り合いですか」

「ちょっと待っていてくれ」

宗英らにいいおいて、一休はあわてて近寄る。

「一休老師、お久しぶりでございます」

真蘂は、深々と頭を下げた。

「随分と物々しいですね。五山の僧侶が、林下の私たちに何の用ですか」

自然と声は硬くなる。それも当然だ。赤松越後守が死んだとき、真蘂はいつのまにかいなくなっていた。噂では、真蘂が小次郎や山名家の武者を引きこんだといわれている。そして、真蘂は今や次の蔭涼軒主の候補のひとりに目されるまでに出世した。それは、赤松越後守討ちの功績ゆえだと評判だ。

「今日は五山の使いではありません」

「では、誰の使いなのですか」

真藻が見たのは、宗英と南江だ。人払いをしてくれという意味だと悟り「部屋に入っていてください」と、ふたりに場を外してもらった。ついてきた武家と公家は、一休と真藻に背を向けて囲み、あたりの様子を油断なく見張りだす。

「なんだというのです。まるで、私たちが謀反でも企んでいるかのようじゃないですか」

「父君のお使いとして参りました」

刹那、心の臓が止まったかと思った。

「なんだっ……て」

「一休老師の父君のお使いとして、つまり上皇様の使者の役を光栄にも承りました。ただし、内密にですが」

鼓動が再開されたとき、すさまじい勢いで全身に血が流れだす。

「ち、父上が……」

それ以上、言葉がつづかない。真藻は、さらに小さな声でいった。

「父君がご危篤でございます。ご足労ですが、急ぎ京へ来ていただけませんか」

吹き荒ぶ風は、完全に冬のものになっていた。

九

柔らかい雪に、一休の足跡が刻まれていく。都を囲む山々も白く化粧されていた。初めて足を踏み入れた禁裏の中も同様だ。

「あちらが仙洞御所《せんとうごしょ》になります」

先導する公家について歩く。白い息を吐きつつ、小さな門をくぐる。泉水《せんすい》が配された庭に出た。ここも雪化粧され、池は半分ほど氷に覆われていた。

謁見の間ではなく、奥まった一間へと通される。

剃髪した男が横たわっていた。こちらへ顔を向ける。暫時《ざんじ》のあいだ、息ができない。己が横たわっていると思い違いしたからだ。無論、そんなはずはない。寝ているのは、上皇だ。出家し法皇になったことは知っていたが、剃髪した相貌は鏡で見る己とたしかに似ていた。

上皇が腕をかすかに上げた。女官や案内してきた公家たちが去っていく。枕元に、ひとりだけ侍医が残る。

「安心……せい。こ奴は……耳が聞こえぬ」

予期していたが、上皇自身の声は半ば生者のものではなくなっていた。

「し、心配ならば……口を隠してしゃべれ」

顔にはしみが浮き、頬骨が浮き上がっている。あるいは、一休もこのような姿になって朽ち果てるのであろうか。

動揺することなく対面できたのは、修行の賜物かもしれない。

「もう……聞いてはいるとは思うが、朕《ちん》は……長くない。い、一度でいいから会ってみたかった」

上皇は苦しげに咳をする。

侍医がそっと近づき上皇の脈を診て、またもとの場所へと戻った。

「堺での働きは……耳に入っている……。いい詩偈を……いくつも書いていたな」

上皇が目を細めた。その優しげな顔に、一休の胸が締めつけられる。

と同時に、怒りも湧いた。どうして、こんな表情や気遣いができるのに、一休と母を見捨てたのだ。なぜ、臨終の間際にしか言葉をかけないのだ。今も、母は薪村で苦しんでいるというのに。握りしめた拳の中で爪が食いこんだ。

「形見を……渡しておく」

震える指で床を打った。それが合図だったのか、侍医が帛紗《ふくさ》に包まれたものを取り出す。開くと、龍の彫のある硯が現れた。

「そなたの母と共に……これで歌を……記し、源氏物語を写した」

そういう上皇の声は、どこか晴れやかだ。病苦こそは去っていないが、心の重荷を下ろしたかのような表情をしている。

そっと上皇へと顔を近づけた。胸の中のわだかまりが、恐ろしい勢いで喉元から迫り上がる。

死を前にした上皇へ、ありったけの叫びと言葉を一休はぶつけようとしていた。

「なぜ、母を捨てたのですか」

穏やかな声でいった己に驚いた。

いや、それ以上に予想だにしなかったのは――

「どうして……もっと、母によりそって……やれなかったのです」

震える声で、一休はそういっていたからだ。

この言葉は――上皇だけに向けられたものではない。

己自身にも向けたものだ。

目がかっと熱くなった。体が震える。己の愚かさ、卑怯さ、が憎かった。

己には、父を責める資格など一毫もない。

雪が音を吸い込んだかのように、静寂が満ちる。

「そなたの母は……朕が唯一、心を許せる女人だった。それは……間違いない。天地神明《てんちしんめい》に誓う」

その言葉を母に聞かせてやりたい、と思った。

「そなたの母が……悪事を企てていると聞いたとき……それが讒言だということは……わかっていた。本来なら庇うべきだった」

上皇はまぶたを強く閉じた。

「だが……できなかった。南朝の血をひく女人が後宮に入れば……軋轢が生じる。朕には、それを御すだけの器が――いや自信がなかった」

そのために、母はありもしない罪をうけて追放されなければならなかった。

父も己も、所詮は同じ穴の貉《むじな》ということか。

自嘲したいができない。

父も苦しんだのだ。あるいは、己の何倍も。

「い、一休よ、仕方……なかったのだ。そなたら母子を……守るためには、あ、あれしかなかった。あのときの……朕では……」

一休は、ゆっくりと父を見た。苦しげに顔をゆがめている。

母を捨てたのは、母を守るためだったと父はいう。

「さ、最善でない……のは百もしょうちで……」

「父上」

さらに顔を近づけた。

「ゆ、ゆるして……く……」

「ありがとうございます」

上皇の目が見開かれた。

「私たち母子のことを考えた末でのご決断、さぞ苦しかったとご推察します。その上で、一休は嬉しく思います」

刹那、上皇のまなこから涙があふれる。

「ありがとうございます。母にかわり、礼をいいます。私たちを守ってくれて、ありがとうございます」

一休の手に、上皇の両手がすがりついた。残りの力を振り絞るようにして、父は泣いている。

まるで赤子が母にむしゃぶりつくかのようでもあった。
この数日後、上皇は薨去《こうきょ》し、後小松《ごこまつ》天皇と諡《おくりな》される。

第七章　地獄一休

一

薪村の母の庵の前に立っていたのは、乳母の楓《かえで》だった。

旅装の一休《いっきゅう》を見て、「まあ」と驚きの声をあげる。

「久しぶりだね。母上は元気かい」

「体よりも心が弱っておられるようです。何日かに一度しか床から起き上がれません。それよりも突然、どうされたのですか」

楓の声には、心配と警戒の色が濃く含まれていた。

「実はね、上皇様と——後小松《ごこまつ》帝とお会いしたのだ」

楓のまぶたが震えた。

「そうなのですか……」

「そこで、あることを頼まれた。吉野から、ひとり皇子を連れてきたい、と。この姿は、吉野行きのためだよ」

「どうして、そんな大変なことを……上皇様は何を考えて」

「罪滅ぼし――なのかな」

今際《いまわ》の父の言葉が思い浮かぶ。

両統迭立は仕組みこそ美しいが、人間の業にはそぐわない、と父はいった。世を平らかにするためには、北朝が治めるべきだ、と父は苦しげに吐露した。すべてに肯《うべな》うことはできないが、父の苦しい胸の裡《うち》は理解できた。事実、今まで何度かあった両統迭立は、無用の軋轢を生み、途中で必ず反故にされている。

その上で、父は南朝の血をひく宮家をつくりたい、といった。皇室にことあるときは、その宮家が皇統を継いでもいい、とも。

「これはという皇子がいるなら、ぜひ北朝に迎えたい、と父上は仰せだった。その人となりを、私が見極めてくれ、と」

その宮家を足がかりにして、南北朝の真の和合を図る。そして、その宮家の後見人に一休がなってほしい、ともいった。ちなみに、後小松帝の後を継いだ一休の異母弟は、すでに早逝してしまっている。次男も同様に鬼籍に入った。伏見宮《ふしみのみや》家という宮家の男児が、五年前に帝位についている。

「そんな大事なお役目を、千菊丸《せんぎくまる》様に。大丈夫ですか」

「もう、私は四十を過ぎている。童扱いしないでくれ」一休は苦笑してみせた。「それに、この役目を託されたのも縁だと思ってね」

一休は、母が起居する庵を見た。母は、南朝の楠木《くすのき》一族の娘であった。吉野へ行きふさわしい皇子を連れてくることは、一休の出自に決着をつけることにもつながる。

「その上で、近い将来、母上を堺へ迎えたい。そのことを、楓に伝えておきたくてね」

楓が目を大きく見開く。

「堺では、道場も順調だ。無名庵というんだけどね。何人か雲水も入門した。今度、新しい場所へ無名庵を移す。そこに引き取ってもいいし、何年か後には尼寺も建てようかと思っている。そこで面倒を見てもいい」

「だ、大丈夫ですか」

真顔でそういわれると不安が募る。一休だって、母と十全に和解できる自信はない。だが、この機を逃すと後はもうないのはわかっている。

「頑張るよ。ただ、無名庵はまだまだこれからだから。すぐではないけど、近いうちに必ず母上を迎えにくるよ」

楓が洟をすすった。目も湿りはじめている。

「本当に大丈夫ですか。私は……堺へ行くことはできませんよ」

わかっている。楓にも家族がある。

「駄目だったときは、母上を薪村に突き返すよ」

そういうと、楓は泣きながら笑った。そして「いい加減なんだから」と一休の胸を叩く。

「じゃあ、行ってくる。母上のことをよろしく頼むね」

一休は薪村を後にした。街道で待っていたのは、平蔵《へいぞう》たちだった。こちらも旅装姿は万全だ。

「千菊丸、待ちくたびれたよ」

幼いころに吉野にいたので、平蔵ほど頼もしい人はいない。ただし――

「その、千菊丸はやめてくれないか。もう童じゃない」

「俺を救ってくれたのは、千菊丸じゃないか。一休なんて、慣れぬ名前でいうと舌を嚙んでしまう」

楓以外にも、一休を童扱いする者がもうひとりいるのだ。

「とにかく頑張ろう。これをきっかけに、新しくできた宮家ともつながりができれば商売繁盛は間違いなしだからな。いや、吉野にもお得意様ができるかもな」

平蔵には息子がおり、まだ若いが店を任せられるぐらいには成長している。

「吉野まで仏具を売りに行くのは、さすがに無理だろう」

ふたりでくだらない話に興じていると「お話し中にすみませんが」と冷徹な声がした。立っているのは、貧乏公家といった風情の怜悧な顔立ちの男だ。歳のころは、三十の前半。頭をしきりに気にしているのは、鬘《かずら》だからだ。

「このたびは遊山ではありません。勘違いされないように」

真蘂《しんずい》だった。公家の姿になりかわると、かつての赤松越後守《あかまつえちごのかみ》を髣髴《ほうふつ》とさせる。

「公方様も、吉野から宮家を迎えることには大変に前向きになっています。天下静謐《せいひつ》のための旅であること、くれぐれもお忘れなく」

今回の吉野行きで手柄をたて、真蘂は次の蔭涼軒主の座をたしかなものにしたいようだった。その野心は、あるいは赤松越後守以上かもしれない。

二

一休、平蔵、真蘂のあいだにあるのは焚き火だ。深い山の中で、三人は夜を過ごしている。大和《やまと》国の吉野郡はもうすぐだ。ただ、ここからが長い。大和国の南半分は、広大で峻険な山岳地だ。南朝が籠る地は、そのずっと奥にあるといわれている。

一休は干飯《ほしいい》をかじる。一方のふたりは、川魚を美味そうに食べていた。

嫌でも、唾が口の中に満ちる。

「千菊丸、大変だね。肉が欲しくならないかい」

平蔵は無邪気に聞いてくる。

「欲しいに決まっているだろう。それを我慢するのが修行だ」

そういってから、真蘂をにらみつけた。

「還俗した平蔵はともかく、あなたはよく食べられるものですね」

「私は、今は公家のなりですからね。一休老師のように、干飯や菜ばかり食べていれば、怪しまれるでしょう」

そういうが、魚を食う様子は手慣れていた。小さな骨を手際よく外していく。まあ、五山の僧侶なので、最初から諦めてはいたが。事実、若いころの一休もそうだった。失望はしないが、苛立ちが募るのはどうしようもない。

朝になって、三人は発った。

「ここが吉野か」

思わず、一休は足を止めた。伏せたお椀のような山々は、桜で彩られている。役小角《えんのおづの》が植えたといわれる桜で、吉野では神木として崇められているという。自然と三人の心も浮き立ち、歩調も軽くなる。桜をぬうようにして道を進んだ。

一陣の風が吹き抜け、花弁が盛大に散り、目に見える全てが桜色に染まった。

「おお」

「すごいな」

「これほどの景は、京にもないぞ」

三人も思わず歓声をあげた。

風がやみ、花弁がひらひらと地面に落ちていく。いつのまにか、一休たちは何者かに囲まれていた。鬼の面をかぶり、山刀や薙刀を持っている。

「南朝の方々か」

低い声でいったのは、真薬だ。

「ここから先は禁域だ。偽主の手先どもは去れ」

鬼面のひとりがそういって、抜き身の山刀をつきつけた。一休はひざまずく。

「南主に謁見を求めるため参りました。一休宗純《そうじゅん》と申します」

一休の弁に、鬼面の男たちがざわめいた。

「一休宗純ということは楠木の娘の……まさか、偽主の使いか」

「はい、父である北主の後小松帝の命をうけました」

鬼面たちが、互いに顔を見合わせる。

「いいだろう。南主のもとへ連れていこう。ただし、目隠しはさせてもらう」

承諾する間もなく、一休らの背後にやってきて布を顔に巻きつけた。持たされたのは縄だ。

「気をつけて歩け、足を踏み外せば命はないぞ」

縄が引っ張られた。よろよろと一歩を踏み出す。すぐに桜の香りは薄くなり、木立や水の匂いが濃くなる。渓流というには激しすぎる水の音がした。それも、かなり下の方からだ。風は下から吹き上げている。

「ふたりとも大丈夫か」

背後に声をかけた。平蔵と真薬の息遣いが荒い。

「だ、大丈夫だ」

「ええ、なんとか」

「止まれ。落石だな。道を変える。さっきのような易き道ではないから気をつけろ」

「そんなぁ」と、平蔵の声が聞こえた。

「平蔵、お前は昔、吉野にいたんじゃないのか」

思わず、一休は聞いた。

「立てるか立てないかのころだよ。自分の足で歩いて、吉野を出たわけじゃない。そもそも吉野のころのことなんて、ほとんど覚えてない」

泣きだしそうな平蔵の声だった。

「じゃあ、あんた、何の役にも立たないってことか。よくも、ついてきたな」

真蘂が金切り声で責める。

「いいだろう、あなただって郷《さと》に帰りたいと思うだろう」

「黙って歩こう。足元に注意を払って」

一休は必死に叱りつける。地面が大きくかたむいている。窪みやでっぱりもあちこちにある。

石が転がる音も聞こえてきた。

「足をすって歩け。地面をたしかめながら進め」

鋭い鬼面の男の声が聞こえた。

が、遅かった。

「ひいい――」

背後で平蔵の悲鳴が聞こえたと思った次の瞬間、一休の僧衣が摑まれた。ぐいと引っ張られる。足元を失い、一休の体がかたむく。地面を踏もうとした足は、宙をかいた。

「危ない」

声がした。と思った次の瞬間には、体が地面に打ちつけられていた。どんどんと斜面を転がっていく。目隠しが外れた。深い谷へと一休は落ちていく。ひとりではない。鬼面をつけた男もいる。尻を使って崖を降りていた。鬼面の男は、必死に体を御さんとしている。一休を助けようとして、飛びこんだのか。腕を伸ばそうとするが、うまくいかない。

「くそ」と叫んで、面を外した。

「お、お前は――」

片目が潰れた武者だった。名前を叫ぼうとしたら、大きな石に背中を強く打ちつけた。視界がぼやけ、感じる全てのものが急速に虚ろになっていく。

三

せせらぎの音で、一休は目を覚ました。濡れた手巾が頭にのせられている。体をまさぐる。ひどく痛いが、骨は折れていないようだ。ほっと胸を撫でおろした。

そして、横にいる男に目をやる。

「そなた、たしか……甚内《じんない》殿といったか」

隻眼の武者は、山名小次郎《やまなこじろう》の従者だ。

「はい、桜木《さくらぎ》甚内と申します」

「なぜ、吉野にいる」

しかも鬼の面をかぶって。

「山名家は過去、南朝と手を組んだことがあります。二度です」

そうだった。一度目は足利尊氏《あしかがたかうじ》と敵対したとき、二度目は足利義満《よしみつ》に矛を向けた明徳の乱のときだ。いや、ことはそう単純ではない。二度目は、将軍家の策略によって山名家が分裂させられた。山名氏清《うじきよ》という男は南朝と結び、小次郎の父の山名時熙《ときひろ》は幕府についた。そして、幕府側が勝利し、山名氏清は滅びた。

「小次郎様の母上は、山名氏清公の娘であります」

「あっ」と、一休は声をあげた。

そうか、そういえばそうだったか。

「小次郎様は、北朝で功をあげた一族の血と、南朝で討伐された一族の血の両方を引いておられるのです」

そして、母の出自ゆえに小次郎は、後継者争いに若いころは加われなかったという。似ている、と思った。一休の出自と、だ。一休を慕う理由の一端がわかったような気がした。

「小次郎様のお母上は、氏清公が明徳の乱で敗れた後、吉野に落ち延びました。そして、時熙公の手引きで京へと帰り、その室となられ、小次郎様をお産みになったのです。私の一族は、滅ぼされた氏清公の郎党でした。父は明徳の乱で亡くなりましたが、母は小次郎様のお母上とともに吉野へと降《くだ》ったのです」

一休は、長く息を吐き出した。

「氏清公が南朝に与したことで、お母上は山名家では不遇をかこつことが多くありました。それは小次郎様も同様です。はたから見ていても、ご兄弟には序列がありました。小次郎様の兄上は南禅寺で学べるのに、ご本人には許されませんでした。そういう自分を卑下される癖が、幼い小次郎様にはありました」

そんなときに、一休と出会い、その禅に傾倒していった。

「小次郎様は、お母上の縁を非常に大切にされております。ここ吉野へと、私を頻繁に送り込んでおります」

「小次郎様のお母上は、今はどうされておられる」

「ご健在です。もう、ご高齢ですが。禅にも深く帰依しておられます」

山名家当主となった小次郎は、母の縁者を南禅寺へいれたり、十刹の住持になるよう様々に動いたりしているという。一休が堺へ向かうとき、小次郎と一緒に見送りにきた老師ふたりがそれだ。他にも、母のために安山院《あんざんいん》という尼寺を建立し、妹に庵主をつとめさせているという。

「小次郎様は立派だな」

そういった一休を、まじまじと甚内が見つめる。

「お母上のことも南主のことも気にかけておられる。私とは大違いだ」

「なにをいわれます」

「慰めはいらないよ」

一休は立ち上がった。体のあちこちが痛むが、歩く分には支障はない。

「甚内殿、案内してくれるか。できれば、目隠しはご免こうむりたい」

「もちろんです。ただ、不躾《ぶしつけ》は百も承知で伺いますが、老師はなぜ吉野へ。お会いしたとき、本当に驚きましたぞ」

「父上の願いを叶えにきた。南朝の血をひく宮家をつくりたい、とおっしゃってね。南北朝の橋渡しになるような皇子を京に招きいれたいのだ」

本来なら南主に謁見してから伝えるのが礼儀だが、命を救ってもらった恩がある。

「すでに、小倉宮《おぐらのみや》家や護聖院宮《ごしょういんのみや》家があるでしょう」

どちらも、南朝の皇族が主の宮家だ。しかし、南朝皇子たちの都での待遇のひどさは、つとに有名だ。

「確執があまりにも大きすぎると考えていらっしゃるようだ。甚内は、吉野の衆と親しいのであろう。心当たりの皇子はいないか」

甚内の顔に困惑の色がのる。

「私ごとき軽格の者には、とても口を挟めることではありませぬ」

「そんなことをいわずに。これは、小次郎様やそのお母上のお心にも適うことだと思うが」

さらに甚内の困惑が増す。

「恐れながら、南主たちはあまりにも長きにわたり山に籠られました。もはや、都の風習とはかけ離れたところにおられます」

「それは、どういう意味だ」

何もいわずに甚内は歩きだす。再び問いかけようとしたが、鬼の面をかぶられてしまった。きっかけを失った一休は、ただその背中についていくしかできない。

四

南朝の隠れ郷につくや、竹が爆ぜる音があちこちから響きわたった。篳篥《ひちりき》や笙《しょう》、太鼓や小鼓の音色もそれにつづく。人々が家の前に出てきて、一休たちを出迎えた。

「千菊丸、無事か」

家屋のひとつから、平蔵が出てきた。

「すまない、足を滑らせて。俺はいつもこうだ」

「大丈夫だよ。平蔵たちも無事かい」

「ええ、何度も転びましたけどね。おかげで鬘もどこかへいきました」

平蔵の背後から出てきたのは、真蘂だ。露わになった禿頭と公家のなりが、どうにもちぐはぐだ。

「ようこそ、一休老師、よくぞ吉野へ来られた」

白髪白髯《はくぜん》の老人が、恵比寿顔で一休らを手招きした。

「悪くない待遇です。お待ちしている間、酒や肴《さかな》をたっぷりといただきました。まあ、味は京に比べると、ですが」

真蘂が耳打ちする。

「けど、山菜や川魚はなかなかに美味だよ」

逆に、平蔵は嬉しそうだ。

「まず、今夜はゆっくりとお休みください。南主からも、よくおもてなしするようにいわれております」

だが、一休たちは休むことはできなかった。それから、三日三晩、宴席や歌合がつづいたからだ。村人たちが神楽《かぐら》や舞を披露し、ときに一休も吟じた。平蔵も夢見心地で酒と肴を楽しんだ。真蘂だけは油断なく周囲に目を配っていたが、女人がすりよってきて相好を崩すことが度々あった。

四日目の朝になって、一休と真蘂は昇殿を許された。

とはいっても、禁裏とは比べものにならない。山に抱かれた、山荘のような建物だ。

しかし、中に入ると、社に似た清浄な空気が流れている。広い板間に、南朝の朝臣たちが並んでいた。朝服のような衣を着ているもの、山伏のなりをしているもの、社家のような姿のものなど様々だ。

御簾はない。粗末な畳が奥に一列しかれているから、そこが玉座であろう。

「では、今より南主と親王方が来られます」

居並ぶ朝臣からそんな声がかかった。背後にいる真薬の緊張が伝わってくる。足音が近づき、頭をさげた。

「おもてをあげよ」

声に従ったとき、一休は己の目を疑った。

白い水干《すいかん》に黄色い菊綴《きくとじ》、紅色の袴——稚児の姿をした男たちが、五人ほども現れたからだ。露頂《ろちょう》という冠をつけない頭からは長い毛が伸び、後ろでまとめられていた。

異様なのは、青い髭の剃り跡のある四十代や五十代の男たちが稚児のなりをしていることだ。あまりのことに、一休は言葉も発せない。

「童形《どうぎょう》か」

後ろから真薬の声が聞こえた。わざと童の姿をしているのだ、と一休は悟った。古来、童には霊力が宿ると信じられている。だから、恐ろしい鬼の力を駆使する酒呑童子《しゅてんどうじ》も童形だった。比叡山の近くには、八瀬童子《やせのどうじ》という帝の葬祭を執り行う民がいるが、彼らも童形だ。

南主とその親王たちは、童形になることで北朝に対抗せんとしている。

「一休と申したか」

鉄漿《かね》でそめた歯を見せつつ、中央にいる南主が語りかけた。歳周りは五十に近いと思われ、顔にはしみがうき、目尻や口元には深いしわがあった。髪の毛も半ば白くなっている。

「用件を申せ」

「は、はい、北主である後小松帝からのお願いがあり、参上しました。南主の血をひく皇子を、ぜひ京にお招きしたいとのことです。宮家をつくり、南北朝の橋渡しになってほしい、と」

「ふむ」

水干の袖を揺らして、南主は思案する。だが、多分に芝居がかっていた。すでに用件は、白髪白鬚の老人に伝えている。きっと、結論は出ているのだろう。

一休は、じっと待った。十分に間をとったことに満足したのか、南主が口を開く。

「もし、適当な皇子がおらぬときは」

南主の左右の親王はみな四十代ほどだ。

「待たせてもらいます。一年でも十年でも。これは後小松帝の遺志でもあります。私が存命である限り、この約定を果たすためにこの一休は全力をつくします」

「ほお」と、南主が嬉しげな声を漏らした。

「よかろう。そちらの申し出を呑もう」

左右に居並ぶ朝臣たちが厳かにうなずく。

「本当ですか」

「ただ、今は適当な男児がおらぬ。が、もうすぐ、妃が朕の子を産む。それが男児であれば、京へと送ろうではないか」

内心で安堵の息を吐いた。ならば、童の時分から京で育てればいい。一休が後見すれば、立派な宮家の男児に育つはずだ。

いや、何よりも……

一休はやり遂げたかもしれない。

北朝と南朝の真の融和を果たしたのかもしれない。

「では、憎き偽主の降伏を受け入れるにあたって、こちらからも条件を出そう」

「え」と、一休の口から呆けた声が出た。

「こうふく、とはどういうことでしょうか」

「知れたこと、偽主はわれらの霊力に恐れを抱いたのであろう。だから、こたび膝を屈し、われらに詫びをいれた。そして宮家へと自ら降格し、朕の皇子を養子とすることで許しを乞うているのだろう」

どうして……そうなるのだ。

「ふふふふ、連夜にわたる調伏《ちょうぶく》の儀の霊験がやっと現れたと見えるな」

南主は満足げにいう。

「まことに祝着至極にござります」

「きっと、南主の祈りに偽主どもも恐れ戦《おのの》いたのでございましょう」

「あ、あの……何をおっしゃって」

一休の言葉を無視するように、南主と朝臣は喜んでいる。

「一休といったか、偽主の降伏を受け入れる条件だがな」

南主は、朝服を着た老人に目をやった。白髪白髯の老人は、村で一休を歓待してくれた男だ。

「まず、われらが望むのは奸臣《かんしん》どもの処罰。以下に申す者を獄門とすること。降伏の証として、速やかに処断すべし」

白髪白髯の男は、関白や摂政、大納言、中納言たちの名を次々とあげていく。一休の顔がゆがんだのは、その内の何人かはすでに故人であったり隠居したりしているからだ。吉野の民たちは、そんなことも知らないのか。

「その上で、今年の神無月《かんなづき》の十日までに、偽主が京と禁裏を明け渡す。さすれば、そちらの降伏は受け入れて、調伏の儀も取り止めようではないか」

一休はめまいを感じた。

「もし、断るというのならば」

殺気さえこめて、南主は凄んだ。

「偽朝である北朝を呪い破滅に導く調伏の儀式をつづける。これは脅しではないぞ」

五

にこやかだった吉野の民が、鋭い目で睨めつけている。

降伏受け入れの条件を、一休たちが拒んだことを聞いたのであろう。あてがわれた家屋に帰ると、待遇が一気に変わっていた。見張りと思しき男たちが囲み、夜には篝火がたかれた。犬の声もうるさくて眠れない。

結局、南主を説得することはできず、これから一休たちは帰路につかねばならない。

三人に目隠しがまた渡される。鬼の面をつけた男たちが、足元に縄を放り投げた。

ひとりの男が近づいてきた。桜木甚内だ。鬼の面をかぶっているが、歩き方でわかった。地面にある縄のほつれを直しながら、体を寄せてくる。そして、耳元でささやいた。

「え」と、声をあげた。

甚内はすっと通りすぎる。

「さあ、目隠しをしろ」

一際、恐ろしげな鬼面の男がいった。一休は目隠しをして、縄を手にとる。

「いくぞ」

引っ張られる縄についていく。来たときと、男たちの足音がちがう。放つ気も、だ。明らかに害意をはらんでいる。ごくりと唾を呑んだ。汗がにじみだす。

舌打ちの音がした。ひとつでなく、ふたつ。

甚内がささやいたときに教えてくれた合図だ。

目隠しを素早くとった。鬼面の男たちは、その手に抜き身の山刀を持っている。いつの間に鞘を払ったのだ。

——殺す気です。舌打ちを二度したら崖に飛び込んで。

甚内の声が脳裏によみがえる。男たちがいかに凄惨な表情をしているかは、鬼面ごしでもひしひしと伝わってきた。歩かされている真蘂や平蔵の襟をあわてて摑む。

「わあ、やめてぇ」

「無礼者がぁ」

ふたりを抱きかかえて、一休は崖のような斜面へと飛び込んだ。

六

「南朝の馬鹿どもが」

宿舎で罵声をあげるのは、真蘂だ。崖から落ちた一休を待っていたのは、甚内の意を汲んだ男たちだった。彼らの先導でほら穴に隠れ、なんとか追っ手をやりすごした。代償として、ひどい打ち身を負ったが、三人とも無事だったのは奇跡かもしれない。

なんとか山をこえて、やっと吉野郡を抜けることができた。そして、宿舎へと入り、三人で傷を癒しているところだ。

が、真蘂は痛みよりも怒りの方が大きいようだ。

「あれほどまでに頑迷だとはな。奴らのうつけさを見誤っていたわ。覚えておれ、五山と公方様を甘く見るなよ」

頭をしきりにかき、手当てした傷からは再び血が滲みはじめる。

「真薬老師」

襖の向こうから声がかかった。

「おお、やっと来たか」

襖が開き、現れたのは黒衣の僧侶と僧兵たちだ。

「お待たせしました。駕籠の用意ができております」

「わかった。しばし、宿の外で待て」

真薬が一休に向き直った。

「いかがいたします。よければ、堺までの駕籠もお貸ししますが」

「いえ、結構です。自分の足で帰ります」

返答を予想していたのか、真薬はそれ以上、何もいわない。

「それよりも教えてくださいこれから、北朝や幕府は南朝にいかに対応するのですか」

真薬の顔に冷笑が浮かぶ。

「これから、南朝は苦難の道を歩むことになるでしょう。公方様は苛烈なお方。吉野の南主だけでなく、京にいる小倉宮家や護聖院宮家も許してはおかぬでしょう」

今の公方は、足利義教《よしのり》という。足利義持《よしもち》が死んだとき、息子はすでに亡くなっていたため、その弟の中からくじ引きで将軍に選ばれた人物だ。苛烈な性分はつとに有名である。

「では、一休老師、これにて失礼します」

真蘂が去って、平蔵とふたりきりになった。

「仕方ないさ。俺たちにどうにかできることじゃない」

平蔵が慰めてくれる。いや、よく見れば肩を落としうつむいている。無理もない。幼時を過ごした吉野の民から殺されかけたのだから。

「平蔵も――」

元気づけようとした一休の声が萎む。

「すまない、私が力不足なばかりに」

平蔵が何か言葉を返したが、一休には聞き取れなかった。

翌日、背を丸めて京へ帰る平蔵を見送った。

完全に見えなくなってから、一休も堺へ足を向ける。痛みよりも、体と心が疲れていた。あれほど禅の修行に打ち込んだというのに、誰も救うことができない。いや、それどころか、このたびはさらに悪い方向へと導いてしまった。

なんのために、己は修行しているのだ。

そんな思いがよぎると、さらに疲れが増す。道中にある切り株に腰を落とした。

このまま何もかも捨てて、どこか遠くへといってしまいたい。

心底からそう思った。

「馬鹿か。そんなことできるはずもないだろう」

自身で自身を叱咤した。早く堺に帰らねばならない。養叟《ようそう》の期待に応えねばならない。南江《なんこう》と宗英《そうえい》が待っている。少ないながら弟子たちもいる。

立ち上がって、歩みを進めろ。

しかし、体は一向にいうことを聞かない。

何刻もの間、一休はずっと座りつづけていた。

「一休老師ではございませんか」

顔を上げると、ひとりの雲水がいる。若い顔に見覚えがある。先日、無名庵に入門した男だ。

「よかった。行き違いになったらどうしようかと思いましたよ。お傷は大丈夫ですか」

吉野郡を出てから堺へ行く旅人を探し、無名庵への言伝《ことづて》を頼んでいた。

「すまないな。心配をかけた。南江や宗英に変わりはないかい」

若い雲水は必死に首をふる。その様子が切迫していた。

「何かあったのか」

「おふたりは大丈夫です。それより、無名庵に使いの方が来ました。薪村からです」

一休の腰が浮いた。

「薪村の楓様という方からです」

一休は完全に立ち上がる。

「一体、何が」

雲水の両肩を摑む。

「一休老師のお母上が危篤ということです。い、痛い」

一休の指が雲水の肩に食い込んでいた。だが、止めることができない。

「それは、いつだ」

「三日前です。南江様が行き違いになるやもしれないが、といって私を使者に出したのです。急いで報せろと」

一休は走り出した。堺のある西ではない。母と楓のいる北へ。

七

「母上、楓、一休です。千菊丸です」

戸を叩くと、やつれた楓が出迎えてくれた。目で誘う先を見ると、瘦せ衰えた母が横たわっている。か細い息が聞こえた。駆け寄ろうとして、つまずいた。一枚の屛風絵だった。阿弥陀如来が描かれ、その掌に糸が縫いつけられている。それが、一休の足元にかかっていた。死者を極楽へと導く五色の糸だ。

全身に悪寒が走った。

四つん這いになって進む。途中で手に当たったのは、古い紙人形だ。紫の法衣はぼろぼろになっている。

母がうっすらと目をあけた。灰色がかった瞳は、半ば死者のものだ。

「わかりますか。一休です。千菊丸です」

痩せた手をとった。母の目が見開かれる。

「どうして……です」

ぶるぶると母の体が震えだす。

「どうして……わらわを見捨てたのです」

一休の頬に手がふれたのは、以前のように爪をたてるためだろうか。まだ、母は父を憎んでいる。

「ちがうのです。父は――」

「わらわは、あなた様が憎い。どうして……」

母が血をはいた。咳き込むだけで、細い体が砕けてしまうのではないかと思った。

「母上、聞いて下さい。父は本当は、あなたの身を考えて……」

母の爪が一休の顔を襲う。あやうく眼球を傷つけるところだった。

「すまなかった」

母のまなこが揺れた。

一休は母の手を握る。父に似ている己の顔を母に正対させた。

「お前を……信じるべきだった。本当は、悪くないとわかっていたのだ」

父になりきって懸命に言葉をくる。

「お前は何も悪くない。ただ、お前たちを助けるためには……」

父の思いが万分の一でも伝われば、と必死に手を握ろうとした。

「赦せない」

母の両腕が一休の首に回される。親指が喉仏を圧する。

「今さら謝っても……赦さない」

血泡と呪詛の言葉を、母は吐きつづける。どこにそんな力が残っているかと思うほどに強く、一休の首を縛める。

「わらわは……北朝を呪う。わらわの子が……千菊丸がほくちょうにかなら……ず復讐してみせる。このまちがった……よのなかを……」

「いけません。この方は上皇様では——」

腕をのばし、一休は楓の言葉を制した。母の手から力が抜けていた。一休のうなじのあたりで、ひっかかっている。ゆっくりと指をほどき、細くなった腕を下ろし、寝床に横たわらせた。

母は、もう息をしていなかった。

風が吹いて、何かが床を転がった。紙人形だ。幼いころに母に作ってもらった。「えらいお坊さんになるのですよ」と、紫の法衣を人形に着せてくれた。その法衣が風に吹かれ、紙人形からはがれていく。あのときの母の表情が、どうしても思い出せない。視界がゆがむ。

泣いてはいけない。己は僧だ。死を悼みこそすれ、涙を流すなどあってはならない。弔いに集中せねばならない。

なのに、涙が頬を湿らせた。顎先からぽたぽたと滴る。

どうして、もっと早く……。なぜ、いつも手遅れなのだ。

「ははうえ」

そんな言葉が口からこぼれ、体が折れた。母の顔は苦悶に満ち、美しかった唇は呪詛をつぶやく形で止まっている。その死に顔に頬をすりつけた。かつて美しかった髪を何度も撫でた。

「ははうえ――」

嗚咽が止まらない。震えが瘧《おこり》のように襲う。口や鼻からも水がにじみだした。

どうして、己は母がこんな姿で死に絶えるまで放っていたのだ。なぜ、もっと母の悲しみによりそわなかったのだ。

何が僧侶だ。何が一休だ。無がなんだというのだ。母の恩に、どうして報いなかったのだ。

「千菊丸様、せめてお経を」

楓が背中にしがみついた。

「極楽浄土へとお母上を導いてやってください。お願いです」

まぶたを閉じてやるが、それでも業が宿る死に顔は凄惨そのものだった。阿弥陀如来の絵を持ってきて、五色の糸を手にとる。母の指をとり、糸で結ぶ。

だが――

ぷつりと糸が切れた。赤い糸は阿弥陀如来の手元から、黄と青の糸は半ばで、黒と白の糸は母の手元で。床に散らばった糸は、砕けた虹を見るかのようだ。

そのとき、一休の中で何かが爆ぜた。

決意が、総身を支配する。

母の手をしかと握った。

「私も地獄道へ堕ちる」

口は経ではなく、決意を語っていた。

目は炎がともったかのように熱くなる。どんなに地獄が醜悪な場所だったとしても構わない。

「そして地獄で母と再会する」

もはや、母を救う術はそれしか残されていない。

五色の糸が風に吹かれ、どこかへと消えていく。紫衣をはぎとられた紙人形も、さびしげに飛んでいった。

第八章　夢閨《むけい》一休

一

　開け放った障子の先には夜の庭があり、琵琶の音が暗がりへと吸い込まれていく。盃を口に運ぶ一休《いっきゅう》の横には手水があり、水面に映った己の顔には短い髪が蓄えられていた。ちらほらと白い毛も混じっている。以前ほど頻繁に剃髪をしなくなった。毛坊主は珍しくはないが、一休のように堂々と傾城屋で遊女と酒を嗜む者はさすがにいない。

「あれが、破戒坊主の一休老師と今嫦娥《じょうが》こと妬月子《とげっし》か」

　誰かの声が聞こえてきた。庭に回された縁側に客たちが並んでいる。音曲を奏でているのは、妬月子という遊女だ。月に住む美姫《びき》――嫦娥の生まれかわりとも称されている。細い首と美しいあごの輪郭は、どんな絵師でも線にすることは能《あた》わざるように思えた。

　地獄へ行くため破戒に手を染めた一休だが、その名声が落ちることはなかった。それまでよりも激しい修行に心身を投じたせいか、その生き様を堺の芸能の民たちがしたったのだ。能役者や舞手、白拍子、あるいは遊女たちが次々と無名庵を訪れた。ある者は、一休の業を芸に活《い》かさんとして。ある者は、愛憎をあらわにした一休の詩偈に惹かれて。

その中に、妬月子もいた。どんな美姫でも歌舞が下手ならば、上臈《じょうろう》にはなれない。行き詰まった妬月子は、一休への参禅に活路を見出そうとした。そんな妬月子に禅を指導しているうち、いつしかふたりは男女の仲になった。

盃に新しい酒が注がれるころ、妬月子も新しい曲を奏ではじめる。一休は首をかしげた。よりにもよって、平家物語、祇王失寵の段だ。よほど自信があるのか、それとも愚かなのか。

無論、妬月子が愚かでないことは知っている。

見れば、合わせる他の遊女たちが汗を浮かべていた。妬月子の琵琶の旋律に必死についていく。これほど激しい祇王失寵を、いまだかつて一休は聴いたことがない。

妬月子が朗々と唄う。

入道相国《にゅうどうしょうこく》、一天四海を、たなごころのうちににぎり給ひし間

世のそしりをもはばからず、人の嘲《あざけり》をもかへりみず……

鬼気迫る声に、鳥肌がたつ。縁側に並んでいた客たちも金縛りにあったかのように立ち尽くす。妬月子は何かの覚悟を持って、一休に祇王失寵の音曲を突きつけている。

　四人一所にこもりゐて、朝夕仏前に花香《はなこう》をそなへ、余念なく願ひければ
　遅速こそありけれ、四人の尼ども、皆往生の素懐をとげけるとぞ……

最後の撥が琵琶へと叩きつけられた刹那、ぶちりと弦が切れた。漂うはずの余韻のかわりに、庭から喝采があがる。妬月子は琵琶を横へ置き、膝をそろえて一休と正対した。

「一休老師、いかがだったでしょうか」

容易には答えられなかった。しばらくして「肚《はら》にひびく音曲であった」とだけいった。

「それはようございました。老師への最後の歌舞音曲なれば、全身全霊でつとめさせていただきました」

「ほお、最後と申すのか」

「こちらへ足を踏み入れるのは、今夜限りご遠慮ください」

「捨てないでくれ、と泣きつくつもりはないが、理由《わけ》を教えてくれぬか」

穏やかに問い返せたのは、十代のころに通った傾城屋での処世のおかげだ。妬月子の眦《まなじり》には、汗と涙が混じりあっていた。喝采していた庭の客や遊女たちも、しわぶきひとつたてずにやりとりを見守っている。

「私は遊女です。客を相手に芝居をして体と芸を売り、その心を奪います。一休老師と同衾《どうきん》いたしましたが、無論のこと本当に惚れたわけではありません。客を手玉にとってこその遊女で

ありますれば」

「まさにその通りだな。お前はいい女だ。私は見事に心を奪われた」

「その言葉に偽りはありませんか」

「無論だ。事実、今も先ほどの曲を聴き、尻子玉を抜かれたかのような心地だ」

「では、どうして過去の修行を……祥瑞庵での日々を話すとき、慈しむような目の色をしたのですか」

手に持つ盃から酒がこぼれた。

「養叟《ようそう》様と申す師兄《すひん》と修行した日々を、どうして楽しそうに語るのですか。南江《なんこう》様という同夏《どうげ》とのしくじりを、なぜああも無垢な顔で私に話すのですか」

耐えられなくなって、一休は盃を床に置いた。

「どうして、過去の修行の日々を思い出すときの瞳の色で、私を抱いてくださらなかったのですか」

一休は何も答えられない。涙がにじむ妬月子の瞳に激情の色が加わる。

「破戒坊主一休――なんと大層なふたつ名であることですか。私と同衾する時のあなたは、何も楽しんではおられなかった。破戒などは愛していなかった」

とうとう妬月子の瞳から涙が溢《あふ》れた。

「心は戒律を守っていた禅の日々にあるのに、体では私を抱く。破戒を愛すと虚言したその口で、私の唇を吸う。私も堺一の傾城といわれる妬月子です。このような侮辱を受けてなお、夜を共にすることはできませぬ」

騒ぎを聞きつけた傾城屋の主人が部屋の入り口にいるが、ただ狼狽しているだけだ。

妬月子は深々と頭を下げた。

「一休老師、お代は結構ですのでお帰りください。そして、二度と私の前に現れないでください」

二

──苦しいでしょう、一休老師。

どこからかそんな声が聞こえてきた。盃を口に運ぼうとした手を止める。横で寝言をいったのは、遊女だろうか。先ほどから聞こえる寝息に変化はない。何より声は男のものだった。辺りを見るが、遊女以外は誰もいない。床に置かれた琴や艶書をしたためていた文机さえも寝入っているかのようだ。

盃を口に運ぼうとした。

──可哀想に、こんなに苦しい思いをされて。

また、声が聞こえてきた。しとねの中の遊女が寝返りを打つ。頭を抱えた。取り落とした盃が、転がっていく。この声に覚えがあった。

――私が早くに没したために、こんなむごい思いをさせてしまいました。

思わず立ち上がった。

届く声は、母をたぶらかし己を操ろうとした男のものだ。

――おいたわしや。お母上のために、こんなに辛い思いをされているとは。

襖や障子を次々と開く。誰もいない。燭台の光が、一休の影を壁に塗りつけていた。いや、ちがう。高い烏帽子をかぶっている。美しい直垂を身に纏っていることも、影の輪郭でわかった。

「お前は幻だな。そうか、これは魔境だ」

己はまたしても禅病に罹《かか》ってしまったのか。

――禅者が罹るのが禅病ですぞ。破戒者たるあなたが、どうして禅病に罹るのですか。

赤松越後守《あかまつえちごのかみ》が優しい声で打ち消す。

そうだ。もう、己は禅者ではない。なのに、また魔境に足を踏み入れてしまった。

破戒者としても、道をあやまったのだ。

――破戒をなすのが苦しいのでしょう。ならば、以前のように戒律を大事に暮らせばよろしいのに。

そうすれば、母を救うことはできない。

――一休老師、お母上は私にお任せください。

大地がかしいだかと思った。

――地獄道へ堕ちた私こそが、その役にふさわしいでしょう。

来世でも、赤松越後守は母を惑わすのか。

「そんなことはさせない」

暗がりの中で、一休は足を組んだ。右手に温かいものを、左手に冷たいものを置いている様を想像する。軟酥の法で、赤松越後守を滅ぼさんとする。

消えろ、幻。そう心中で叫ぶ。

悲鳴が口から漏れた。右手が燃えるかのように熱い。一方で、左手は凍りついてしまうほどに冷たい。熱と冷気が、掌だけでなく腕や肩にまで這い上がる。

「一休老師、どうされたのですか」

火打ち石の音がして、ぼうと暗闇が薄くなる。燭台に火が灯っていた。

人影が浮かびあがる。高い烏帽子をかぶる赤松越後守――と思った刹那、人影が変化する。先ほどまで抱いていた遊女の姿へと戻る。あどけない顔で、一休をのぞきこんでいた。

肩を上下させて、一休はやっと息を整えることができた。

「怖い夢でも見たのですか」

額に流れる汗を優しく拭いてくれた。両手をたしかめると、ただれてもいないし凍ってもいない。

「ああ、悪い夢を見た」

まだ辺りには、赤松越後守の気配が漂っているかのようだ。

「さあ、もう寝ましょう。私がそばにいてあげますから。明日は、大燈《だいとう》国師の百回忌なのでしょう」

一休はしとねの中で体を丸め、目をつむる。遊女がゆっくりと頭を撫でてくれた。短い髪を細い指がすく。

「まさか、破戒を究めようとして禅病になるとはな」

「うん、何かいった」

一休は首を横にふった。目をきつくつむるが、眠気はやってこない。ただ、赤松越後守の気配が強まるだけだった。

三

大徳寺には大勢の人々が参集していた。僧侶も在家もいる。男も女も、だ。

大燈国師の百回忌である。これほどの人が集まろうとは、養叟が大徳寺の住持に就任した直後の荒廃ぶりからは想像もできなかった。

「おお、あれが一休老師か」

「堺での風狂の噂は本当かな」

「言外《ごんがい》和尚の法要の際には、襤褸を着て参列されたと聞くぞ」

人々の声の中を、一休は歩く。

「大徳寺をここまで盛り上げたのは、まさしく風狂子一休の功績であろうな」

「その証に、祥瑞庵も再開できたしな」

誇る気分はないが、己のやったことは間違ってはいなかったのだと思い、胸を撫で下ろす。何より、華叟宗曇《かそうそうどん》の堅田の道場を復活できた。

しかし――

「とはいえ、風狂とは破戒も含むのか」

「いや、後ろに連れている女人は在家の弟子であろう」

「俺は一休和尚が傾城屋にいるところを見たぞ」

一休の後ろについてくるのは、昨夜、床をともにした遊女だ。

「師兄」と声がかかった。見ると、宗英《そうえい》が立っている。すでに、宗英は堺にはいない。一休が破戒に手を染めたのを機に、大徳寺に戻っていた。そのため、尼寺を堺に建立する計画も頓挫《とんざ》してしまっている。

「久しぶりだね、宗英」

「昨日が宿忌《しゆつき》だったのはご存じのはず。一体、何をしていたのですか」

宿忌とは、法要の前日に読経をすることだ。一休はそれには参列せずに――

「傾城を抱いていた」

「なぜ、そんなことを」

ちらと見たのは、遠くに養叟がいたからだ。立派な紫衣を着ている。その姿を見て、一休の胸に不穏な気が満ちる。言外和尚の三十三回忌に参列した五山僧の姿と、嫌でも重なってしまう。もはや、小さな違和ではない。養叟は確実に変わりつつある。

「ちと危ういと思ってな。大徳寺は五山から離れた。そして、商人たちのいる堺に根をはった。それは結構なことだ。ただ、大徳寺本山が商人のように変わっては意味がない」

「なるほど、それに警鐘を鳴らすために、傾城屋に入り浸った、と」

「随分と皮肉っぽい言い方だな」

「皮肉は、どちらの方が上でしょうね。義父上がよしとしたのは、師兄の風狂です。破戒などは何も推奨してはおりませぬ」

内心でやれやれと思った。宗英が堺を離れるときも、夜を徹して口論になった。また、あれを繰り返すのか。一休は辺りを見回した。南江がいれば、仲裁してくれるのだが。

「過去に女性と交わった禅僧は少なくない。慈明《じみょう》老師を知らないのか」

北宋の傑僧、慈明は臨済禅隆盛の立役者だが、女と情を交わしていたとき、弟子が教えを乞うたので、しぶしぶ応じたという逸話がある。

「変わってませんね。以前も釈尊の例をだして、私たちを煙《けむ》にまいた。女を抱き、酒を呑むのが、そんなに楽しいですか」

胸が苦しくなった。夢の中の赤松越後守の声は、まだ耳朶にこびりついている。

「楽しいか、楽しくないかで、いえば」

一休は朗々と詠う。昨晩、背後の遊女に聞かせたものだ。

宿忌の読経がうるさいので、美女との情交にふけった。夢閨《むけい》こと一休は、慈明とはちがい閨《ねや》で女を慰めることをやめない。

そんな詩を聞いて、宗英のまなじりが吊り上がる。やはり、まだ南江は来ない。

群衆がざわめいたのは、一休のはるか後ろだった。

「宗英庵主、来ました。公方様です。管領《かんれい》様もご一緒です」

雲水があわてて駆け寄ってきた。別の雲水は、養叟へと注進している。こたびの法要に、将軍である足利義教《あしかがよしのり》が参列するという一報が来たのは、数日前のことだ。林下の法要に義教が来るなど、異例中の異例である。ある意味で、大徳寺のやることを認めたともいえる。

大きな牛車が現れ、さっと御簾が上げられる。無言のどよめきが場を圧した。

恐ろしく酷薄な顔をした男だった。歳は四十三――一休と同年と聞いている。一休が吉野から帰ってから、義教はそれまで融和に寄っていた南朝への対応を一変させた。小倉宮《おぐらのみや》ら南朝出身の皇子を次々と出家させている。

義教の前に、自然と道ができた。後ろについているのは、管領の細川持之《ほそかわもちゆき》であろう。さらに真蘂《しんずい》がつづいた。二年前の吉野行きを共にして以来だ。吉野での出来事を注進したことが評価されたのか、昨年、蔭涼軒主の地位についた。今は、若くして黒衣の宰相を自認している。

みなが固唾《かたず》を呑んでいる中、養叟がやってきた。

「法要に参列いただき、感謝に堪えませぬ」

義教の足元で膝を折る様子は、まるで罪人がひざまずくかのようだ。養叟の所作がへりくだっているわけではない。義教の睨めつける眼光が、まるで科《とが》を責めるかのようだからだ。

「養叟老師、公方様を控えの間に案内してくれるか」

真薬が厳かにいった。

「わかりました。では、こちらへどうぞ。如意庵に部屋を用意しております」

養叟は義教たち一行を誘った。

法要が始まったのは、半刻ほど後のことだ。義教が参列しているせいか、まるで近しい誰かが死んだかのような陰鬱な空気が流れている。本当にこたびの百回忌は成功したのであろうか。とてつもない、しくじりをしたのではないか。読経しながら、一休はそんな思いにかられた。

たしかなのは、義教の機嫌を損ねれば大徳寺は破滅に追いやられるということだ。

「養叟老師、一休老師、公方様がおふたりをお呼びです」

法要が一通り終わると、真薬がやってきた。一休は養叟と目をあわせる。

「どのようなご用件でしょうか」

「公方様の心のうちを先んじて推しはかるのは無礼ですよ」

一休の問いに、真薬はからかうように答える。

「行こうか。失礼があってはならんからな」

養叟は淡々とした声で応じる。

如意庵の書院に、義教はいた。周囲に屈強な武者たちもいるが、彼らは武士というよりも処刑をつかさどる役人のような不穏な気を放っている。

一休らは、義教の前に引き立てられるようにして出た。

間近でみる将軍は無表情だ。傀儡《くぐつ》というより、骸に近いのではないかとさえ思えた。

「そなたらが、養叟と一休か」

義教の冷たい声が飛ぶ。ふたりは「はい」と答えて、膝を折った。

しばらく無言だった。責めるかのような目差しが刺さる。一休の背に、汗が滲みだした。

「顔をあげよ」

やっと声がかかったとき、一休は百里を走ったかのような疲れを感じていた。隣の養叟も、こめかみにかすかに汗が浮かんでいる。

「養叟よ」

聞こえなかったのか、と責めるように呼んだ。

「はい」

「お主の印可状が僧録にはないそうだな」

え、と養叟が声をあげた。一休も思わず、「それは」といった。が、義教の目差しを受けて、言葉が出ない。義教の背後で、真蘂がほくそ笑んでいる。

「大徳寺が五山に列していたとき、養叟老師はすでに印可と道号を得ていたと吹聴しておりました。印可の事実もないのに、一寺の住持となったとなれば、これは一大事です」

真蘂が勝ち誇るようにいう。義教が手を上げたので、真蘂は忠犬のように頭を下げた。

また長い沈黙が降りた。

「申し開きすることはあるか」

「印可については、私の非であります。いかような責めも受けます」

苦しげに、養叟はいった。なぜ、これほどまでに義教に威圧されてしまうのか。

そうか、と悟った。

この男には、大切なものが何もないのだ。己の命さえも、寸毫の価値もないものと見ている。破滅を一切、恐れていない。いや、逆にそれを望んでいる。

だから、他者を圧倒できる。この男に伍していけるのは、自身を無価値と断じ、かつ周囲にもそう思える者だけだ。養叟や一休のように、己よりも大切なものがある者は逆立ちしても勝てない。

「ふむ、面白いふたりだな」

口だけを動かして、義教がいう。

「よくも、これだけちがうふたりが手を携えて今までやってこられたものだな」

抑揚が一切ない声だった。

「矛と盾、陰と陽、聖と俗、愚と賢、お主らはあらゆる意味で対極だ。いや――」

義教の体がぶるりと震えた。誰かに操られるかのように、養叟を指さした。

「養叟、お主の中にも相反するものがある。浄と穢《え》だ」

そして、また操られるように一休へと指を向けた。

「一休、お主には純と邪の相反するものがある」

それから、義教はかぱりと口を開ける。笑声を放つが、それは木々がこすれあう音を聞くかのようだった。ひとしきり笑った後、真蘂へ目をやる。

「そういえば、養叟の印可状がないのは、失火が原因であったな」

「え」と、真蘂が驚きの声をあげた。

「い、いや、失火などは一度も僧録では……」

そこで、真蘂は何かに気づいた。顔をゆがめ「左様でございます」と声を絞りだす。

「養叟老師の印可状、および道号の届出がないのは、失火によって焼失したからです」

「つまり」

「養叟老師には……何の非もありませぬ」

真蘂に虚言させたのは、印可状の一件を罪に問わないということか。なぜ、そんなことをするのか。安堵はできない。義教の意図がわからないからだ。

「われは天に選ばれた、公方だ」

くじ引きによって選ばれたことをいっているのか。

「ならば、お主らの前途を予言しよう」

義教が手を差し出すと、その上に大きな筆が渡された。何事かをつぶやきだす。経というよりも、呪文のようだ。義教のこめかみから汗が流れ出した。それでもなお、意味が読み取れぬ言葉を吐き出しつづける。

とうとう、義教が白目を剝《む》いた。刹那、化鳥《けちよう》のような声をあげる。

壁に叩きつけるようにして、太い筆で何かを描いた。

二つの文字が大書される。

——相剋《そうこく》
義教がぽとりと筆を落とした。

「これが、お主らの未来だ。互いに傷つけ、否定し合う。坊主のお主たちにとっては、命をとられるよりも辛いことやもしれんな」

そういって、筆を蹴り真蘂の方へとやった。

「ある意味で、血のつながった親子が殺しあうに似ている」

義教が口角を吊り上げた。その所作が笑いを示すものだと理解するのに、幾許《いくばく》かの時が必要だった。

四

如意庵の壁に大書された文字から、墨が滴り出す。床へと流れ、一休たちが膝を折っていた畳を穢した。その様で、義教の書いた〝相剋〟という文字は乾いている。

義教が、大燈国師の百回忌に参列してから四年がたっていた。

あの参列以降、義教の暴虐は増している。守護大名の一色義貫《いっしきよしつら》と土岐持頼《ときもちより》などは死に追いやられたほどだ。皮肉なことだが、義教の暴虐の意図は痛いほどわかった。これから来る乱世に備えるには、将軍と幕府の力を強めるしかない。そのためには、力を持つ守護は目ざわりだ。事実、義教の暴虐の結果、室町幕府は足利義満《よしみつ》の代以上の絶頂を迎えつつある。

一方で、その反動がいずれくることも容易に想像がついた。

「一休老師、如意庵住持就任、お祝い申し上げます」

そういって深々と頭を下げたのは、山名小次郎《やまなこじろう》だ。一休は、如意庵の住持に就任していた。養叟のたっての願いで断ることができなかったのだ。

「私のような破戒坊主が住持になるなど、世も末だとお考えでしょう」

小次郎が顔を上げた。傷が増えているのは、兄との家督争いに勝利した戦傷だ。

「いえ、一休老師がそれ以上の修行をしているのは知っております」

今や、小次郎の風格は他国の守護と何ら遜色がない。五年前に父を喪い、三年前に兄に勝利した。そして今年、侍所所司《さむらいどころしょし》に就任している。

「ご報告が遅れましたが、私は得度いたします。本来なら一休老師のもとでするべきですが……」

「南禅寺でされるのですね。お母上への孝養を考えれば、大変よいことかと存じます」

小次郎の母は昨年、亡くなった。母に十全に尽くせなかった一休にしてみれば、小次郎の行いは羨ましい限りだ。

「噂では聞いておりましたが、ここにも公方様が来られたのですな」

そういって、小次郎は壁にある義教の書に目をやった。

「そうです。養叟師兄と私はいずれ相剋の間柄になる、とおっしゃいました」

小次郎がじっと一休を見る。

「何か」

「僭越ながら、養叟という男は老師にとってよき存在とは思えませぬ」

「なぜ、そんなことを」

「あれは曲者《くせもの》でございます」と、小次郎は自身の耳を指さしてからつづける。

「私の耳には、養叟めがよからぬことを企んでいる話が入ってきます。あ奴の禅は本物ではございません」

まだ言いたりないようだったが、小次郎は口を噤《つぐ》んだ。一休の不快を感じ取ったのだろう。

「言葉が過ぎました。しかし、老師も感じておられるように、今の公方様の政《まつりごと》の反動はいずれきます。恐ろしい大波になって、です」

「それは、師兄も承知しています」

だから、大徳寺は五山を抜けたのだ。

「養叟では、その荒波を乗り切れないでしょう。逆に、老師の足を引っ張りかねませぬ。あの者には、くれぐれも心を許されますな」

「ご心配は無用です」

そうはいうが、胸騒ぎが大きくなる。養叟に抱いていた違和を、小次郎に言い当てられたような気がして、落ち着かない。

「ご安心ください。老師の敵となるものは、私がすべて排除します」

思わず顔を上げたのは、小次郎の声に殺気が籠っていたからだ。

「たとえ、老師の大切な人や公方様であっても、です。本物の禅を残すためなら、私は躊躇しません」

あまりのことに返答できない一休を捨ておくようにして、小次郎は立ち上がった。

「母の法要と私めの得度が一段落したら、また参禅にお伺いします」

丁寧に頭を下げて、部屋を辞す。

知らず知らずのうちに、一休の肩が凝っていた。小次郎の殺気の残滓が濃く漂っている。いや、本人がいなくなり、より強くなったような気さえした。

障子を開けて空気を入れ替えていると、尼と雲水が入ってくる。

「師兄、如意庵の住持職にはもう慣れましたか」

四十の手前の歳になった宗英だ。以前は勝ち気が目立っていたが、今は所作に落ち着きが滲むようになった。

「随分と優しい物言いだな。私が破戒に手を染めたことは、もう咎めないのか」

小次郎との不穏なやり取りを拭うために、あえてからかうようにいった。

「師兄にとっての崔郎中《さいろうちゅう》がいる、と愚考するようにしました」

役人の崔郎中が趙州《じょうしゅう》和尚に「和尚も地獄に堕ちるのか」と聞いたときの故事だ。趙州和尚は「真っ先に堕ちる」といった。その理由を問われると、地獄に堕ちる崔郎中と再会し救うためだ、と答えたという。

「お母上が亡くなられてから、師兄が変わられたことは承知しています」

「では、私のことは許してくれるのか」

「許すのではなく、我慢することにしました。どんな理由があったとて、私は師兄の生き方を認めることはできません」

宗英はどこまでも正しくてまっすぐだ。

「これが私の生き方だよ。それよりも、本題に入ろうか」

そして、後ろに従う雲水に目をやった。歳のころは三十ほどか。引き締まった体つきと青々とした髭の剃り跡が嫌でも目をひく。

「宗熙《そうき》と申します。一休老師にはお初にお目にかかります」

「ほお、そなたがか」

宗熙は建仁寺で学び、若くして蔵主《ぞうす》という地位についたが、八年前、養叟と出会いその会下《えか》に参じた。養叟は尼寺の教化《きょうけ》に力をいれており、その先頭に立つのが宗英と宗熙だ。

一休は、用意した巻物をふたりの前に広げる。堺にある尼寺が列挙されていた。今日は、堺の尼寺について一休が知っている限りのことを教える約束だ。

「この尼寺は、大徳寺の行いに理解を示してくれている。私のもとにも講話の依頼が来ていた。まず、ここを足がかりにするのはどうだろうか」

一休の説明に、宗英と宗熙は静かにうなずく。

「それはそうと、どうやって禅を教えていくのだ。五山からの横槍も入るだろう。生半《なまなか》な覚悟ではできないぞ」

「こういうものを用意しました」

宗熙が一冊の書を取り出す。開くと、かな文字で公案が記されていた。

「なんだ、これは……漢文ではないのか」

「はい。漢字を読めぬ女人は多くいます。このようにかな文字にすれば、たやすく公案を理解することが——」

「愚策だ」

冗舌だった宗熙の顔つきが、たちまち険しくなる。

「公案の妙味は、漢詩に通じる。それをかなにするなど、あってはならない」

「それでは、いつまでたっても女人には公案が縁遠いままです」

噛みつくようにして、宗英が言い返す。

「だからといってかなに直すのか。近道だからといって崖を登れば、転げ落ちるだけだ」

「恐れながら」と割って入ったのは、宗熙だ。

「一休老師も、堺ではかな文字で参禅を許していると聞きましたが」

「あれは、難しい漢字をかなにしただけだ。得度した出家者には、私は漢文の公案しか認めていない。尼とはいえ、髪をおろした出家者だ。かな文字での公案など——」

「義父上は、大変よい案だとおっしゃいました」

「師兄が、かな文字の公案を認めたのか」

こくりと二人がうなずく。

信じられなかった。どうして、養叟がそんなことを……

禅の嗣法《しほう》――師から弟子へ教えを継ぐことは、ときに絵を描き写すことに例えられる。元の絵を模写し、その絵をまた別の者が模写し、それをまた別の者が……。繰り返すうちにまったくちがう絵になる。最初は小さな狂いが、最後は大きなゆがみになる。

その成れの果てが、五山の禅だ。

禅者に求められるのは、師の禅を寸分違わず生き写しにすることだ。師もまた、弟子が公案において己の感得したものすべてを悟るまで決して透過させない。

そうしてもなお、十全ではないのだ。

なのに、公案をかな文字にするという。たしかに、わずかなちがいかもしれない。だが、そうやって伝えた禅では、決して元の絵を再現することはできない。

「ご存じのように、林下である大徳寺は変わらねばなりません。そのひとつが、かな文字の公案です。他にも、養叟老師はさまざまな手を打っております」

年長者のような宗煕の物言いが、癇《かん》に障る。

「細川家と結びつくこともそのひとつです」

「細川家だと……それは三管領の細川家か。そんなことは、聞かされていないぞ」

いいつつも、先ほどの山名小次郎の言葉を思い出す。養叟がよからぬことを企んでいるといっていた。まさか、このことだったのか。

「大徳寺には外護者が必要です。細川家の力を借りることで、五山や外からの脅威を封じることができます。これは義父上のお考えでもあります」

助け船を出すかのように、宗英がいった。

そういえば、大燈国師の百回忌にも義教の供として管領の細川がいたことを思い出す。すでにあのとき、養叟は細川家に接近しようとしていたのか。

「何のために五山を抜けたと思っているんだ。それに細川家が、ただで守ってくれるはずがないだろう。間違いなく、過分な要求をしてくるぞ」

声が大きくなるのを止められなかった。

「もう決まったことです」

宗熙が冷たい声でいう。

「私は認めることはできない」

「どちらへ行かれるのですか」

立ち上がった一休に、宗英が手をのばす。

「師兄のところだ。真意をたしかめてくる」

「義父上は講話中ですよ」

止めようとした宗英を振り払って部屋を出た。松並木のある境内を大股で歩く。講堂には人だかりができていた。有髪の者も多い。大徳寺を復興させようという養叟の名声は一休同様に高く、見物人で人垣ができている。

養叟は、曲彔《きょくろく》という椅子に座っていた。齢は六十二を数え、目元や口元には深い皺《しわ》が刻まれるようになった。

「一休老師、今は講話中でございますぞ」

止めにはいった隠侍を捨て置き近づいた。ざわめきが辺りに満ちる。

養叟の語りは中断されたが、一休のほうは見ない。

「すまないが、しばし休みをとろう。すぐ戻るので待っていてくれ」

養叟は立ち上がり、無言のまま歩きだす。一休はその背中を追った。

「細川家を外護者として頼ると聞きましたが、それは本当ですか」

控えの間に入るなり、一休は養叟に詰め寄った。

「ああ、そうだ」

躊躇ない返答だった。

「なぜ、そんな愚かなことを。細川家は大徳寺を利用するつもりですぞ。五山の掣肘《せいちゅう》を逃れたのに、細川家の支配を受けるなど本末転倒です」

「われらは細川家に支配されるわけではない。外護者として頼るだけだ」

「外護者が必要ならば、堺の商人たちがいるではないですか」

「なら聞くが、大きな乱がやってきたとき、堺の商人たちはわれらを守れるのか」

「それは――」

「堺は新興の都市だ。そこに教えを広げることは欠くことのできぬものだ。が、同じくらい土一揆や内乱の備えがいる。特に、これからは尼寺にも教えを広げる。尼寺が土一揆に襲われたとき、坊主と商人だけで守りきれるのか」

一休はとっさに言葉を返せなかった。

「比叡山や興福寺《こうふくじ》のように、大徳寺は僧兵がいるわけではない。ならば、外護者が要る。細川一族は、摂津と和泉の守護もかねているのは知っておろう」

堺は摂津と和泉の国にまたがり、そういう意味でも細川家は外護者にうってつけだという。

「われらは強くあらねばならない。五山を抜けたものの宿命だ」

なぜか、目の前にいる人物が見ず知らずの他人のように思えた。

一体、この男は誰なのだ。

本当に、一休の知っている養叟なのか。

「その上で、私はいずれ華叟宗曇先師に国師号か禅師号を賜るよう、朝廷と交渉する」

あまりの衝撃に、一休はしばらく無言だった。

「嘘でしょう」

「嘘ではない。もう朝廷への根回しもしている」

「国師号など……先師がもっとも忌み嫌ったものじゃないですか。朝廷からの名誉をもらって、先師が喜ぶとでも思っているのですか。逆に恥と思うはずです」

権威に背をむけ禅を追究したのが、華叟宗曇だ。百歩ゆずって国師号が名誉なものであればいい。しかし、実態は政の駆け引きの道具だ。

「師の教えを伝えるだけが禅ではない。絶法もまた継法のひとつだ」

師を否定し、それを乗り越えてこその禅だということはわかる。ときに、殺仏殺祖《せつぶつせっそ》という激しい言葉で先師を否定する。

「だからといって、先師の生き方を穢していいとお思いですか」

そんなことが許されていいはずがない。

「一休、こうなることは決まっていたのだ。お前が私に大徳寺の住持を引き受けろといったときから、だ。大徳寺の住持になるということは、その先師の華叟宗曇老師もまた枯淡でありつづけることはできない」

養叟の意思が固いことが口調から伝わってくる。

「如意庵の住持に、なぜ一休を推薦したと思う」

問いかけの意味を理解するのに、暫時の時が必要だった。

「まさか、国師号の布石のため……」

「お前の人脈は捨てがたい。先師と縁の深い如意庵の住持の肩書きがあれば――」

「やめてください」

一休は叫んだ。

「たしかに、私は破戒に手を染めた。だからといって、禅をゆがめようとは思わない」

いや、破戒に手を染めたからこそ、一休は今、誰よりも厳しい修行を己に課している。毎年の臘八接心では、弟子とともに不眠不休で七日七晩の坐禅もつづけている。地獄道に堕ちても通用する禅者であるためにだ。

「あなたのやろうとしていることは間違っている。野狐禅《やこぜん》だ」

怒りが、一休の総身を震わせた。吐き気にさえ襲われる。

「私はあなたの禅を認めない」

言い捨てて、控えの間を飛び出した。境内の松並木を歩く。背後で、見物に集まった衆のざわめきが聞こえてきた。

「師兄、どちらへ行くのですか」

宗英だった。この先にあるのは、大徳寺の山門だ。

「やめだ。如意庵の住持などやめてやる」

「そんな、まだ十日ほどしかたっていないではないですか」

宗英の声を引き剝がすように歩く。立ちはだかった宗熙には、「どけ、若造」と怒鳴りつけた。

聞きつけた人々を無理矢理に割って、一休は街へと急ぐ。目が熱くなった。風景がぼやけてくる。「どうして……」と、つぶやいた。怒りにかられ、乱暴に腕で目をぬぐう。

どうして、養叟は変わってしまったのだ。

五

——尸陀寺《しだじ》

勢いのある字が、扁額にしたためられていた。

「何とも恐ろしい寺号ですね」

そういったのは、紹等《じょうとう》だ。かつて、一休と問答した大徳寺派の僧侶である。五山の手下のように働き才覚を認められたが、言外和尚の三十三回忌の法要を境に、その寵愛を失った。紆余曲折があり、今は一休の弟子になっている。

とはいえ、普通の弟子とは言い難い。紹等がよくするのは絵だ。土倉の手伝いをしているとき、質草の絵の目利きで非凡な才を発揮した。線の良し悪しを誰よりも正しく判断できたのだ。三十三回忌の法要以降、暇を持て余した紹等が手慰みに絵を描くと、これがなかなかによかった。それが一休の知るところとなり、目をかけてやった。一休のもとに芸能者の参禅が多いのは紹等も知っており、禅者というより絵師として一休に師事するようになっていた。

「まあ、屍《しかばね》と書かなかっただけでもよかったかもしれませんね」

指で〝屍〟と描きつつ紹等がいう。尸は屍という文字を簡略にしたものだ。屍を表す〝尸〟に仏陀の〝陀〟で、尸陀寺。いまだかつて、こんな不吉な寺号があったであろうか。

一休らがいるのは、山城国乙訓郡《おとくに》にある讓羽山《ゆずりは》だ。摂津との国境近くにあり、古来、石灰を産出する山として知られていた。この地に、小さな道場を建立した。

「まあ、破戒坊主、一休老師らしい寺の名前ですな」

「いかなる時でも死ぬ覚悟ができてこそ、禅僧だ。ならば、すでに私たちは屍も同然」

「おい、怖いことをいわないでくれよ」

一休の言葉に大袈裟に怯えたのは、南江だ。髭はもう真っ白になっている。一休の片腕だったが、紹等が弟子入りしてからは隠居同然の暮らしを送っている。

「寺号は私の偽らざる本心です。大徳寺が五山と同じあやまった道へ進むならば、私はこの地を最期の場所にするつもりです」

一休の言葉に、南江と紹等がたじろぐのがわかった。

「だが、大徳寺には養叟師兄がおられる。万に一つもそんなことはないだろう」

南江の言葉は、気休めにしか聞こえなかった。細川家を頼りかな文字の公案を認め、さらには華叟宗曇の国師号を取得せんとしている。一休の許せるぎりぎりのところだ。

嫌でも義教の言葉を思い出す。

一休と養叟は相剋——互いに傷つけ、否定し合うといった。その予言通りになりつつある。

そして、義教の最期にも思いを馳せざるをえない。昨年、義教は死んだ。突然の出来事だった。守護の赤松邸に御成《おなり》したとき、義教は刺客に襲われたのだ。義教は守護を迫害しており、次は自分の番と思った赤松家の凶行だった。

義教は呆気なく首を落とされた。

赤松一族数百騎が鎧に身を固め、都を出て播磨へと行く様を一休も見た。彼らの先頭にいる騎馬武者は槍を高々と掲げ、義教の首を満天下にさらしていた。

苦悶にゆがむその顔は、皮肉にも生きているころよりも生者の気配に満ちていた。

義教のやることのすべてが間違っていたわけではない。世を静謐にするには、将軍家が力をもたねばならない。ただ、やり方が間違っていた。

「われらは、決して道をあやまってはならない。正しい方法で禅を伝える」

一休は扁額に墨書された寺号を見つめる。

「道をあやまるとは、次の衆議のことですか」

恐る恐る聞いたのは紹等だ。養叟の求めにより、大徳寺派の高僧が集まる。題目はわかっていた。妙心寺の日峰《にっぽう》老師を大徳寺へ入寺させよ、という打診が内々に朝廷からもたらされたのだ。妙心寺の外護者の細川家が裏で糸を引いているのは明らかだった。

「もし大徳寺が一線を越えれば、どうされるおつもりですか」

紹等の問いかけには答えなかった。自分の死でもって、養叟に諫言《かんげん》するだけだ。

「素晴らしい寺号でございますな」

低い声は、山名小次郎のものだった。

「参禅のため参上しました」

小次郎は深々と頭を下げる。それ自体、何も怪しいことはない。参禅を戸陀寺で受けることは、小次郎に伝えていた。以前とちがうのは、下げた頭だ。入道頭になっている。南禅寺で得度することは知らされていたが、入道姿になって、さらに威が増したようだ。

顔の傷が増えていることにも気づく。義教死後、赤松家追討の軍が集められた。赤松家に同情する守護が多い中、唯一ちがったのは山名家だ。小次郎率いる山名勢は国境を破り、次々と城塞を落とした。陣頭で指揮する小次郎の姿は、仏神の化身と評されるほどだった。その代償として、多くの傷を負うことになったのだろう。

結果、山名一族は強大になった。赤松家追討の功により、播磨備前美作の守護職が山名一族に与えられたのだ。これにより山名一族は十ヶ国守護となり、小次郎の権柄は管領の細川家や五山に匹敵するまでになった。

「得度されたのですね。よくお似合いです。では早速、僧堂へご案内します」

小次郎との参禅が始まった。

与えた公案は、『南泉斬猫』。本人のたっての希望である。

坐禅を終えた小次郎は、独参場で作法通り公案を暗誦する。

見解は、赤松越後守を殺した際とまったく同じだった。

「無漏の境地に達した南泉老師ならば、猫を殺したとて悪業も善業もつきませぬ。無漏悪のなんたるかを示したのだと思います」

一休は鈴を小さく鳴らす。小次郎は無表情でその音を受け止めた。

「無漏の心での殺生など、できるものではありません。そもそも無漏悪などという言葉はありません」

一休の論を小次郎は静かに聞いている。反駁はしないが、承服もしていない。そのことに、一休は疲れを感じずにはいられない。

「考え方を変えるべきです。この公案は、今回を含め六度参禅していますが、見解がまったく同じ。もっと広い目で公案を見つめなおすべきです」

「ですが、最初のとき、老師は鈴を鳴らしませんでした」

小次郎が声をかぶせた。

「最初のとき」

「そうです。赤松越州《えつしゅう》めを処したときです」

あれも参禅だったのか――

一休は絶句してしまった。

「鈴を鳴らさぬということは、透過したということでは」

「ちがう、あれはあまりの――」

一休は言葉を呑みこむ。凄惨な場に出くわしたからといって、本来鳴らすべき鈴を鳴らさなかったのか。そんなことは禅者としてあってはならない。

まさか、己は小次郎の見解を是としたのか。だから、鈴を鳴らすことを忘れたのか。

あわてて首をふった。そんなことがあるはずがない。

一休は丹田に力をこめた。明日、一休は死ぬかもしれない。そういう覚悟で、尸陀寺を造った。ならば、目の前の弟子に全身全霊で気づかせねばならない。

その見解が間違っている、と。

これは真剣勝負なのだ。

赤松越後守が暗殺されたときのような醜態を見せてはならない。

「小次郎様、ではあなたは無漏悪を究めたのですか」

「赤松越州を処したとき、毛ほどの心の乱れも感じませんでした。また、先の赤松攻めでも多くの敵を屠りましたが、同様の心地でありました」

土一揆の際の、小次郎の戦いぶりを思い出す。たしかに、仏像が太刀を振るうかのようだった。

「ならば」と、一休はあえて小次郎を睨みつけた。

「平らかな心で私も殺せますか」

小次郎が目を剝く。

「もし、あなたの母上が生きているとしたら、平らかな心で、あなたは母上を殺すことができますか」

「そ、それは……」

初めて、小次郎が狼狽を現した。

「猫や他人は斬れても、親しい人は斬れぬ。そんなものは、無漏でもなんでもない。ただ無慈悲なだけだ」

一休が一息にいうと、小次郎は顔をゆがめてうなだれる。

その姿は、戦に負けた武者を思わせた。

六

塔頭や末寺の住持、あるいは本山の役僧を務める僧侶たちが、大広間に集まっていた。中には、宗英ら尼僧の姿も多くある。

第一声を放ったのは、宗熙だ。

「それでは、今より日峰老師の大徳寺入寺について議論いたします」

すぐに、ひとりの僧侶が立ち上がる。

「拙僧は反対です。何のために、大徳寺は五山を離れたのですか。妙心寺の血をいれるなどもってのほか」

「私は賛同いたします。そもそも大徳寺と妙心寺の祖は師弟同士。教えは近くあります。これを機に力を合わせるべき」

「詭弁だ。貴僧は細川家の帰依が欲しいゆえ、妙心寺を受け入れろというのだろう」

侃々諤々《かんかんがくがく》の議論がつづく。その中で、無言を貫くものがふたりいた。養叟と一休だ。

一休は、養叟をじっと見ていた。一方の養叟は、袖の中に腕をいれ瞑目している。

衆議は中断し、日峰入寺反対派が広間から出ていく。すこし遅れて賛同派も出ていった。それぞれが別室で議論するのだ。場には、養叟と一休が取り残された。

互いがいないかのように、ふたりは沈黙をつづける。

こんなことが幾度も繰り返され、昼にはじまった衆議は夕方を迎えんとしていた。

賛同派が席につき、すこし遅れて反対派も戻ってきた。

「われらの意見をまとめました」

反対派の四十代ほどの僧侶が立ち上がる。

「時勢を鑑みれば、日峰老師の入寺は是非なきことと判断いたしました」

反対派の何人かが悔しげにうつむく。

「ただし、条件があります。日峰老師が入寺する塔頭です。われら反対派とは縁のない塔頭の住持ならば認めましょう。もちろんのこと、建立の費えは、賛同派が負担する」

今度は、賛同派がざわめく番だった。頭をよせあい、ひそひそと話しあっている。大徳寺派で財力を持つのは、堺の商人の帰依をうける一休らだ。日峰入寺には全員が反対している。

再び衆議は紛糾し、また中断された。難しい顔をして賛同派たちが別室へ下がる。その様子を、反対派が勝ち誇った顔で見ていた。

日が完全に落ちてから、賛同派が戻ってきた。

「塔頭建立の費えは、われら賛同派で分担することに決めました」

苦しげな声で宗熙が告げる。反対派の何人かは不満げだが、申し出を拒む理由はない。

自然、みなの目がいくのは養叟だ。袖の中に腕をいれて、瞑目したままだ。

「養叟老師、このように衆議で決まりました」

宗熙の声に、養叟はまぶたを上げた。

「私は、この大徳寺は船だと思っている。先師が生きておられたころ、私は祥瑞庵という船に乗っていた。小さい船ではあったが、進む先をまちがうことがなかった」

しわぶきひとつ立てず、みな、養叟の話に聞き入っている。

「先師が示寂され、私は大徳寺という大きな船の船頭に乞われた。これから嵐がやってくる。乗り越えるには、よき船乗りの助けが必要だ」

「それが日峰老師でございますな」

宗熙が得意げに言葉をそえる。

「いや、日峰老師だけではない。妙心寺という大きな船の船乗りの力が必要だ。そのためには、操船の作法のちがいは目をつむるべきだ」

一休の胸に、急速に不穏の気が満ちる。養叟は何をいおうとしているのだ。

とんでもないことを、この男は決断したのではないか。

「その上で、私は日峰老師に大徳寺住持に就任していただこうと思う」

「はい、北西の地に新しい塔頭を――」

宗熙の言葉が途中で途切れる。

「私は、日峰老師を大徳寺という船の船頭として迎えいれようと思う。そうすれば、妙心寺と大徳寺はより強く結びつく」

「そ、それは」

宗熙の体が震えている。

「日峰老師を、第三十六代大徳寺住持にお迎えする」

しんと静まりかえった。十ほど数えた後に、竹が爆ぜたような声があちこちで上がる。

「た、塔頭住持ではなく、本山の住持にお迎えするのですか」

「それは、われらが妙心寺の軍門に降るに等しい所業ですぞ」

養叟は顔をまっすぐにして、反対の声を受け止めている。

一休は目を閉じた。ここまで変わり果ててしまったのか――。失望のあまり、容易に声はでない。目を開けると、窓から星空が見えた。養叟らと共に旅をし、野宿したときのことを思い出す。

『無漏の心に近づければ、正しいものや美しいものを見落とさなくなる』

あのとき養叟が語った理想に、一休は賛同した。そのためには、先師の教えを寸分たがわず生き写しにせねばならない。なのに、なぜ妙心寺の血をいれるのだ。

「師兄」

衆議の場で、一休は初めて声を発した。みなの目差しが集まる。

「嵐がそんなに怖いのですか」

「一休は、嵐が怖くないのか」

「先師の禅をゆがめるならば、死んだ方がまし。醜く生き永らえるぐらいならば、美しく滅ぶべきです。死の覚悟を持たずして、どうして禅者ですか。私は、嵐など怖くはありません」

袖から腕をだし、養叟は立ち上がった。ゆっくりと一休に近づいてくる。

「一休、失望したぞ」

一休のこめかみが揺れた。

「失望、ですと。それは私の台詞です」

言葉とともに怒気も吐き出した。

「そうか、お前は間違っていることにさえ気づいていないのか」

言葉の途中で、一休は立ち上がった。

「失礼します」

身を翻した。

「一休よ」

大きな声ではなかったが、縫いつけられたかのように一休の足が止まった。

「今のお主は、千菊丸《せんぎくまる》にも劣る」

「なんですって」

一休は振りむいた。

「私が稚児以下ならば、あなたは犬以下だ。私はあなたを――あなたの禅を認めることはできない」

床を蹴り、一休は衆議の場を後にした。

もう星は見えなかった。空は厚い雲に覆われている。湿気が濃く混じる風が吹いた。その下を、激情にかられた一休が歩く。

雨の気配はすぐそこまで来ていた。

七

狗子に還って仏性有りや、また無しや
州云わく、死
僧問う、いかなるか是《こ》れ祖師西来意《せいらいい》
州云わく、死
僧問う、禅とは何ぞや
師云わく、死

一休は、坐禅を組んでいた。枯れた落ち葉が、風に吹かれて目の前を通りすぎる。紅や黄に色づいた山々が、僧堂の入り口から見えていた。秋だというのに、一休は夏の日のように汗をかいている。紅蓮の中にいるかのようだ。

まだ、己の中にこれほどの水が残っていたのか、と嘆息した。絶食をはじめて三日ほどがたっている。

「一休老師……」

僧堂の外から湿った声をかけたのは、弟子の紹等だ。

「頼みます。どうか、水だけでもとってくれませんか」

その手には、水が入った柄杓が握られていた。

「無駄だ。私は、もうこの世に未練はなくなった」

愛したものが醜く変貌する様を見るぐらいならば、このまま朽ちて地獄道へと行き、母と邂《かい》逅《こう》する。

「妙心寺の僧侶に大徳寺の住持職を奪われるのが無念なのはわかります。けど、死ぬことはないでしょう」

紹等は詰るかのように懇願する。

ふと、思うことがある。土一揆を目の当たりにしなければ、と。養叟に大徳寺住持を引き受けるようにいわなければ、と。堺の教化をしくじっていれば、と。

今ごろ一休たちは丹波の栂尾に戻り、美しい禅を守りつづけられたのではないか。

未練といっていいかもしれない。

だが、もう戻ることはできない。

ならば、己が諫死することで、養叟に自身の醜さに気づいてほしい。

また風が吹いて、落ち葉が僧堂へと運ばれる。

脂粉の香りが鼻につく。僧堂の入り口に影がさした。長い髪の女人だった。黒一色の小袖を身に纏っている。そこに描かれているのは、地獄の鬼たちが亡者を折檻する絵――地獄変相だ。

「一休老師、見苦しい姿ですね」

妬月子が艶然と語りかける。その背後には、白い髭の南江が従者のように控えていた。

「一時とはいえ、あなたに師事したことを恥ずかしく思います」

蔑みの目を一休に向けてくる。

幻なのか現《うつつ》なのか、どちらかすぐにはわからなかった。

「妬月子か」

「その名前は捨てました。今は、地獄大夫《じごくだゆう》と名乗っております」

その噂は、一休の耳にも届いていた。一休と別れてから地獄変相の小袖を身に纏い、凄みさえ感じさせる歌舞音曲の技は、和泉摂津はおろか畿内一とも評判になっていた。

「無様ですね」

「私にとっては、このまま生きつづけることのほうが無様。現世には絶望した」

地獄大夫が嘲笑《あざわら》う。

「私は、死ぬことなど怖くない。死ぬ覚悟などとうの昔にできている。お前も、そうではないのか」

だから地獄変相の小袖を身に纏っているのではないのか。

地獄大夫が腕を持ち上げて袖で口を覆ったのは、嘲りを隠すためか。袖に描かれているのは、長く美しい髪の女人が血の池地獄で苦しむ姿だ。

「残念ながら、死ぬ覚悟なんてちんけなものは、私は持ち合わせておりませんよ」

地獄大夫が近づいてくる。脂粉の香りがさらに濃く体にまとわりつく。

「私は、この苦界でどんな生き恥をさらしてでも生きつづけます。そんな覚悟を持て、と私を売った母からいわれました」

「覚悟……」

言葉を追いかけようとしたが無理だった。

「そうです。それが人間だと母はいいました。貴賤や老若男女のちがいのない、人間の性《さが》なのだと」

地獄大夫の手が、一休の胸へそえられる。

「私は、時にあなた方、お坊さんたちのいうことが馬鹿らしく思えることがあります。悪業を身につければ修羅道や地獄道に堕ちる、と。噴飯ものだと思いませんか。どうして、今の世がましなものだと思っているのか。ここここそが、地獄道なのではと、なぜ疑わないのか」

地獄大夫に手を当てられたからではないだろうが、心臓の鼓動が聞こえてきた。

「一休老師、残念です。一時でもあなたの弟子であったことを、私は恥ずかしく思います」

そっと手が胸から離れた。

僧堂の入り口にいる紹等と南江に一礼して、地獄大夫が去っていく。

一休の頬を一筋の涙が伝った。目を閉じると、ひとりの童の姿がにじむ。

小さな道場で、ひとり坐禅を組んでいる。

千菊丸と呼ばれる童が、ひたすらに己の心音を聞いている。

幼かったころに耳にした音が脳裏に蘇り、やがて体の奥底からも聞こえてきた。

八

一休の顔は、さらに亡き父に似てきたような気がする。すでに、父の享年より五年も生きながらえてしまっているのに、だ。

堺の無名庵には、参禅を求める多くの人が訪れていた。商売をしているわけではないが、盛況という言葉がしっくりくる。

皮肉なものだ、と一休は無名庵の廊下を歩きつつひとりごちた。大衆禅をうりにする養叟だが、不思議なもので宗熙や柔仲《じゅうちゅう》という深い見識と鋭い理論で名をうる弟子が次々と生まれてきている。

その一方で厳しい修行に邁進する一休の一門はどうかというと――

「お母さん、あれが地獄大夫にふられた一休さんなの」

広縁を歩いていると、そんな声が聞こえた。

「これ、そんなことを大きな声でいっちゃいけません」

「どうしてえ」と、子供は無邪気に問いを重ねる。

「一休さんはね、大夫にふられたあまり、自ら命を断とうとまで追い詰められたのよ。純粋な方なの。可哀想だから、そっとしておいてあげなさい」

さすがの一休も、こめかみの肉が引き攣《つ》るのがわかった。

地獄大夫にふられ、彼女を振り向かせるために尸陀寺で断食行におよぶも、それでも冷たくあしらわれて、死に損なったと一休は思われているらしい。

ひどい誤解だ。

が、その誤解が変化を生んだ。堺の民たちが〝一休さん〟と親しげに呼びだしたのだ。

そもそも、間違った噂を広めたのはあいつだ。

一休は無名庵の奥へといく。「紹等」と、弟子を怒鳴りつける。

「なんですか」

「どうして、私が死に損なったなどといいふらす」

「だって事実でしょう」

「死に損なったのではない。生きる価値を見出したのだ」

それに、地獄大夫を振り向かせるための断食行でもない。

「けど、受けがいいのですよ。そういう噂を流してから在家の参禅者が増えましたからね」

たしかにそうだ。在家の参禅は芸能の民や商人が多かったが、一気に大衆に広まった。何人かの参禅者は、「気軽に入れるようになった」などと酒場を評するようにいう。

そして、見様見真似の坐禅から入って、雲水になる者も出始めている。彼らは禅のなんたるかはまだ言動にできないが、ちょっとした所作などにその片鱗を見せる者もいた。

「老師、どこへ行かれるのですか。今日も参禅の方が大勢おるのですよ」

「気分が悪い。お前たちが指導しておきなさい」

呆れる紹等を捨ておいて、山門へと歩いていく。

「一休さん、また傾城屋へおでかけかい」

「女遊びはほどほどにしないと、お弟子さんに愛想を尽かされますよ」

反論しなかったのは、実際に贔屓の遊女のもとを訪ねようと思っていたからだ。

街を歩いていると、「ねえねえ、一休さん」と童たちが袖を引っ張る。

「私は忙しいんだ」

「風狂って何？　おいしいの」

短髪を荒々しく手で掻《か》き毟《むし》った。

「お前たちにはわからん」

「いいじゃんか、一休さん。教えてあげなよ」

菜や蕪を売る店からそんな声がかかった。

「そうだな。俺たちも風狂って何か知りたいな」

天秤棒を担いだ男も足を止める。大人に聞かせるのは癪《しゃく》なので、童たちに向き直った。

「風狂とはな、矛だ」

「ほこぉ？」

素直に復唱する姿は愛らしく、苛立ちがすこしは紛れた。

「そうだとも、この世は偽物の醜い禅で溢れている。その偽物の禅に立ち向かう矛だ。お前たちのやっている禅は本物か、と偽の禅者やそれを有り難がる者たちに突きつける。その矛が、風狂なのだ」

だから、一休は言外和尚の三十三回忌に襤褸の僧衣で現れた。だから、一休は偽物の禅をありがたがる者の仏像に小便をひっかけたり、松明を投げ込んだり、牛の角に詩偈をぶらさげたりした。

いや、今や矛が向かうのは五山ばかりではない。同じ大徳寺派の養叟や宗熙たちにも、だ。一休は養叟を指弾する痛烈な詩偈をいくつも作っている。

「朱太刀を持って歩いたのもそうなの」

大きな朱太刀を持って、一休は堺を練り歩いた。理由を問われると、鞘から朱太刀を抜く。刃はなく、木製の刀身が姿を現す。そして、いうのだ。

『今の世の禅僧どもは、この朱太刀と同じ。なりは立派だが、鞘からぬけば刃はない』

これは大喝采で受け入れられた。辻でそう叫ぶ一休の横を、肩身が狭そうに五山の禅僧たちが通りすぎることが何度もあった。

「けど、間違っているなら優しく教えてあげればいいのに」

「それよ、それができれば苦労はせん」

童たちは首をかしげたが、大人たちはうんうんとうなずいている。

言葉を尽くしても、五山が道を糺すはずがない。ならば、大衆の耳目を集める強烈な風刺をぶつける。ある意味で諸刃の剣だ。下手な風刺ならば、逆に一休が嘲笑われる。

そして、風狂を繰り出すことで、大衆のあいだに本物の禅とは何か、という疑団を植えつけられる。

一休の弟子の中には、五山出身の者もちらほらと生まれている。一休が突きつけた風狂という矛を目の当たりにして、生き方を変えたのだ。

「けどさ、一休さんって坊さんなのに約束ごと守ってないよね」

「約束……ああ、戒律のことか」

「一休さんこそ、間違った禅なんじゃないの」

小生意気な童がそんなことをいう。大人たちは、さらに聞き耳をたてていた。

「風狂子一休が、なぜ破戒を嗜むか知りたいか」

童の何人かと周りを囲む大人たちがしきりにうなずいた。

「たしかに、私が風狂で名を馳せたときは、破戒には手を染めていなかった。これは無論のこと理由がある。だが、大きな声ではいえん。知りたい者は、近くにきなさい。ああ、もっと近くに。ほら、そこだと聞こえんぞ。もっと、ほれほれ」

みなが十分に近づいてから、一休は喉が張り裂けんばかりに「何似生《かじせい》」と叫んだ。耳をよせていた大人や童たちが悲鳴をあげて四散する。何似生とは、禅の言葉で「是非もなし」などの意味を持つ。「喝」のように使い勝手のいい言葉だ。

「一休さん、ひでえぞ」

「なんなのよもう」

童も大人も怒っている。一休は高笑いしつつ去っていく。

破戒は、そもそも風狂ではない。一休が地獄へ行くための手段でしかなかった。しかし、いつしか破戒も風狂の中に含まれるようになった。

そして、これもまた疑団を生む。

破戒を厭わないが峻烈な修行もする一休。

隠れて破戒をして修行もなまくらな五山。

戒律は遵守するが修行が平易な養叟。

この三者のうち、どれが本物の禅なのか。そんな疑団を、大衆の中に植えつけることができる。

破戒は、いつしか一休の中で風狂を支える鼎《かなえ》のひとつになっていた。

そして、それを「何似生」ではぐらかしたのは、童や大人たちに考えて欲しかったからだ。

安易な答えの先には、悟りはない。

「畜生、覚えてろ」

どこで学んだのか、童がそんな捨て台詞を吐いて逃げていく。

まだ、傾城屋が開く刻限ではない。潮の香りを含む風を受けつつ、一休は街を散策した。泉南仏国の異名をとるだけあり、あちこちに寺院がある。その中のひとつは、扁額に〝陽春《ようしゅん》庵《あん》〟と墨書されていた。あてもなく歩くうちに、不覚にもたどりついてしまったようだ。

新鮮な木の香りが、まだできて間がないことを物語っていた。

養叟が建てた、道場である。ここを足がかりに、養叟は堺に教えを広げんとしていた。

「師兄、お久しぶりです」

背後から、懐かしい声がした。振り向くと、宗英が立っている。

「それは皮肉かい」

宗英は陽春庵で起居し、堺近辺の尼寺を教化するのに忙しい。だが、ふたりは疎遠だ。極力、顔を合わせないようにしている。

「探していたのです。道場の方にうかがったのですが、お留守でしたので。ここで会えてよかったです。すこしよろしいでしょうか」

有無をいわせず歩き出す。ついて来いという意味だ。ふたりで堺の街を歩いていると、物珍しげに町人たちがふりかえる。

人の通りが少なくなるまで、宗英は歩きつづけた。

「師兄、お願いがあります」

足を止めた宗英が、一休と向き合った。

「義父上への批判――いえ悪口《あっこう》を控えていただけませぬか」

一休の書いている詩偈のことだ。

「あれは、師兄への率直な気持ちだ。口に蓋するは、風狂禅の道にもとる」

今の問答を、先ほどの童たちに聞かせてやりたいと思った。

「義父上は、病に倒れました」

思わず、宗英を見つめてしまった。

「悪い……のか」

「床から起き上がるのにも大変な苦労を強いられています。もう、義父上は以前のような暮らしは送れません」

「そうなのか」

力のない声が、一休の口からこぼれ落ちた。

「師兄が、義父上のことを許せないのはわかっています。口汚い詩偈の中に、かつての義父上に戻ってほしいという思いがあるのも今ならわかります。けれど、今はどうかこらえてください。義父上が心安らかに過ごせるよう、ご配慮していただけませぬか」

気づけば、一休は路地にぽつねんと立ち尽くしていた。

足元に長い影が伸びている。

宗英とどういったやり取りをして、この路地まで来たかは覚えていない。

傀儡や箱枕、琵琶など、芸を披露する人々の姿があちこちにあった。懐かしい思い出がよぎる。二十三年前、養叟の命をうけて、宗英と南江の三人で初めて堺へと赴いた。最初に行《おこな》ったのは、辻での説法だ。芸人たちがたむろする路地で、三人それぞれに辻説法をしたが、誰も足を止めてくれなかった。あるとき、養叟が堺へやってきた。辻説法に苦戦していることを伝えると、養叟が手本を見せてやるといった。

辻に立った養叟が披露したのは、たわいもない夫婦喧嘩の話だ。しかし、見るからに高僧とわかる佇まいの養叟が下世話な話を披露すると、えも言われぬ味があった。そうやって笑い話をした後に、さりげなく説法へと移ったのだ。

その手腕に、一休や宗英、南江はため息をつくことしかできなかった。

かつて、養叟が立った辻はどこだったろうか。躍進著しい堺は、屋敷や店が次々と新しいものに入れ替わる。町の風景は、あのころから随分と変わってしまった。

彷徨《さまよ》っているうちに、歌を披露する女芸人がいることに気づいた。なかなかの美声だが、何度か掠《かす》れるような調子になっている。そのたびに客たちが、期待はずれだといわんばかりに去っていく。

喉を酷使しすぎだ。このまま歌いつづければ、声が出なくなる。一休の危惧はあたった。美声は醜いものに変わった。それでも、女は歌うのをやめない。客を引き止めるために必死に歌う。客たちの輪が崩れていく。

もはや女は歌っていない。両膝をついて必死に客の足を止めようとしている。

「お母様、大丈夫」

八歳ほどの童女が女にすがりついた。目元にあるほくろが妙に大人びた雰囲気をかもしている。娘に勇気づけられたわけでもないだろうが、女は顔をあげて再び歌いだす。

「黙れ、商売の邪魔だ」

箱枕を演じる芸人が罵声をあげた。

「別の芸を見ようぜ」

「あっちの琵琶法師で口直しだ」

「待って」

叫んだのは童女だった。切羽詰まった声にみなの足が止まる。

「わたしが歌います。いかないで」

「いいだろう、つまらなかったら一文だって投げないぜ」

童女は必死の形相でうなずく。すうと大きく息を吸い歌いはじめた。悪くはない。この歳にしてはよくやっている。だが――

見ていた客のひとりが、すぐに欠伸をこぼした。

「足を止めるほどじゃないな」

「童の芸だぜ、そういってやるな。お、あっちで砂字書きをやっているな」

ひとりふたりと客が離れていく。そうなると、母子の惨めさがより際立つ。

「もう、よせ」と、一休がいいかけたときだ。

突然、童女の声が割れる。鋸《のこぎり》で鉄を挽《ひ》くかのような声で必死に歌う。客たちの足が止まった。だけではない。童女は、半狂乱で髪を振り乱す。

いったん、声が出なくなった母の真似をしているのだ。

童女は、声を戻した童女はまた朗々と歌う。もうすぐ聞かせどころというところで、声をわざと割る。凄まじい笑いが場に満ちた。狼狽する母をまねて、童女はあちこちを歩きまわる。客の足にすがりついて、割れた声で「いかないで」という。

そのたびに、客たちは腹をよじって笑っていた。目差しを横にずらすと、声の出せぬ母が呆然と立ちつくしていた。

「こりゃいいや」

「いいぞ、女童《めのわらわ》、もっとやれ」

「物真似がうまいじゃないか。さすが親子だ」

地面に置いた笠に、次々と銭が投げこまれていく。正気にかえったのは母親だ。這うようにして地面に置かれた笠へ近づき、こぼれた銭を必死に拾う。また笑いが爆ぜた。

九

女童の行いは是なのか非なのか。

そんな問いが、一休の頭からずっと離れない。幼さゆえの無垢が、そうさせたのか。あの童女の行いに、悪業あるいは善業はつくのだろうか。

ひとつたしかなのは、あの残酷な芸がなければ母子はひどく困窮していたということだ。

戸が開き、入ってきたのは南江だ。白い顎鬚が夜風で揺れている。

「師兄が病に臥したらしいな」

「そのようですね」

「もう潮時ではないか」

養叟を非難することを、だ。まぶたを閉じると、なぜか女童の姿が頭に浮かぶ。

「一休だって、本当に養叟師兄が憎いわけではなかろう」

南江を睨みつけた。

「師兄が、かな公案や禅師号、妙心寺との連帯を選んだのは、大衆に禅を伝えるためだ。私欲のためじゃない」

そんなことはわかっている、と怒鳴りつけたかった。峻烈ではなく、平易な教えで養叟は衆生を救おうとした。

「ここらが矛の収めどきだと思うがな」

それだけいって南江は腰をおろす。

「矛か」

一休は文机にある筆を手にとった。くるくると掌の中で回す。

耳にこびりついているのは、女童の歌声だ。美しい声と割れた声が交互にやってくる。女童はあのとき、母を労るべきだったのか。そして、稼ぎのない笠を拾って、母子は困窮すべきだったのか。

いや、ちがうな、と一休はひとりごちる。あれは、己に突きつけられた現成公案だ。

しばらく考えた。

ああ、そうだったのか、とつぶやいた。

己は母との接し方をあやまっていた。一休は、母の弱さと誤りを糾弾すべきだった。全身全霊でもって。そのための武器もあった。詩歌だ。が、それができなかったがために、いたずらに母は苦しみ、煩悩を心身に絡みつかせたまま死んだ。

そして、今、養叟が病に臥した。

また、母のときと同じことを繰り返すのか。

一休に矛を与えたのは、誰だ。堺で悩む己に〝風狂子一休〟と文字を刻みつけたのは誰だ。誤った禅を目の前にして、矛を収めるのが風狂子か。

そんなことは、あの人は望んでいない。もっと矛を研ぎ澄ませ、というはずだ。

手が震え、筆を取り落としそうになった。

「今から書をしたためます。師兄への思いを書きます」

「おお、そうか、それがいい。きっと師兄も喜ぶだろう」

文机にむかい、筆を動かす。

背後から南江がのぞきこむ気配がした。息を呑む音が聞こえてきた。

愧《はじ》を知らず、ただ犬狗の如し
養叟、銭に逢えば、足手を緩む
五百、一貫は申すに及ばず
十文二十、目を塞ぎて取る

「い、一休、これは……」

二の句が継げない南江に構わずに、一休は偈や文を次々と書き殴る。

養叟ほどの盗人は未だ聞かず。養叟の教えは半不知の禅。寺に僧は無く、養叟の庵には狗有り。腹の中に書はなく、ただ銭有るべし。養叟の輩は淀川《よどがわ》を渡る商売船にすぎず。禅を切り売りする養叟。こたびの罪人、須《すべから》く断頭すべし。

一際、筆に力をいれてこう書いた。

養叟をば大胆厚面禅師と云《いう》べし
面皮厚くして、牛の皮七、八枚はりつけたるが如し
大徳寺の仏法はじまってよりこのかた
養叟ほど金に汚い盗人は未だ聞かず

十

こんなにも小さな祠だったのか、と嘆息した。そう思うのは細い月の夜だからだろうか。一方で周りを覆う藪は、千菊丸と呼ばれていたころよりずっと大きくなっている。もうすぐ夜明けのはずだが、朝の気配は遠い。山際も暗いままだ。

祠に積もった埃を丁寧にぬぐった。五十三年前、ここで初めて養叟と出会った。奈多丸《なたまる》という名前だった平蔵《へいぞう》を救ってくれた。まぶたを閉じると、あのときの光景が蘇る。

養叟が病臥したと報されてから、三年がたつ。二百首もの養叟非難の偈ができた。よくぞ、これほどの悪口がでてきたものだと思う。

三十首ほどの偈をものしたとき、人伝《ひとづて》に聞く養叟の暮らしに変化が訪れた。床から起き上がり、何日かに一度は坐禅を組むようになったという。

さらに偈が五十首を数えたとき、養叟がある公案に取り組みはじめたという。『臨済一句白状底』——一千以上ある公案の中でも最難透として知られている。最後の公案として、養叟に与えられたものだ。しかし、華叟宗曇が体を悪くしてからは参禅することができず、透過にはいたらなかった。養叟は病の身をおし起居し、老師のいない独参場と僧堂を往復する日々を送りはじめたという。

百首を超えたとき、一休のもとに宗英がやってきた。どんな罵りも受け止める覚悟はできていた。もし、石をもって一休を打つなら甘んじて受けようと思った。

だが、宗英は――

庭先で一休に土下座したのだ。そして、頼むから義父上に安らかな暮らしを送らせてあげてください、と涙ながらに懇願した。義父上は今まで十分に修行をしました。どれだけ心身を傷つけながら大徳寺のために尽くしてきたか知らぬはずはありますまい。余命幾許もない義父上を、なぜ鞭打《むちう》つような真似ができるのですか。額を地にすりつけて、そう懇願した。

このときばかりは、今まで書きつけた偈の全てを破り捨ててしまおうかと思った。

それでも一休は書きつづけた。

二百首を書き終えて、そのときが迫っていることを悟った。

一休は堺の道場を後にして、京へと向かう。

そして夜明け前の今、養叟と初めて出会った祠の前にいる。

「さあ、いくか」

まだ暗い京の街を歩いた。やがて大徳寺の山門が見えてくる。山際の闇がかすかに明るい。

山門をぬけて、如意庵を目指した。すでに袈裟を着て正装した僧侶たちがいる。

「一休老師、どうしてここに」

「こたびの華叟宗曇先師のご法要は、ごく限られた人々でやるとお報せしたはず」

「そうです。一休老師らは堺で法要を行うといっていたではないですか」

僧侶たちが口々にいう。

「こたびの用事は法要ではない」

「では何用ですか」

「死に損ないの大胆厚面禅師に会いにきたのだ」

刹那、僧侶たちの顔が朱に染まる。

「あなたは、なんという恥知らずなのだ」

「病に冒されながらも修行を怠らぬ養叟老師に、そんな無礼が許されるとお思いか」

僧侶たちが一休の前に立ちはだかった。

「通さぬのか」

「ここはあなたのような破戒坊主が来るところでは――」

「お入りくださいとのことです」

僧侶たちがあわてて背後を振り返った。袈裟を身につけた宗英が立っている。

「宗英庵主、なぜですか」

「義父上がおっしゃったのです。一休が来ているはずだ、と」

驚いたように、僧侶たちが一休を見る。

「一休老師、こちらへ。義父上がお待ちです。ご案内いたします」

宗英は客を招くかのように頭を低くした。ちりひとつない廊下を歩き、小さな部屋へといたる。華叟宗曇の頂相図《ちんそうず》がかけられており、その前の寝床に養叟が横たわっていた。

「一休か」

目をうっすらと開けた。

「大胆厚面禅師よ、ご機嫌はいかがですか」

養叟がふっと笑った。

「相変わらず……汚い口だな」

「そう生きるようにいったのはあなただ」

きっと、養叟は〝風狂子一休〟と書いたときから、こうなるとわかっていた。いつか、一休が己を刺す矛になる、と。

「まだ……朝ではないのか」

「振鈴が鳴るには少々、早いようですな」

だが吸う空気の中に、朝の匂いが混じりはじめていた。夜の帳《とばり》がもうすぐ破られる。

「こういう日は……夜を徹して夜坐をしたものだ」

養叟も、あるいは夜と朝のあわいを愛していたのかもしれない。

「千菊丸と呼ばれたころ、初めて楽拍庵で参禅したときもこんな刻限でしたな」

養叟が黙って目を細めた。

「そうそう。千菊丸にも劣るとは、つらい一言でした」

衆議の場でのことだ。

「その様子だと……悟ることができたのだな」

脳裏をよぎったのは、地獄大夫の姿である。大夫がいなければ、一休は間違いに気づかなかっただろう。

「私は、ずっと思い違いをしていました。禅者にとっての悟りとは、いかなるときでも死ぬ覚悟を持つことだ、と。そう思っていました。ですが、それは大きな間違いでした」

養叟が唇を緩めたのは微笑したからだろうか。

思えば、そんなことはずっと前に気づいていた。千菊丸と呼ばれていた童のころ、禅の世界に絶望し、養叟と出会った。そして、初めての坐禅で、心の臓の音を聞いた。

あのとき一休は——千菊丸は死ぬ覚悟を決めたのではない。

「どんなに苦しくても生きる覚悟を持つ。それが禅の正しい在り方です」

齢十二の童が悟ったことを、不覚にも五十を過ぎた一休が忘れてしまっていた。

愚かな道から引き返せたのは、養叟と地獄大夫のおかげだ。

「師兄、私は生きます。たとえ何が起ころうともです。どんな醜態をさらしてもです。その覚悟を、やっと持つことができました」

この心の臓が動きつづける限りは、禅の道を歩きつづける。

「それは、師兄も同じでしょう」

養叟が弱々しくうなずいた。

「臨済一句白状底はいかがですか」

「もう少しで……摑めそうだ」

「そう思ったら遠くへ離れていくのが公案ですよ」

一休がそうであったように、だ。養叟が微かに苦笑した。

「僧堂へ行きますか」

誘った一休の声が震える。じっと養叟の返事を待つ。

「いや、ここで坐禅する」

養叟の腕が動いた。へその前で掌を法界定印の形に結ぶ。が、床に臥したままだ。もう座ることはおろか、起き上がることもできない。

いつのまにか、一休の背後に袈裟を着た僧侶や宗英、宗熙たちが集まっていた。息を呑んで、ふたりのやりとりを見守っている。

気配が変わった。

養叟が坐禅に入ったのだ。周囲の音が遠ざかっていく。静寂が一間に満ちる。養叟は心も含めた六根のすべてを、臨済一句白状底という最大の公案に注ぎ込まんとしている。

窓を見ると、空が明るくなりつつある。

養叟の禅を、一休は認めることはできない。未来永劫に、だ。

しかし、一休は養叟が歩んだ結果できた道を美しいと思った。

朝の光が部屋の中に差し込んできた。養叟の老いた顔にも陽がさす。

一休は腰を浮かす。腕を伸ばし、掌を養叟の目元へとやった。そして、まぶたを閉じてやる。

泣き崩れたのは、宗英だろう。嗚咽を漏らしているのは、宗熙であろうか。

一休は、涙を流さなかった己に満足した。

養叟の着衣を手で整え、やさしくしわを伸ばす。

ふと見ると、養叟の胸から何かが浮き上がってくる。極小の円であろうか。泡のようにゆっくりと昇っていく。

養叟の体から離れ、水面を越えるように天井をすり抜けた。それは朝の色をした大気をとおりすぎ、夜の色をもつ空へといたる。

月と並び、さらに上昇していく。

宇宙のはるか先にある漆黒に、極小の円が穿《うが》たれた。

長禄《ちようろく》二年六月二十七日、養叟示寂。

奇《く》しくも三十年前の華叟宗曇の示寂と同月同日であったという。

第九章　瞎驢《かつろ》一休

一

一休《いっきゅう》の掌の上には、何枚もの銅銭がある。一枚一枚を、床の上に置いていった。

どんどんと小さくなり、銭銘もかすれていく。最初の一枚は、正真正銘、明で造られた永楽通宝だ。次の一枚からは、最初の一枚から型をとり、ここ日ノ本で造られた偽物の銭——鐚銭《びたせん》である。鋳縮《いちぢ》みといって、元の銭から型をとると一回り小さな銭ができる。それを繰り返していくと、できる銭はどんどんと小さくなる。

明で正しく造られた銭を善銭、日ノ本で造られた銭を鐚銭とも悪銭ともいう。当然のことながら価値がちがう。鐚銭や悪銭は一枚一文の価値はない。その半分ほどのときもあれば、ひどいときは取引きさえも拒否される。

一際、小さくなった鐚銭をつまみ目の前にやる。

思えば、禅の教えもこの銅銭のようなものだ。

先師の教えをただそのまま伝えるだけでは、このように先細っていく。いずれは、銭ではないただの銅と鉛の小さな塊になる。

禅を鏖禅に堕させぬためには、どうすればいいか。ただ、禅の教えを正しく伝えるだけでは駄目だ。百万語を費やしたとて、その半分も伝授できない。だから、かつての傑僧たちは奇行に走った。臨済《りんざい》は痛烈な喝でもって弟子を怯えさせ、雲門《うんもん》や徳山《とくさん》は強烈な棒で参禅する者を慄《おのの》かせた。

その真意はひとつしかない。

禅とは何か、という強烈な疑団を植えつけるためだ。

疑団の先にしか、悟りはない。

そして、痛烈な喝と強烈な棒によって禅に疑いをもち、修行の先に悟りを開いた弟子が、臨済や雲門、徳山と同じ喝と棒によって雲水たちを導いたらどうなるのか。

それは、臨済の喝、雲門徳山の棒を、鏖銭のように再生産したにすぎない。

だからこそ――

殺仏殺祖という強烈な言葉があるのだ。

仏に逢《お》うては仏を殺せ、祖に逢うては祖を殺せ、羅漢《らかん》に逢うては羅漢を殺せ、父母に逢うては父母を殺せ、親眷《しんけん》に逢うては親眷を殺せ。

師を全否定し、殺すほどの気概を持つ。そうせねば、鏖禅に堕してしまう。

だから、養叟《ようそう》は華叟宗曇《かそうそうどん》を否定するかのような行動をとった。

一休の助言ではあるが大徳寺の住持になり――

かな文字の公案を作り――

華叟宗曇に禅師号を賜らせた。

それでも養叟は、師を否定し大衆禅を究めようとした。

華叟宗曇が生きていれば、いずれも憤死するほどの屈辱を感じただろう。

そうせねば、鏖禅に陥ってしまうからだ。

一休はどうか。師匠である、華叟宗曇の禅を殺し破壊することはできなかった。

そのかわり、一休は養叟の大衆禅を否定した。一休にとって、養叟はもうひとりの師であったからだ。それは禅者として幸いであった。養叟を否定することで、自然と己の禅は何かという問いと向き合えた。

赤色と空色が互いを引き立てあうように、互いの禅の色が鮮明になった。

何より、ふたりの相剋は大衆に強烈な疑団を植えつけた。

簡易な大衆禅が真なのか、破戒と修行に徹する風狂禅が真なのか。

知らず知らず、大衆は禅にふれていたのだ。

風狂という一休の禅を確立できたのは、多分に養叟との相剋のおかげである。

そして、逆もまたしかりであろう。

だが、今の一休の弟子はどうか。

ため息がこぼれ落ちた。在家出家ともに弟子は多くなった。しかし、一休を殺す、というほどの気概を持った弟子はいない。一番弟子は紹等《じょうとう》で、一休への反骨の心は持っているが、軸足は多分に禅画にある。法体《ほったい》ではあるが、禅の後継者とは言い難い。

未熟な禅者のことを瞎驢《かつろ》——目の見えぬ驢馬《ろば》というが、一休の弟子たちがそうだ。いや、そのことに今になるまで気づかなかった一休自身もだ。

「老師」と紹等から声がかかった。

「そろそろ、ご出立された方がよいのでは」

「そうだな」

思えば、一休の禅を破壊できるほどの弟子はひとりしかいなかった。

そして、今からその者の臨終を看取る。

一休は無名庵を後にした。

二

出迎えた傾城屋の主人は、すでに涙ぐんでいた。看病の疲れか、頬もこけている。

「一休老師、まさか、来ていただけるとは。あんな無礼を働いたのに……」

「気にするな、臨終こそ坊主の仕事場だ」

「そういっていただけると助かります。さあ、どうぞ」

通された部屋の壁は、花で埋め尽くされていた。

桔梗《ききょう》、木槿《むくげ》、芙蓉《ふよう》――様々な色が競いあっている。その隙間をぬうように、妓たちが琵琶や笛、琴を奏でている。部屋の中央には、地獄変相が描かれた衣装が衣桁《いこう》に掛けられていた。

褥《しとね》に横たわるのは、地獄大夫《じごくだゆう》だ。

まぶたを閉じる気力もないのか、生気のない瞳を一休に向ける。四十はすぎているはずだが、化粧をしているせいか十以上も若く見えた。虚ろな瞳とあいまって、まるで等身大の傀儡が横たわるかのようだ。

「一休老師……随分と歳をとりましたね」

息も絶え絶えに、地獄大夫はいう。

「ああ、そうだな。お前は変わらぬな」

「末期《まつご》にお世辞をもらって……喜ぶ地獄大夫とでも」

なんと心地よい強がりだろうか。額にかかった髪を指で整えてやる。

「なぜ、わしを呼んだ。最後に抱かれたくなったのか」

「ふん、半端な……破戒坊主のくせに」

地獄大夫が笑った。たったそれだけの所作をなすだけで、苦しげな呼吸に変わる。

「半端なまま見捨てたのは、誰だ」

そういってやると、地獄大夫の痩せた手が動いた。一休の掌をとり、爪を弱々しく食い込ませる。

「一休老師、お願いがあります」

「なんなりと」

爪をたてる地獄大夫の手を握る。

「死んだら……私の骸をそこらの路地に捨てておいてください」

その上で――と地獄大夫はつづける。

「飢えた……犬や鳥の腹の足しにでもしてやってください」

思わず手を強く握り締めそうになった。

己の禅の後継者は、やはりこの女しかいない。地獄大夫は、一休の破戒の浅はかさを指弾し、一休の誤った断食行を嘲笑い、正道へと戻してくれた。殺仏殺祖を教えられるまでもなく体現していた。

そして思う、地獄大夫ならば、地獄にさえも美しさを見出し無漏路に変えるのではないか、と。

「地獄大夫、お前は大した女だ」

「今ごろ……気づいたのですね」

地獄大夫から表情が消えていく。掌に食い込む爪の力が、どんどんと弱くなっていく。なのに、地獄大夫の美しさが壮絶なまでに際立つ。

今、地獄大夫は人を超越しようとしている。

「一休……老師」

もう耳を口元に近づけないと聞こえなかった。息がどんどんとか細くなる。そのかわりではないだろうが、死者の香りが立ち上っていた。それが花の匂いと激しく混じりあう。

「お先に……待っております」

それが、地獄大夫の末期の言葉だった。

地獄変相の小袖を身に纏った地獄大夫を背負い、一休は傾城屋を後にした。主人は深々と頭を下げて見送る。二階から音曲が溢れ落ちてくるが、旋律は出鱈目で調子も外れていた。すすり泣く声も混じる。窓から琵琶を持つ十代半ばの少女の姿が見えた。涙を流しながら気丈に曲を弾いている。

日は落ち、星が瞬いていた。堺の町衆が立ち止まり、息を呑む。背負っているのが地獄大夫と悟り、何人かはお経を唱えてくれた。

町を出て街道を外れ、昏《くら》く細い道を歩く。

野犬の遠吠えが聞こえてきた。大きな岩があり、その下に地獄大夫を寝かせた。そっと小袖を開き、地獄大夫の裸体を露わにさせる。

「すまんな。かつては肌をあわせた仲ゆえ、大目に見てくれるか」

指で髪をやさしくすき、足をまっすぐに伸ばし、手を胸の前にやった。

「さあ、お勤めじゃ」

野犬の声は数を増し、どんどんと近づいてくる。見上げると、カラスたちが空に蓋をするかのようだ。

一休は坐禅を組み、一心不乱に経文を唱えた。

無上《むじょう》甚深《じんじん》微妙法《みみょうほう》
百千万劫難遭遇《ひゃくせんまんごうなんそうぐ》
我《が》今見聞得受持《こんけんもんとくじゅじ》
願解《がんげ》如来真実義《にょらいしんじつぎ》

開経偈《かいきょうげ》、般若心経《はんにゃしんぎょう》、観音経、大悲咒《だいひしゅう》、坐禅和讃。経文に誘われるように、獣たちの気配が近づいてくる。カラスがけたたましい声をあげつつ、地獄大夫の肌をついばみだす。遅れてやってきた野犬たちが腕や足に嚙みついた。

さらに喉に力をこめて、一休は読経する。

喉が潰れ、血の味が満ちてもやめない。舌が痺れ、唇が割れてもなお、つづける。何度も気を失い、そのたびに地獄大夫の体を屠る獣たちの凄まじい声で我を取り戻した。

朝がきて、昼になった。また、夜を迎える。

この諸法は空相にして
不生《ふしょう》にして不滅

不垢《ふく》にして不浄
不増にして不減なり
この故に空の中には色もなく……

とうとう一休の喉から声が出なくなった。僧衣は汗と涎《よだれ》でぐっしょりと濡れている。それでも唱えるのをやめない。

経のかわりに血をはいたとき、坐相が崩れ両手を地面についた。血をぬぐい、震える足を叱りつつ立ち上がる。

もう、地獄大夫も妬月子《とげつし》もいなかった。

血のしみのついた地獄変相の小袖があるだけだ。肉と骨のかけら、そして獣たちに踏み躙《にじ》られた長く美しい髪の毛が散らばっている。

三

地獄大夫を喪ったからではないだろうが、一休は一時、生死の境を彷徨っていた。東山にある虎丘庵《くきゅうあん》にいるときだ。地獄大夫へのたむけがわりに、傾城屋や酒場で美姫とともに酒と歌舞をたっぷりと楽しんでいたら病に罹患したのだ。ひどい下痢に襲われ、食も満足に喉を通らなくなった。

そのときの紹等らの狼狽ぶりは、瀕死の床にある一休でさえ呆れるほどであった。

一休は、いつ死んでもおかしくない歳になった。

なのに、後継者がいない。

恢復できたのは、まだ死ねない、という思いがあったからかもしれない。

九月になり、やっと床から起き上がることができた。

そして、京の郊外にある尼寺へ移ったのは土一揆のためだ。

蓮田兵衛《はすだひょうえ》なるものが首魁《しゅかい》の一揆勢は、都へと乱入し三十余町を焼き払った。それだけでなく、今は七口《ななくち》を抑えて完全に京を包囲してしまっている。三十四年前に見た土一揆は、鍬や竹槍を手にしていたが、今は守護の軍と変わらないという。さすがに鎧を着ている者はまれのようだが。

「おーい、誰かいないか」

縁側に座す一休は声をあげる。答えたのは、小柄な尼だった。

「なんですか、一休老師」

無理難題をいわれるのを警戒する声だった。病み上がりの最初こそは粥や菜だけの飯で我慢していたが、力が戻ると物足りない。魚や鳥、酒を所望しているのだが、一向に膳に反映されない。というのも――

「宗英《そうえい》庵主から甘やかさないようきつくいわれているのです。大人しく寝ていてください」

ここは、宗英の息のかかった尼寺だ。

「ふん、紹等め、敵にわしを売るような真似をしおって」

「はい、なんですかぁ、文句があるなら、承って宗英庵主にお伝えしますが」

「なんでもない。それより散歩に出たいのだ」

「それは結構ですね。ただし、お金は渡しませんよ」

どうせ宗英から、銭を渡せば傾城屋に繰り出すと教えられているのだろう。まあ、事実そのつもりだったのだが。

「安心せい、足を鍛えてくるだけだ」

そういって一休は立ち上がった。尼寺は山の中腹にあり、都の様子も見渡せた。土一揆の勢が、七口を完全に封鎖している。昼時なのに街に炊煙がほとんどないのは、米が足りなくなっているからだろう。嫌な気配が、ここまで漂ってきている。

人が人を憎み傷つけるときの独特の気とでもいおうか。

もうすぐ大きな騒動が起こる。

一休は、都へと足を向けた。

四

もはや、合戦と何ら様子が変わらなかった。

激しい矢戦を、一揆勢と守護勢が繰り広げている。一進一退だ。いや、一揆勢の方が優勢かもしれない。守護勢は、何とか一揆の包囲を破らねばならない。そうせねば、干上がってしまうからだ。しかし、互角の戦いをつづけさせられている。

とうとう一揆勢が押し出した。守護の軍勢が次々と後退を強いられる。

「あれは……」

一休の目に、五七桐紋の旗指物が飛び込んできた。

山名小次郎《やまなこじろう》の手勢だ。土一揆の行手を遮る位置に布陣している。その数は二百ほどか。二千を超える土一揆に比べれば、塵芥《ちりあくた》に等しい。

土一揆の衆が山名勢に矢を浴びせる。鎧を着た武者たちに次々と矢が突き刺さる。

先頭にいる騎馬武者は、熊を思わせる巨軀の持ち主の山名小次郎だ。

矢が、幾度も小次郎の鎧をかすめる。兜にもあたったが、幸いにも跳ね返した。周囲の武者が、ばたばたと倒れていく。

それでもなお、小次郎は不動だ。一体、何の意図があって。

「あ――」

一休は声をあげた。腰のあたりで、小次郎の手が印を結んでいる。坐禅のときに行う法界定印。馬上で坐禅をしているのだ。

一揆勢は弓を射ながらも間合いを詰める。矢が小次郎の肩に突き刺さった。一本でなく、二本。それでも、小次郎は坐禅を解かない。

鎧のあちこちから赤いものが滲みはじめた。

弓矢の間合いから、刀槍の間合いへ変わった。耐えるだけだった山名勢も反撃に転じる。

「押し返せ」と叫ぶのは、桜木《さくらぎ》甚内《じんない》だ。血煙があたりに漂いはじめる。それでもなお、小次郎は不動だった。法界定印を解かない。戦場で坐禅を組んでいるのではなく、たまたま坐禅を組んでいたら戦いに巻きこまれたかのような風情だ。

敵の薙刀が太ももを傷つけても、表情ひとつ変えない。何度か一揆の刃が急所を襲うが、これらは甚内が身を挺して守った。

半眼で殺し合いを見つめるその様子は、名刹の仏像のように穏やかだった。

五

鎧を朱に染めた小次郎に、一休はゆっくりと近づいていく。

「なんだ、坊主、貴様も一揆の仲間か」

山名家の郎党が一休の襟を摑んだ。気づいた小次郎が、振り返る。

「お久しぶりでございます」

小次郎は大地に膝をつけた。襟を摑んでいた郎党があわてて一休を解放する。

「凄まじい戦いぶりでしたね」

世辞ではない。事実、一休の全身に鳥肌が立っている。

「なぜ、刀を抜かなかったのですか」

いや、それだけではない。絶命してもおかしくない土一揆の刃を、一切よけなかった。

「あの程度の危難で心が乱されているようでは、無漏は究められませぬ」

ぴくりと一休の眉が動く。地面に落ちている手槍を拾った。それを小次郎へと突きつける。

殺気立つ郎党たちを、小次郎が片手をあげて制した。

「一休老師の矛、存分に受けましょう。誓って、よけることはしませんし、心を乱すこともしません」

一休は手槍を繰り出した。数度、鎧をかすめるが、小次郎は微動だにしない。

一休の最後の一刺は、喉仏の下で止めた。小次郎が体を前にかたむける。穂先が、小次郎の首にゆっくりと刺さっていく。それでも小次郎は前傾を止めない。手槍の柄を血が伝い、一休の老いた手を汚す。周囲の郎党たちが息を呑んでいる。割って入らないのは、小次郎の威に押されているからだ。

小次郎は一歩、前に出ようとした。穂先が皮膚を破り、肉を傷つけんとする。

槍の柄がまっぷたつに割られた。隻眼の甚内が、腰の刀を抜いたのだ。

「無礼は百も承知、どんな責めをも受けます」

両膝をつき、甚内が頭を下げた。

一休は息を大きく吐いた。脂汗が顔中に浮いていることに、今さらながら気づいた。

一方の小次郎は泰然としている。

「小次郎様」

「なんでしょうか」

「法諱を授けてもよろしいか」

小次郎の目が見開かれる。小次郎は今、宗峰《そうほう》という法諱を持っているが、それは南禅寺の老師からもらったものだ。あくまで、一休には在家の弟子として参禅していた。

だが、法諱を与えれば出家の弟子ということになる。

「一休老師」と、声を震わせながら小次郎はつづける。

「それは、私を出家の弟子として認めてくれるということですか」

こくりとうなずいた。

小次郎ならば、一休を超えられるかもしれない。

甚内から筆と紙を受け取った。盾と鎧櫃《よろいびつ》でできた机の上に置き、指の腹に歯をたてた。硯の中に血を垂らす。小次郎は矢傷を受けた太い腕を差し出し、血管が浮き出るほど拳を握り血を絞り出す。ふたりの血が硯の中で混じりあう。

一休は筆を走らせた。小次郎の法諱を、渾身の力をこめて書く。

——宗全《そうぜん》。

毘沙門天《びしゃもんてん》の化身といわれる、山名宗全が生まれた瞬間であった。

六

今の一休には、居所というものがない。堺には、無名庵。京には、売扇庵《ばいせんあん》、瞎驢庵、虎丘庵の道場がある。それらを風が吹くままに訪れ、修行や指導、そして破戒に勤《いそ》しんだ。

そして、山城国薪村にも庵がある。

妙勝庵――かつては一休の母の庵の裏手にあった廃寺だ。手にいれたのは、養叟が亡くなる二年前である。気の合う禅僧たちと交流するときや、ひとりで坐禅したいときに細々と使っていたが、そこを弟子たちとともに大きな禅道場へ変えようとしていた。

母の死後、庵はなくなってしまったが、桜の木は立派に成長していた。それを見た時、この土地を禅道場にしたいと思った。妙勝庵が道場として完成すれば、母の思いに一区切りをつけることができるのではないか。そう、一休は考えている。

残念なのは、乳母の楓《かえで》は死去し、もうこの世にはいないことだ。

「おい、そこ、その板はまだいれるな。まずは床の普請が先だ」

雲水たちに大きな声で指示を出しているのは、紹等だ。南江《なんこう》もすでに世を去った。紹等は、その穴を補ってあまりある働きをしてくれている。いや、最近は道場の運営に精を出すようになった。「山名金吾《きんご》は鞍馬《くらま》の毘沙門天の化身なり」という題の詩を、一休が作ったことがきっかけのようだった。

毘沙門天の生まれ変わりとして、宗全はこの戦いの世に姿を現した。業は阿修羅のそれだが、誉は鞍馬山にも劣らぬ。

これに、紹等は過剰に反応しているようだ。われこそは、一休の一番弟子という自負ゆえかもしれない。意気込みは立派だが、やはり一休の求めるものとはちがう。

山門から騒々しい声が聞こえてきた。

「どうしたのだ」

「い、行き倒れです。ひどい怪我を負った男が倒れております」

雲水が駆け込んできた。山門へ向かうと、たしかに三十代ほどの男が倒れている。息を呑んだのは、その男が童形をしていたからだ。稚児のようななりをしており、白い水干は血だらけになっていた。

「すぐに中にいれろ。手当てを」

一休の指示に、紹等が素早く動いた。雲水たちに担がせて、客間へと連れていく。一休は、知らず知らず嫌な汗をかいていた。

行き倒れた男は、結局、目を覚ますことなく息を引き取った。

一休に差し出されたのは、血染めの書状である。掌に隠せるほどの大きさに折りたたまれていた。

「中はまだ検めておりません」

それだけいって、紹等は退室した。糊のようになった血をはがし、文書を開く。何度も読み、「嗚呼」とうめいた。はたして、南主からの密書であった。都を引き渡すよう偽主と交渉せよと一休に命じていた。さらに、処罰する貴族の名前を列挙し、最後にふさわしい皇子が十三歳になったので宮家として送る、とまで書いてあった。

吉野へ行ってから三十年以上がたつ。いまだに、南朝は妄執から解放されていない。

「老師、平蔵《へいぞう》殿が来られました」

襖の向こうからの声に我に返った。紹等にいって、呼んでもらっていたのだ。

入ってきた平蔵は、白髪の老爺に変わっていた。息子が店を切り盛りし、孫と遊ぶ毎日だといっていたが、それが柔らかい表情や仕草に出ている。

「一休、急な呼び出しだな。なにがあったんだ」

吉野行きから帰って以来、平蔵は一休を千菊丸《せんぎくまる》と呼ばなくなった。

密書を差し出すと、さすがに険しい顔に一変した。

「平蔵のところに接触はあったか」

「いや、ないな。それにしても……何を今さら」

悲しげなため息を、平蔵は漏らす。

「南朝が動きだしたということだろうか」

自問半分、問いかけ半分で一休は聞く。

「禁闕《きんけつ》の変のようにかい」

二十三年前、吉野の手勢が禁裏を襲い、三種の神器のうちの神璽《しんじ》を奪う変事が起きた。これを禁闕の変という。

それから十五年後、北朝側が吉野へと潜入し神璽を取り返している。それを成したのは、没落していた赤松《あかまつ》家だ。この功により赤松家は加賀半国の守護に返り咲き、播磨奪還に弾みをつけていた。それは、播磨を領有する山名家と争うということだ。

「平蔵にはいっていなかったが、吉野には山名家の郎党もいたんだ。吉野から戻る途中で崖に落ちたとき、助けてくれた男たちを手配してくれたのも山名家の郎党だ」

「ほ、本当か」

平蔵がうめき声をあげる。一休はしばらく考えてから口を開く。

「今から山名家の館へ行く。宗全様に会ってたしかめてくる。南主はきっと山名家にも接触しているはずだ」

もし、宗全が南朝と結びついていれば一大事だ。まちがいなく逆賊扱いとなる。そうなれば、一休は禅の後継者を失ってしまう。

「じゃあ、俺もついていこう」

「いいよ」

「そういうな。どうせ、ひとりで行くつもりだろう」

「まあな」

紹等をはじめ弟子たちは巻き込みたくない。

「一緒に吉野へ行って死にかけた仲だろう。最後まで付き合わせてくれ」

ふたりそろって妙勝庵を出た。

山名邸が見えるころになって、「なんだ、これは」とふたりは声をあげた。鎧を着た郎党や兵士たちが山名邸にひしめいている。門や路地にも溢れだしていた。その数はどんどんと膨れ上がっている。槌音がするのは、庭に櫓《やぐら》を建てているからのようだ。

嫌な予感がした。宗全には敵が多い。五山の真蘂《しんずい》、幕府政所《まんどころ》執事の伊勢貞親《いせさだちか》、赤松一族とそれを支援する管領家の細川勝元《ほそかわかつもと》。十ヶ国守護となった山名一族に対して、政敵たちが手を組み対抗している。

「何があったのですか」

一休は、道行く人を捕まえた。

「宗全様が領国から兵を呼集しているんだよ。真蘂様や伊勢家に追い詰められて、な」

政情が不穏とは聞いていたが、まさか兵を集めるほどとは思っていなかった。

「けど、悪手だって噂だ。下手をすれば山名家追討の綸旨《りんし》が出かねないってさ。ああ、山名邸にこれ以上近づくのはよした方がいい。尋常じゃないぐらい殺気だっているからな」

「そうだよ、一休、やめよう。山名家にかかわっていると思われたら、どんな災厄がふりかかるかわからないぞ」

平蔵も袖をひっぱって、距離をとらせようとする。山名家の兵が集まることで、都がどんどんと騒がしくなっていた。山名邸の周辺に住む人々が、家財道具を荷車に乗せて逃げようとしている。それが見物の衆とぶつかり、あちこちで喧嘩がおきていた。

七

「一休老師、今、なんとおっしゃられた」

真蘂が、切れ長の目で一休を見据えた。将軍御所の一角には蔭涼軒の詰所があり、目もくらむほど美しい絵や香炉、花器が飾られていた。その一室で、一休は蔭涼軒主の真蘂と対峙している。

「このままでは、宗全様は破滅してしまいます。なんとか穏便にことを済ませられないでしょうか」

「おかしなことをいう人だ。宗全様は私の政敵ですよ。そうなるように追い込んでいるのですから、無理をおっしゃらないで下さい」

手に持つ払子《ほっす》で、真蘂は入ってきた蝿を追い払った。山名家が京に兵をいれたことで、対抗する守護たちも続々と兵を集結させつつあった。中でも真蘂と手を組む細川家は、かなりの大軍だと評判だ。

「もし、山名家と細川家が戦えば、都は戦火に包まれます。土一揆の比ではありません」

滅びを覚悟で、宗全は突き進むのではないか。そんな予感がした。

「残念ながら、終局は間近。さすがに、あれだけの兵を入京させて、ただですますわけには参りません。あの御仁に残された手は、南朝を頼ることぐらいでしょう」

南朝という言葉に、一休は心の臓を鷲摑みされたかのような心地になる。

「われらの吉野行きから三十年もたっているのに、南主め、いまだあのときの約束が生きていると思っているようですな。われらを闇討ちしようとしたことも忘れて、です」

「な、何をいっているのですか」

「そちらにも密使が来たでしょう。童形の使者です」

一休の全身から血の気が引く。

「吉野の動きを探っていたときに、密使が放たれたのを知り、大和国で捕まえたのですよ。散々、痛めつけましたが、口は割りませんでした。まあ、あの姿でどう言い逃れするつもりだったのか、とおかしくもありますが。どこに行くかをたしかめるため、わざと逃がしたのですよ。どこで行き倒れたかも承知しています」

真蘂が不気味な笑みを深める。

「まさか、われらに内密で匿ったりはしていませんよね。あるいは、われらに報せねばならぬことを隠してはおりませんよね。もし、そんなことがあるならば、一休老師は大罪を犯したことになりますぞ」

一休は、罠にはめられたのだ。

「まあ、おいおい、一休老師の身辺は調べさせてもらいます」

大きな足音が近づいてくる。真蘂がうるさげに顔をしかめた。

「た、大変です」

ひとりの僧侶が部屋へと駆け込んできた。

「何事だ。騒々しい」

「御所巻《ごしょまき》です。守護の兵が御所を囲まんとしています」

「宗全入道め、罠にはまりおったわ」

真蘂が快哉を叫んだ。

「今すぐに細川様に報せろ。守護らとともに兵を動かせ、とな。宗全の行いを罰せよと伝えるんだ」

が、命令された僧侶は動かない。

「どうした、早く細川邸へ飛べ。まだ、完全には囲まれておるまい。宗全入道めの暴挙を抑えさせろ。公方様の許しなど後でいい」

「そ、それが、御所巻には……細川様の兵も参加しておるのです」

真蘂の手に持つ払子が床に落ちた。

「細川様が……裏切ったというのか」

「わかりません。たしかなのは、細川様と山名様が御所を囲っていることだけです」

真蘂は走りだした。あわてて一休もついていく。庭へ出ると、塀の向こうに山名家と細川家の旗指物が林立していた。低い音がする。門がきしみ、ゆっくりと開かんとしていた。

現れたのは、巨軀の山名宗全だ。

「そ、宗全様、これはいかなることか。なぜ、細川様が御所を囲っている」

真蘂は指をつきつけた。声こそは大きいが、その法衣は汗で濡れている。さらに近づこうとする真蘂を、兵たちが止めた。いつのまにか、御所の中には山名や細川の兵が乱入している。太刀こそ抜いていないが、殺気を撒き散らし奉公人や奉行人を威嚇《いかく》している。

真蘂を無視するように、宗全が御殿へと入っていく。

不安げな顔の廷臣たちが集まりだした。が、山名や細川の兵が厚い壁をつくり、御殿に近づけない。

待ったのは、四半刻にも満たなかっただろうか。

将軍、足利義政《あしかがよしまさ》の侍臣と思しき男が庭に出てきた。冠がずり落ちそうになっているが、気づいていない。目差しを一身に集めた後、叫ぶ。

「みなの者、よく聞け。ただ今、山名宗全様および細川勝元様より、公方様へ訴えが出された。恐れ多くも公方様の弟君を弑殺せんと企む者が、この御所におるとのこと。その成敗のために、山名様細川様は御所を囲った。不届きなる謀の首謀者は、以下の三名」

思いもよらぬ展開に、みなはただ黙って聞くことしかできない。

「政所執事伊勢貞親、守護の赤松政則《まさのり》、そして蔭涼軒主真蘂。この者らの位階を剝奪し、都を追放とする。これは公方様の正式なご沙汰である」

どよめきが御所の庭を満たす。

「ば、馬鹿な、そんなことがあっていいはずがない。これは何かの間違いだ」

顔面を蒼白にする真薬が両膝をついた。わなわなと震えだす。

兵の壁がさっと割れて道ができた。御殿から出てきた宗全が、御所の庭を闊歩する。

宗全が、一休に気づいて立ち止まった。

「こんなところで会うとは奇遇でございますな」

宗全は不敵に笑んだ。そばにいる真薬など眼中にないかのようだ。

その態度が、真薬の怒りの嵩を増した。狼狽や恐怖を上回る。

真薬が袖から出したのは、短刀だ。吊り上がった目は、完全に正気の色を失っていた。制止しようとするが、遅かった。一休の手をすり抜け、真薬が凶器をふりかぶる。が、その動きが止まった。宗全の眼光を受けて、金縛りにあったかのように立ち尽くす。

「ちょうどいい。一休老師、修行の成果をお見せしましょう」

いうや否や、宗全は真薬の襟を掴んだ。そして厚い胸に引き寄せる。短刀をもつ拳ごと握りしめた。

「や、やめ……」

握らされた短刀の切っ先が、ゆっくりと真薬に近づいていく。そのまま鎖骨の間のくぼみへと吸い込まれそうになる。

赤松越後守《えちごのかみ》を処したときと、全く同じ方法だった。

「やめなさい」

一休の声に、宗全の手が止まった。不服げに、一休を見る。しかし、すぐに破顔した。

「そうでしたな。この程度の男を殺しても、本当の無漏悪の証にはなりませんな。私としたことが、そんなことにも気づかぬとは」

物でも捨てるように真藥を解き放った。思い出したのは、以前にした宗全との問答だ。平らかな心で一休や母を殺せるか、と突きつけた。まさか、それを……

宗全は腰を折り、一休の耳に顔を近づけた。

「老師、南主の使いはこられましたか」

「なぜ、そのことを。まさか、あなたが手引きを……」

こくりと宗全はうなずいてからつづける。

「私は気づいたのです。北朝は偽りだ、と。逆臣の足利尊氏《たかうじ》めが詐称させた帝の子孫による偽物の帝室です」

愕然とする一休を尻目に、宗全は上体を起こした。

「老師、楽しみにしてください。私はいずれ、完璧な無漏悪の見解を披露してみせます。そして、まちがったものを全て滅します。正しい世のためにです」

それだけいって、宗全はきびすを返す。郎党たちを引き連れて、悠然と御所を後にした。

八

これが、宗全の無漏悪の結果なのか。

一休は眼前に広がる光景を慄きとともに見ていた。

上御霊《かみごりょう》神社が跡形もなくなっていた。その周辺にあった杜《もり》も、だ。周りにばらまかれているのは、折れた旗指物や槍、そして兵たちの骸だ。

真蘂らが失脚してから八ヶ月がたっていた。

なぜ、細川家は真蘂たちを裏切ったのか。それは、細川家と真蘂らとの紐帯《ちゅうたい》が一時だけのものとわかっていたからだ。いずれ敵になる。最初に倒すのは、宗全かあるいは真蘂たちか。細川家が選んだのは、真蘂たちだった。ただ、それだけのことだ。

それは、細川家と山名家が近い将来、敵同士になることも意味している。そして、両家の盟約は呆気なく破綻した。畠山《はたけやま》家の家督争いに介入し、両家は激しく争うことになる。

細川家と山名家の衝突をさけるため、幕府が下した裁定は、家督を争う畠山家同士で決闘させることだった。

今、一休がいる上御霊神社を囲む森で雌雄を決することを命じ、細川山名をはじめとする守護の介入を禁じた。

だが、山名宗全は一顧だにしなかった。一方の畠山家に大軍を派遣し、その勢いのままに敵を潰走させたのだ。勝ちに乗じる宗全の軍は、敵が陣取っていた上御霊神社にも火を放った。踏み出した一休の足が潰したのは、炭だ。瓦礫がつくる山を、一休は登っていた。

そこから見る京の街は、異様だった。

守護たちの旗指物が都を埋め尽くし、とりわけ西側に集中していた。中心にあるのは、山名宗全の館だ。その一帯に、山名家とそれに与する守護が陣取っている。

一方、細川勝元を首魁とする軍勢は、宗全らを囲むように布陣していた。

布陣の位置から、細川勢を東軍、山名勢を西軍と人々は呼んでいるという。

事態を重くみた朝廷は、二月《ふたつき》前に応仁《おうにん》と改元し、乱を鎮静させようとしたが、その効果は薄いようだ。逆に東西両軍の敵意は高まり、決壊寸前になっていた。

自然と一休の目は都の北へといく。船岡山《ふなおかやま》があり、その麓に広がるのは大徳寺の伽藍だ。囲む東軍のすぐ裏側に位置している。大徳寺は細川勝元を外護者としているので、東軍が濫妨《らんぼう》を働くとは思えぬが……

「そろそろ、大徳寺に行くか」

一休は瓦礫の山を滑りおりた。紹等が、それにつづく。宗全の行末を、あたう限り近くで見届ける。また、大徳寺も寺を守るために一休派の力を欲していた。

途中で、何度も守護たちの軍勢とすれちがった。東軍によって占拠された寺社も多く、街には異様な殺気が立ち込めている。

固く閉ざされた大徳寺の山門に訪を告げると、重い門がわずかに開く。

境内を埋めているのは、避難してきた町人たちだ。莫蓙を敷いて、竹と板でできた即席の屋根の下で何人もうずくまっている。

「一休」と、平蔵が声をかけてきた。どうやら一家で大徳寺へ逃れてきたようだ。幼い孫の兄妹は十歳と八歳といっていたか。兄の方は肌が弱く、湿疹ができて痒くていつも泣いているといっていたが、今は無邪気に妹と遊んでいる。

「平蔵、無事のようで何よりだ」

「これも仏のご縁だな。塔頭へいくのか。それとも本堂か」

「読経でうるさい塔頭や本堂はごめんだな。山門に登る」

「わしも供をしよう」

「平蔵は家族のもとにいてやれ」

「わしのような年寄りがいても役には立たんよ。老師のお手伝いをさせていただくさ」

「なら、般若湯をもってきてくれ。喉が渇いた」

「相変わらずだな」

呆れつつも平蔵は酒の入った壺を担ぐ。山門の裏側に回された階《きざはし》をよじ登り、高欄をまわした回縁《まわりえん》に腰を落とした。平蔵と酒を酌み交わし、興が満ちれば歌を詠う。

やがて夜がやってきた。京の街路を、松明の灯りが行き交っている。武者たちが伝令に走っているのだろう。

「老師、ただいま戻りました」

紹等だった。大徳寺に入ってから別れ、周囲の様子を探らせていたのだ。

「瞎驢庵と売扇庵は、万が一に備え無人にして、東山の虎丘庵へ移しました」

そこならば安全であろう。

酒の減りが遅い。一休も平蔵も、ただ唇を湿らすだけだ。この緊迫の中で、とても胃の腑に酒を流しこもうとは思えない。

月が、西の山際にかたむこうとしていた。

もうすぐ朝がくる。

しかし、目に映る風景は夜のままだ。東西の陣が、いつのまにか静かになっている。

不自然なほど物音がしない。

その場にいる皆は、口に出さずとも同じことを考えていた。


——戦が近い。


矢叫びは、北と南から同時に湧き起こった。

南からは山名勢が、北からは細川勢が攻めかかる。万をこえる軍勢の足音が、大徳寺の山門を揺らした。

一休は欄干から身を乗り出す。

細川家の攻めは、特に苛烈だった。西軍の矢をものともせず、山名家随一の将と評判の太田《おおた》垣《がき》の陣をあっという間に突き崩した。さらに、堀川をわたり宗全のいる屋敷へ槍をかけんとする。押し留めたのが、芝薬師《しばやくし》に布陣する山名勢だった。

一方、南では西軍が優勢だった。砦と化した細川備中守の館に、朝倉《あさくら》、甲斐《かい》の西軍の猛将が襲いかかる。細川勢も屋根の上から矢を射かけるが、それをはるかに上回る反撃を受けた。これを危うしと見たのが、東軍の京極《きょうごく》家だ。騎馬武者を先頭にして駆けつけんとする。堀川にかかる一条戻橋《いちじょうもどりばし》へと殺到した。しかし、西軍が橋の出口で待ち構えていた。矢を射かけられて、騎馬武者は橋の上で立ち往生する。そこに後続の軍が続々とやってきた。

一休の目にも、橋が爆ぜるようにして折れるのがわかった。京極家の兵たちが川に突き落とされ、さらに後続の兵が落ちていく。

「も、燃えたぞ」

一休の後ろにいる僧侶が叫んだ。細川備中守の館から火の手が上がる。

それが昇ったばかりの太陽の光とまじりあった。

これが呼び水となったのか、街のあちこちで火矢の応酬がはじまる。次々と火の手が上がった。周辺の町家や店にも炎が広がっていく。

「畜生、関わりのない店や家まで燃えてやがる」

平蔵が苦しげな声で呻《うめ》く。もう、ふたりは酒盃に手をかけてさえいない。

数で劣る西軍だが、一歩も退こうとしない。時に東軍を押し返す。

昼になっても合戦はやむことなく、苛烈さを増していく。

日がかたむきはじめてもなお、一進一退が続いた。

西日と炎で、京の街が赤々と輝きだす。

誰かが「美しい」といった。その声は、怖気《おぞけ》に満ちていた。

一休も同感だった。体は恐怖に震えていたが、燃える都を心が美しいと感じている。

「こうなれば……外護者など意味がありませんな」

紹等の言葉に、何人もがうなずいた。多くの寺社が守護を外護者としているが、守護たちは自らのことで手一杯だ。幸いだったのは、大徳寺が合戦の渦中から離れていることだろう。

だが、大徳寺から南に八町（約八八〇メートル）ほどの場所で、西軍が東軍を押し返していた。喚声が、一休らのいる大徳寺に近づいてくる。ふりかかる火の粉はまばらではなくなっていた。戦場が迫っている。

「宗熙《そうき》に伝えろ、北の門を開けろ、と。万が一のために、民たちを山に逃がせ」

「わかりました」

一休の指示をうけ、弟子たちが山門を下りていく。欄干に両手をかけ、一休は火の粉まじりの風を受け止める。大路小路沿いに紅蓮が走っていた。炎は、大徳寺にも近づいてくる。暗く沈んでいた山門の壁や柱が明るくなる。

「東軍の陣が破られたぞ」

誰かが叫んだ。西軍を押し留めていた柵が燃えている。火を纏わせた山名家の旗指物が荒々しく前進していた。

東軍は陣容を立て直すため、船岡山へと退いていく。山名家の軍勢もそれを追撃するはずだった。

だが――

山名家の兵たちは、船岡山に向かわない。大徳寺へとまっすぐに攻め上がってくる。大徳寺には東軍の兵がいないにもかかわらず、だ。

幅の広い参拝路が、山名の兵たちで埋め尽くされる。それでも足りず、両脇にある家屋に火をかけて道をこじ開けた。

山門に一騎の武者が近づく。熊のような巨軀を持ち、入道頭、顔には無数の傷が走っている。

「宗全様っ、ここに細川家や東軍の兵はおらぬ。民ばかりだ。兵を退いてくだされ」

宗全は顔をあげ、一休を見た。

「やっと見つけましたぞ」

宗全の声は喜色に満ちていた。宗全の横にいた侍大将が、すかさず権高な声で命じる。

「大徳寺が細川家を外護者としているのは周知の事実。門を開けられよ。今から東軍の残党がおらぬか調べる」

梯子《はしご》を持つ武者たちが横列をつくっていた。応じなければ、雪崩《なだ》れこむつもりだ。

「開門の必要はない」

驚いたように、侍大将が振り返った。宗全はゆっくりと馬を進める。門のすぐ下まで来た。

そのあいだも、火の粉は大量に大徳寺の境内に降り注ぐ。

炎が猛り、宗全の顔貌が露わになった。

一休の全身からどっと汗が噴き出る。

赤松越後守を処したときと同じ表情を宗全はしている。

「宗全様、ここには無辜《むこ》の民が大勢いる。間違ったことはされるな」

一休は必死の思いで叫んだ。

宗全の返事は、矢を番《つが》えることだった。きりきりと弓弦が鳴る音が、一休の耳に届く。

何かをつぶやいていた。火の粉をはらむ風にのって、声が届く。

東西の両堂が猫児を争う
泉、乃ち提起し……

唱えているのは、『南泉斬猫』の公案だ。

「一休老師、私めの南泉斬猫の見解、とくとご覧あれ」

矢が放たれた。凄まじい勢いで迫ってくる。衝撃を感じ、横へと倒れた。すぐそばで呻き声がする。誰かが、一休の体に覆い被さっていた。

「へ、平蔵」

一休は叫んだ。身を挺したのは、平蔵だ。矢が深々と刺さっている。

「平蔵殿、大丈夫か」

すかさず駆け寄った紹等が矢を引き抜く。

「い、一休……やっと恩を返せたな」

「な、なにを」

「奈多丸《なたまる》のころに受けた……恩だよ。いや、吉野でも助けて……くれた」

「馬鹿、しゃべるな。誰か、平蔵を奥へ運んでくれ」

だが、誰も動かない。何が起こったのだ。あわてて、目を山名の軍勢にやる。全ての武者が火矢を番え、大徳寺に向けていた。

宗全はすでに背を向けている。悠々と去っていく。ただ、右腕を上げた。大量の火矢が放たれる。山門に次々と刺さり、それ以上の矢が一休たちを飛び越えて、境内にある伽藍へと降り注いだ。

民たちの叫喚が、寺域を圧する。

第十章　狂雲子一休

一

大徳寺の伽藍が燃えている。華叟宗曇《かそうそうどん》ゆかりの如意庵や養叟《ようそう》が建立した塔頭も、だ。

美しい松並木はもうない。黒煙をあげて焼けこげてしまった。大地には骸がおり伏し、その中で号泣するのは矢傷を負った平蔵《へいぞう》だ。妻や息子は体を斬りさかれ、孫たちは火にまかれ黒こげになっていた。

一休《いっきゅう》は立ち尽くすしかない。少しでも動けば、倒れてしまいそうだった。炎をはらむ風が吹き、体が傾ぐ。血と骸が満ちる地面が迫ってきたとき、目を見開く。

ああ、夢だったのか。

体をゆっくりと起こした。もう春だが、朝の空気はまだ冷たい。息を吐き出す。両手をかざし温めようとすると、火傷の痕があちこちに見えた。顔も古傷だらけであろう。

そうか、夢ではなかったのか。

三年前、山名宗全《やまなそうぜん》は東軍の包囲を突き破り、そのまま大徳寺に火をかけた。すんでのところで一命を取り留めた平蔵だが、かわりに妻子や孫を喪った。一休たちは東山の虎丘庵に避難するも、四ヶ月後に起こった東岩倉《ひがしいわくら》の戦いで、南禅寺や建仁寺とともに戦火にまかれた。薪村の妙勝庵に身をよせたが、そこにも宗全の手がのび、とうとう堺へと落ち延びざるをえなかった。

戦乱はいまだつづいている。九州の雄、大内《おおうち》家の大軍も参戦し、より混迷が増した。そんな中、廃人のようになった真蘂《しんずい》が没したという報せも届いた。昨年の八月のことだ。

文机の上には、白い紙があった。もう何日も前からずっとそのままだ。

詩興がわいてこない。大徳寺が燃え、命からがら堺に逃げてきてからずっとこの有様だ。

「一休老師、お目覚めですか」

開いた襖から声をかけたのは、遊女だ。盆の上には銚子がのっている。

「さあ、氷室で冷やしておいたお酒ですよ」

盃を手渡され、銚子から酒を注がれる。夜通し冷やしたおかげで、氷のかけらが入っていた。

右手に冷えた盃をもち、左手に温かい遊女を抱く。

――地獄大夫《じごくだゆう》よ、とうとう本物の破戒坊主になれたぞ。

酒気が満ちる口の中でつぶやいた。女が一休の短髪を指ですく。時折、抜いてくれるのは、白髪ではなく黒い毛だ。もう、頭は白い毛が大半になっている。

酒を呷《あお》った。不味い、と思った。

このまま朽ちるように死ぬのも一興か。いや、すでに己は屍のようなものに成り果てている。まさか、これほど醜い余生を過ごすことになろうとは。声に出して自嘲したいができない。もう、終わりだ、と思った。一休は美しい禅を残すことができない。今も生き永らえているのは、始末をつけるためだ。一休は、全ての道場を閉じるつもりでいた。それをする気力が満ちるのを、ただひたすらに待っている。

「すまない。もう帰る」

不服げな女を残し、一休は傾城屋を出た。堺のすぐ近くの住吉《すみよし》にある新しい道場へと帰る。雲門庵《うんもんあん》といい、堺の交易商が昨年寄進してくれた。船の古材を使っているので、新築なのに古屋のような趣がある。

「朝帰りとは珍しい。いつもは昼ごろにご帰還なのに」

玄関で草鞋を脱いでいると、紹等《じようとう》が顔を出した。脂粉の残り香が漂っているのか、言葉には棘がある。無視して廊下を歩く。途中で、うめき声が聞こえた。平蔵の部屋からだった。身よりを喪ったので雲門庵で引き取ったが、寝たきりの日々がつづいている。何度も悪夢にうなされているようだ。特に、安国寺時代の夢をよく見るとこぼしていた。今も、その夢の中なのかもしれない。起こさぬよう、足音を消して隠寮の扉に手をかけた。

何かの仏歌が聞こえてきた。参禅を求める、遊女や白拍子たちだ。地獄に堕ちた大悪党に、生前唯一の善行の報いとして蜘蛛の糸が下ろされる。

昏い内容とは裏腹に、歌う女たちの声は楽しげだ。

最近、よくこの歌を聞く。

過去に養叟が教えてくれた、現成公案を思い出す。まったく筋が同じだ。

「おい、誰かいるか」

紹等がやってきた。

「あの歌はなんだ」

「最近、流行っている歌ですよ。住吉の歌唄いの女が考えたそうです。目が見えぬそうで、そのせいか音曲の技が人よりも秀でているとか。たしか、名は森《しん》――といったはずです」

聞いたこともない名だ。

「ああ、そうそう、地獄大夫の一番弟子とも嘯《うそぶ》いているとか」

まじまじと紹等の顔を見る。

「地獄大夫の名にあやかる遊女や歌唄いは多いですから。森という女もその類いでしょう」

紹等ははなから信じていないようだ。

外から聞こえる歌は、佳境に入っている。大悪党が蜘蛛の糸にしがみつくも、亡者たちも後から登ってくる。細い糸が切れそうになり、「この糸はわしのものだ」と叫ぶ。

刹那、糸は切れ、大悪党は地獄へと真っ逆様に堕ちた。

二

住吉大社の参拝道にある舞台は、本殿かと思うほど人で賑わっていた。役者が控える鏡の間や舞台とつなぐ橋掛かりもある。屋根はないが能舞台といって差し支えがない。

十人以上の女芸能者が琵琶や琴を弾いている。

舞扇を片手に舞う女がいる。異様なのは、朱色の布で目を隠していることだ。にもかかわらず、見えているかのように流麗に舞っている。歳のころは、二十をすこし越えた程度か。

「艶のある舞だな」

「能の足捌きをいれているそうだ」

「舞など前座にすぎん。森の真骨頂は歌ぞ」

客たちの賞賛の声は熱を帯びていた。どうやら、目当ての森が舞っているようだ。

森が舞扇で顔を隠した。はらりと朱色の布がほどけて、床に落ちる。

しんと客が静まりかえる。朗々と聞こえてきたのは歌だ。平安の歌人が公家の娘と逢瀬を楽しむ艶歌が響きわたる。歌人が毎夜忍びこみ、思いの丈を文にする。十数度目で初めて御簾がするすると上がる。

舞扇もゆっくりと上がった。美しい瞳があらわになった。目元にある泣きぼくろが、顔立ちに艶を出している。流麗な足捌きは、本当に盲者かと疑うほどだ。

親たちの反対にあったふたりは、手を取りあって西国へと流れていく。そして、その地でふたりは短い生涯を終える。

森がゆっくりと倒れ、曲の余韻が場を支配した。

森が立ち上がると、喝采があちこちで爆ぜる。

琵琶を弾いていたひとりの女が――彼女たちは盲人ではないようだ――森に近づいて耳打ちをした。森は、舞台の縁まで恐れることなく進む。たったそれだけで、客の声がぴたりと止んだ。

「皆様の中に、一休老師がおいでとか。見料は結構ですから、ぜひ舞台にお上がりください」

一休の前の人垣が割れた。

ここで逃げては、風狂子の名がすたる。

ちっぽけな意地のために舞台に上がり、森と対峙した。

「私は、ご覧のように盲目。一休老師が本物か否かの区別がつきませぬ」

「この声を聞いても、わしを偽物と断ずるのか」

一休が見所《けんじょ》に目をやると、客たちが囃《はや》し立てる。ぱちんと扇を鳴らしたのは森だ。

「地獄大夫の姐様《ねえさま》は、一休老師のことを偽物の破戒坊主と呼んでおりましたよ」

地獄大夫の弟子というのは、本当なのか。

「なるほど、見所の皆様、そして後ろに控える私の弟子たちは、あなた様を一休老師と認めているようです。しかし、それは外見で判じただけ。所詮、人の形などは容れ物にすぎませぬ。中身が本物であるか否かが肝要ではございませんか」

見事な森の弁に、一休の胸がうずいた。独参場で、老師に法戦を挑まれたかのような心地だ。

「あなた様の中身が本物の一休老師か否か、私に証してくださいませ」

「まるで禅問答よのお」

そういった一休に歓声が送られる。

「残念ながら、今は正真正銘の破戒坊主となりはてた。地獄大夫と逢瀬を楽しんだころのわしとはちがう」

乾いた唇を、舌でなめてからつづける。

「お前のいう通り、人間などは所詮、容れ物にすぎぬ。公案がそうであるように、だ」

公案もまた容れ物である。無という輪郭なきものをすくう器だ。『趙州無字』など様々な容れ物があって、初めて禅者は無や空の輪郭を感じることができる。

そして公案を透過することで、無や空の境地を心身の中に注ぎこめる。

公案が円《まど》やかになったその刹那、禅者もまた形なき無をとどめる容れ物になる。

「かつて、わしの中にあった無は消えた」

正真正銘の破戒坊主になり詩の才を失った一休は、割れた容れ物だ。

「結構ではございませんか。修行の果てにえた仏果を全て手放し〝無が無い〟今のあなた様こそ、真の一休宗純《そうじゅん》。さあ、盲者の私に、あなた様が何者かを教えてください」

「いったであろう。今は酒と美姫に溺れる、破戒坊主だと」

「破戒坊主さん、では、この森めに艶歌をいただけませぬか」

森が大胆にも舞扇を投げる。扇が一休の額にあたり、ひらひらと両手の中へ落ちた。

刹那、一休の唇が歌を紡ぐ。

夢に迷ふ、上苑美人の森《しん》
枕上《ちんじよう》の梅花、花の信《たより》の心

下の句を告げようとする前に、森が歌った。

口に満つる清き香、清浅の水
黄昏《こうこん》の月色、新吟を奈《いかん》せん

どっと客が沸く。

一休は、ただただ驚いていた。

己の胸に手をやると、どくどくと心の臓が鼓動している。

詩を歌え、偈を叫べと、心が命じている。

堰《せき》を切ったように、一休は歌った。

盲女の艶歌、楼子を咲《わら》ふ。愛し看る、森や美風流。一代の風流の美人、艶歌、清宴、曲、尤《もっと》も新《あらた》なり。新吟、腸《はらわた》を断つ、花顔の靨《えくぼ》。

幾つもの歌の断片が、一休の口から溢れ出た。舞台の女と客たちが嘆息を漏らす。

「風狂子とも狂雲子とも呼ばれた理由も納得でございます。ですが、私の見た一休老師とは少々、趣がちがうようですね」

「以前に、わしと会ったことがあるのか」

「いったでしょう。地獄大夫の姐さんの弟子だったと」

「まさか、臨終の場か」

それ以外に考えられない。

「ええ、つたない音曲で姐さんを送りました。けど、あの時、すでに私は盲いていました。もっと昔にまみえておりますす。まだ私の目が見えていたころです」

森は朗々と艶歌を歌った。その声は腸をとろけさせるかのようだ。過去に聞いた地獄大夫の肝に響く声とはまたちがう。客たちも聞き惚れる。

やがて聞かせどころへと至った。

突然、森の声が割れる。無様に音を外し、かすれた歌声を必死に紡ぐ。血をはくのでは、と思ったとき、また元の美声にもどり最後まで歌いきった。

客たちはぽかんとしている。何事もなかったかのように、森は手を差し出した。

「一休老師、裏まで連れていってください」

手をとり、橋掛かりから鏡の間へといく。その途中から音曲がはじまる。森の弟子たちが舞台で曲を奏でていた。薄暗い鏡の間で、一休は息を吐き出した。体に心地よい疲れがあるのは、久方ぶりに詩を作ったからだろう。

「私めのこと、思い出しましたか」

「ああ、思い出した。十年以上前になるか……まさか、あのときの女童だったとは」

養叟非難の偈を書くきっかけになった出来事だから、十五年も前か。堺の辻で歌を披露する女辻唄がいた。声が割れたとき、そばにいた女童が代役をかってでた。割れる母の声を真似して、客の足を引き留めていた。あのころは盲いていなかったから、その後、眼病にでもかかったのだろうか。

「私はよく覚えていますよ。辻唄の母の芸を、葬祭帰りのような顔で聞いていたお姿を。あのころから一休老師は――いえ、一休さんはご高名でした」

それからしばらくして、森は地獄大夫の弟子になったという。

「お主は大した女だ」

正直な気持ちを、嘆息とともに吐露する。

「お上手ですね。そうやって、地獄大夫の姐さんも騙したのでしょう」

また森が手を差し出し、「舞扇を」といった。手の中に握ったままだった扇を握らせてやる。

「森よ、わしの師匠にならんか」

森が首を傾げた。客たちの手拍子が聞こえてくる。歌声も添えられる。

「お主はわしを導いてくれた。今も十五年前も、だ。わしの師になるにふさわしい」

森はうつむいている。感激しているのだろうか、と思ったらゆっくりと足を前に出し近づかんとした。そっと一休が寄り添う。森が一休の肩に額をあずけた。それだけで体の温かみが伝わる。

昼が近づき、耳に吐息がかかった。

そっと森は囁く。

「ならんか、じゃなくて、なってくださいでしょう。この破戒坊主の出来損ないめ」

そういって、一休の耳朶《みみたぶ》を血がでるほどに噛むのだった。

三

住吉での出会いから一年たって、一休は雲門庵に森を引き取った。朝は日がでる前から起き、坐禅を組んだ。昼には堺や住吉の町衆の参禅を受け入れた。そして、夜になると森と歌の応酬をして、興がのれば肌を重ねる。

ときに、森の杖がわりとなって堺の街を歩く。

今もそうだ。

「森よ、本当にいくのか」

戸惑いつつも一休は手を引く。たどりついたのは、二十年ほど前に養叟が堺に建立した陽春庵だった。確執ゆえに、一休が陽春庵の門をくぐることはない。もちろん、陽春庵の者が一休の雲門庵や無名庵を訪ねることもない。

「さあ、一休老師、早く中へ連れていって」

森に急かされる。寺男や雲水たちが驚いたように立ち止まり、深々と頭を下げた。一休にではなく、森に対してである。

「もし、母の位牌まで案内してくれますか」

気配を察した森が、寺男に語りかける。

「は、はい、こちらでございます」

寺男がちらと一休に目をやった。宗熙《そうき》との仲を知っているので、一休を案内していいものか迷っている。

「連れの方のことは、気になさらないで。私の従者ですから」

また驚いて寺男が一休を見るので、仕方なくうなずいた。

「これは失礼しました」

寺男が小さなお堂まで案内する。中には所狭しと位牌が並び、線香が上品な香りを燻《くゆ》らせている。ひとつを寺男が取り出した。位牌には尼の戒名が刻まれている。

「森の母は、檀家だったのか」

「それまでの蓄えと私の歌の稼ぎで、母は店を持つことができました。堺の辻でお会いしてから二年ほどたったころでしょうか。陽春庵さんとは、そこからのご縁」

寺男や僧侶が低頭する様子を見るに、森は今も少なくない寄進をしているようだ。

「待て、会ってから二年といったな」

こくりと森はうなずいた。それならば、まだ養叟は示寂していないはずだ。

「もしや、蜘蛛の糸の仏歌は……」

「母が大徳寺に参禅した折、養叟老師が私に与えてくださった公案です」

あまりのことに、一休は何もいうことができない。

「母の参禅に付き添っていた私が退屈そうにしていたので、謎解きがわりに養叟老師が蜘蛛の糸の公案を与えてくださったのです」

だが、幼い森に透過できるはずもなく、節をつけて歌にして遊んだだけだという。

「思えば、それが覚えている最後の風景やもしれませんね」

それからしばらくして眼病にかかり、森は光を失った。

供養が終わるのを待ってから、ふたりは陽春庵を後にした。手を引きつつ考えていたのは、縁だ。かつて養叟が示した蜘蛛の糸の公案が、巡り巡って一休のもとに届いた。

これは、何を意味するのであろうか。

辻から大きな声が届く。何かを大音声で伝えんとする旅人がいた。

「本当だ。俺は見た。信じてくれ」

ざわめく群衆に必死に語りかけている。

「南主が、軍を北上させていた。間違いない、都へ上るつもりだ」

昨年、紀伊《きい》国で南主が蜂起したのは耳にしていた。が、極力、向き合わぬようにしていた。小さな挙兵はいくつもある。すぐに勢いはなくなり、人々の耳目からも忘れ去られる。何より、挙兵した南主のほとんどが偽物だという噂だ。

昨年の一報も、その類いだと思っていた。いや、そう信じたかった。

「どうせ、しばらくすりゃ下火になるって」

「そもそも、本物かどうかも疑わしい」

群衆が、一休の心を代弁した。が、胸騒ぎは大きくなるばかりだ。

「本物だよ。だって、俺はこの目で見たんだ」

旅人は必死に叫ぶ。

「そこまでいうなら、南主はどんなお姿をしていたんだ」

「歳のころは十八ほどだった」

「そのぐらい俺たちでも噂で知っているよ。どんななりをしてたかいえよ」

「童形であった」

しんとみなが静まりかえった。大人なのに髷《まげ》を結わず、冠をかぶらず、童の衣装を身に纏う。これは、魔力を持つ者の証だ。

「南主は、女人のように長い髪をお持ちだった。稚児のように後ろで束ねておられた。とても美しい髪ぞ。黒い清流とはあのこと。無論のこと、冠などはかぶってはおらん。白い肌、長い手足。そして、稚児が着る水干を大人のものに仕立て直していた」

恐怖と好奇のどよめきが湧き上がった。

本物の南主が軍を北上させている。一休はめまいに襲われた。

「童形の南主は気味が悪いけどよ、軍勢を率いて京にたどりつくのは無理さ」

「大乱のどさくさに少数で忍びこんで、禁裏の宝物をかすめとれれば御の字だろうよ」

群衆が疑わしげな目を旅人に向ける。

「こたびの挙兵、裏で糸を引いているのは、赤入道の宗全ぞ。今まではわけがちがう。事実、南主の軍勢を西軍の手勢が守っていた。畠山《はたけやま》と山名の郎党たちだ。両家の旗指物を、誰が見間違える」

「西軍と南主が結びつくのかよ」

「ただでさえ京は滅茶苦茶なのに、南主までくるのか」

群衆たちのざわめきが大きくなる。

「少しいいか。気をつけてついてきてくれ」

森の手をひいて、群衆をかき分ける。気づいた皆が、道を空けた。

「おお、一休さんではないですか」と、旅人が顔を向ける。

「今、いったことは本当か」

嬉しげに旅人はうなずく。

「西軍はとうとう決断したのです。南主を帝としてたてることに。そして、京へ迎えいれることに。これは、前代未聞のことですぞ。日ノ本に、二人の帝がおわしたことは過去に幾度もあります。しかし、都にふたりの帝が同時にいたことが古今ありましょうか」

「それは不吉ではないか」

「これこそ末法の世であることの証ぞ」

「とうとう、この世は終わるのか」

群衆が、口々にいう。

両の手を大きく打って、旅人は皆の目差しをまとめた。

「たしかなのは、今の帝が黙っていないということ。南主が吉野に逼塞しているのは許していたが、京に出てくるならば、そういうわけにはいかぬ。こたびの大乱は、もはや武士の戦にあらず。ふたりの帝のどちらかが滅ぶまで戦う。まさに神戦」

四

一休が偈を作り、森が詠う。時折、酒盃がふたりの無言の間を埋める。興が満ちれば、ふたりは肌を重ねる。ときに野犬が屍肉を貪るように激しく愛しあった。

それが、一休と森の夜の過ごし方だ。

だが、今宵はちがう。

一休はただ腕を組み沈思し、森は琵琶をゆっくりと奏でている。

「ねえ、一休さん、どうするの」

奏でる手を止めずに聞いてくる。

「何がだ」

「一休さんは南朝の血をひいているのでしょう。このまま見て見ぬふりをするの」

痛いところをついてくる。

だが、一介の老僧に何ができよう。

「天下の一休さんも、ただの老人と変わらないわね」

皆の前では老師として敬ってくれるが、ふたりきりになると森の口調は軽くなる。

「森ならばどうする」

「興味がない。だって、私はあなたじゃないもの」

森の返答はにべもない。

「なんで、そんなに途方に暮れているの。いつも通りの日々を送ればいいじゃない。まさか、天下の大乱を変えるだけの力を持っているとでも思い違いしているの」

一休は首を横にふった。気配を察した森がかすかに笑う。

では、なぜここまで惑っているのか。目をぎゅっとつむる。まぶたの裏に現れたのは、巨軀の山名宗全だ。血が全身を駆け巡っているのか、赤鬼のように肌が赤い。

一休は、宗全のことが気がかりなのだ。弟子として導ききれなかった。

道を誤り禅病を患い、南主さえも巻き込み、自滅の道をひた走っている。

このまま見捨てるのか。その行いを糺さずして、何のための禅だ。

一休は、己の体が怖気に囚われていることを自覚せざるをえない。宗全への恐怖が六根に染みついている。

死が怖いわけではない。

宗全の前では、禅など無力だと思い知らされることが恐ろしい。

額に浮いた脂汗を、老いた手で拭う。

「なあ、森よ」

森がちらと一休を見る。その所作はまるで目が見えているかのようだ。

「お主、母の声が割れたとき、真似をしたであろう」

「それがどうしたの」

「今、もし同じことがおきれば、同じようなことができるか」

森の持つ撥が止まり、音曲が途絶えた。

「お主は幼かった。善悪もわからぬ歳であった。だが、今もし……お主の母が客の前で声を失ったら、善悪をわきまえた今のお主に、同じことができるか」

見えぬ目で一休を睨みつける。

「母を辱める歌を歌えるのか」

森の持つ撥が再び動きはじめる。音曲を激しく奏でる。そして、歌う。蜘蛛の糸の仏歌だ。

一休は思わず耳を塞ぎそうになった。

森の声が割れている。恐ろしく耳障りな声で、血を吐くように叫び歌う。

やめろ、といいかけた。

なぜ、死者を――母を鞭打つようなことができる。

やがて、悪人がすがる蜘蛛の糸が切れた。

最後に、森は琵琶の弦を撥でなく指で掻きむしり、曲を終える。乱れた髪が、汗にまみれた額にかかる。

「一休さん、私も母も芸能の徒。未熟な芸で客を逃すくらいなら、母を辱めてでも足を止めさせるわ」

「母に恨まれることが怖くはなかったのか」

森の顔に嘲りが浮かぶ。

「あの程度のことで、私たちの仲は壊れない」

ああ、やっぱりこの女はわしの師匠なのだ。一休は己の短髪を荒々しく撫でた。痛む腰や膝をさすりつつ立ち上がる。取り出したのは桐箱だ。

「姐さんの匂いがする」

森が形のいい鼻を動かした。

「地獄大夫からもらった形見だ」

中にあるのは、地獄変相が描かれた僧衣だ。かつて地獄大夫が着ていた小袖で、それを僧衣に仕立て直した。カラスや野犬に食わせたときのものなので、あちこちが切り裂かれ、血の跡もあった。それを無理やりに糸でつぎはぎしている。

一休は地獄大夫の形見を身に纏う。

「一休さん、どこへ行くつもり」

「禅者として、やるべきことをやる。弟子が道に迷っているならば、訪ねねばなるまい」

たとえ、殺されたとしても、だ。それに南主も、だ。南朝の血をひく人間として、南主をこのままにしておけない。

森が手を差し伸べた。

「同行は不要だ」

「死ぬつもりはなくても、死ぬかもしれないんでしょう」

嫌なことをいう女だと、一休は苦笑した。

「そのときは、私がお経をあげてあげる。だから、連れていって。それとも男のお経の方がいいの」

そういわれれば、手を取るしかない。

足音を消して、ふたりはそっと部屋を出た。玄関に至る途中の部屋から「助けて」と声が聞こえた。襖を開けると、平蔵が横たわっている。

「千菊丸《せんぎくまる》、助けて。お願いだ」

苦しそうにいう。

「寝言」と森が聞くので「ああ」とつぶやいた。平蔵は安国寺の稚児だったころの夢を見ているのだとわかった。

「南朝の子のお前は、僧にはなれないって、摂鑑《せっかん》様はいうんだ」

まぶたの隙間から涙もにじんでいる。静かに近づいて、薄くなった胸をなでた。

「奈多丸《なたまる》、私が必ず救う。だから、安心して」

徐々にだが平蔵の寝息が穏やかになる。悪夢から解放されるのを待ってから、玄関へ行き、戸を静かに開けた。

空には、月はおろか星ひとつ見えない。

五

堺の道場を出た一休と森は、街道を北上していく。森の足を気遣い、ゆっくりとした旅だった。輿がのれば道端で休み、詩を吟じた。道ゆく旅人が、ふたりの歌に銭を落とす。

大坂を覆う葦原《あしはら》が見えるころ、桜木甚内《さくらぎじんない》が現れた。背負い行李を担ぎ連雀《れんじゃく》商人を装っているのは、摂津国が細川家の領地だからだ。

「一休老師、お待ちしておりました」

甚内が丁寧に頭を下げる。その背後には馬が三頭いる。用意のいいことだ。

「甚内殿の出迎えは、わしを討つためか、それとも歓迎するためか」

途中の町で飛脚に文を託し、宗全に来訪し南主に謁見する旨は告げていた。

「宗全様から、西軍の本陣まで案内するよう言いつかりました。それ以外のことは聞いておりません」

「宗全様は、わしを殺す気かのぉ」

「恐らく」

甚内は隠すことなくいってのけた。「まあ、怖い」と嬉しそうに森が笑う。

「一休老師は、それをわかっていて西軍の陣を目指すのでしょう」

「ああ、だが死ぬつもりはない」

甚内は不思議そうな顔をした。

「死ぬ覚悟なんていうものは、わしは持ち合わせていない。あるのは、生きる覚悟のみよ」

「生きる覚悟？」

「そうよ。好きな女と戯れ、酒を呑み詩偈を作り、歌を歌う。そんな余命を楽しみ尽くす。その覚悟はできている。誰よりもな」

甚内は目を幾度も瞬《しばたた》かせた。背後の森は、呆れたように嘆息している。

「私ごときには一休老師のお心は測りきれませぬ。とにかく馬にお乗りください」

「結構だ。わしは禅僧ぞ。道中もまた修行だ。ああ、だが森は乗せてやってくれるか」

森が鞍に身を預けるのを待ってから、一休は北へと足を踏み出した。三頭の馬の手綱をもつ甚内がつづく。

大坂についても舟には乗らなかった。川沿いの街道を歩く。途中で西軍と東軍の戦場跡があり、そこに転がっていた髑髏《どくろ》を杖の先へのせた。

門松は冥土の旅の一里塚
めでたくもあり、めでたくもなし

歌いながら道を進む。馬上の森が琵琶で曲を添える。

甚内は露骨に嫌な顔をしているが、何もいわないのは諦めているからだろう。

珍しがった民のひとりが歌に加わる。童が棒を振り回しながら同行する。女が握り飯を持って、詩吟の礼だと一休と森を労った。

いつのまにか、一休の後ろには大勢の民が加わるようになった。童や女、老人、公家や武家、流民もいる。竹を打ち合わせたり、草笛を吹いたりして楽しげに歩いていく。

「一休和尚、悪いことしたら地獄へ堕ちるって本当」

走りよってきた童が問うた。皆の歌声が小さくなり、一休の答えを待つ。

嘘をつき地獄へ堕つるものならば
なき事つくる釈迦いかがせん

嘘つきが地獄へ堕ちるならば、そんなでまかせをつくった釈迦はどこへ堕ちるのか。

一休の返歌に、背後の群衆がどっと笑った。

人々が一休に問いかけ、一休は戯れに偈や歌で返す。時に、貴族や連歌師と道歌で禅問答しつつ進む。そして、夜には宴を楽しむ。そうやって京までの道中、たっぷりと時をかけて旅した。

当初は忌々しげに見ていた甚内も、民たちとともに歌うようになっていた。

「甚内殿、お主、変わったな」

そういってからかうと、「老師こそ」と返された。一休は首を傾げる。何が変わったというのだ。

「風狂は以前からでしたが、どこか型にはまっているというか……使命ゆえにという風がありました。ですが、今はちがいます。心の底から風狂を楽しんでおられる。吹く風に身を楽しげに委ねておられまするぞ」

一休は破顔した。たしかに変わった。一休ではなく周囲が、だ。風狂を体現する一休に人々は喝采を送ったが、決してそれを真似しようとはしなかった。いつだって、一休はひとりだった。辻でひとり、養叟や五山を痛烈に批判した。

しかし、今は人々が率先して一休の風狂の列に加わる。

なぜ、こうも周囲が変わったのか。いや、甚内がいうように一休が変わったのか。何かのはからいが解けたから、民たちが一休の風狂の列に加わるようになったのではないか。

一休は吹く風に乗せるようにつぶやく。

風狂の狂客、狂風を起こす

よい上の句だ。満足した。会心の出来といっていい。下の句をどうしようと思って、足を止めた。風が呼びかけている。足を止めて、耳をすます。風の声に聞き入った。

都へ行く前に、訪れねばならぬ場所があるだろう、と風がいっている。

「どうされたのです」

甚内がいぶかしげに聞く。

「大切な用事を思い出したわ。うっかりしていた」

そういって一休は、街道を外れた。

やってきたのは薪村だ。妙勝庵にはよらず、村はずれにある小高い墓地へ行く。ふたつの墓石の前で、一休はひざまずいた。

「誰のお墓なの。もしかして」

線香をたむけた香りで、森は気づいたようだ。

「母と母を守ってくれた方のものだ」

まず一休が向き合ったのは、やや古びた墓石だった。

「赤松越後守持貞《あかまつえちごのかみもちさだ》様」

古い墓石にそう語りかけた。気配が墓の前に満ちるまで待つ。やがて、ぼんやりと人影が目の前に現れた。無論、気のせいかもしれない。それでもよかった。

「私はあなたのことが許せない。あなたは邪悪だった。だが——」

そこで両手を地面につけた。

「あなたがいなければ、母はもっと苦しんでいたはずだ。あなたは邪悪ではあったが、母を救ってくれた。それは紛れもない事実だ。そのことに感謝を申し上げたい」

一休は額を地面に擦りつけた。心中で、赤松越後守へ再び礼をいう。

顔をあげて、新しい方の墓石へと向き合った。

「母上」

それから、しばらく声が出なかった。

「私は母上の思うような僧侶にはなれませんでした。親不孝者です。きっと、もう一度、人生をやり直したとしても、同じことを繰り返し、母上を苦しめるでしょう」

百回、人生をやり直しても、一休は母の望むような僧侶にはなれない。結果、百度、母を苦しめることになる。

「あなたは私のことが許せないと思う。私もまた、あなたの思う名僧というものを認めることはできません。しかし、あなたは私に禅への道筋を開いてくれた」

その結果、かけがえのない老師や師兄《すひん》、同夏たちに出会えた。その感謝は、百万語を費やしたとしても言い切れない。

ちらと背後を見る。森と馬の手綱をとる甚内、そしてついてきた民たちが心配そうに見ている。

「あなたが導いてくれなければ、一休宗純は一休宗純たりえませんでした」

そこから先は声にできなかった。ただ、深々と頭を下げた。

風が吹いた。一休の背中を優しく吹き抜けていく。

随分とたってから顔を上げると、森が「坊主のくせにお経を唱えないのね」と笑った。

清浄だった風が変わった。不穏の気が辺りに色を塗るかのようだ。

甚内が唾を吞む音が聞こえた。

とてつもなく禍々しいものが、一休たちに近づきつつある。

人々が割れ、できた道の先に法体の騎馬武者が現れた。さらに顔の傷が増えた山名宗全だ。その背後に、五七桐紋の旗指物を林立させる山名家の軍勢を従えている。

「皆、ここまでじゃ。同行ご苦労」

慄く民たちにそういって、宗全へと目をやる。

「後小松《ごこまつ》帝が落胤、一休宗純、南主に謁見するために参った。宗全よ、出迎えご苦労」

どよめく山名家の武者を無視して、一休は宗全へと近づいていく。

馬に乗る宗全も同様に間合いを詰める。宗全の体軀は、膨らみすぎた紙風船を思わせた。あと一息いれるだけで、殺気で全身が弾けてしまうのではないか。

一休を見下ろす位置に来て、宗全は馬を止めた。

顎を持ち上げ、一休は宗全の眼光を受け止める。

その顔は、病者のように蒼白だ。

「その顔が、無漏悪のなれの果てか。宗全よ、醜悪な野狐禅の先に何が見えた。何が聞こえた。何を味わい、何を嗅ぎ、何を感じた」

「老師よ、答えは無です。形は見えるといえども色は感じず、音は聞こえるといえども曲は感じず。山海の珍味に味はなく、蘭奢待《らんじゃたい》といえど香りはせず」

そして宗全は、顔や首にできた深い傷や火傷の痕を指さす。

「傷つくといえど、痛みを感ぜず。これが、無漏悪の極みにある無の境地です」

一休の顔がゆがむ。宗全は完全に道を踏み外してしまっている。

「いえ、まだ極みではありませぬ。ひとつ失念しておりました」

「『南泉斬猫』の見解か」

「そうです。老師を殺し損ねました」

次の瞬間、馬が後ろ脚で立ち上がる。

凄まじい勢いで、一休へと蹄《ひづめ》が落とされた。

頭蓋が砕け、ばらばらになった歯が散る。

が、血は流れなかった。

杖にかぶせていた髑髏が粉々になっている。

宗全が下馬した。

「南主がお待ちです。ついて来られよ」

大きな背中を揺らし、宗全が歩く。こめかみの汗をぬぐってから、一休は後をついていった。

薪村を出て、街道へ戻る。

焼けて柱だけになった羅城門《らじょうもん》をくぐった。

焼け野原が広がっている。町家のほとんどが破却されていた。かわりに櫓があちこちに建ち、深い堀が縦横に巡らされている。街を縛めるように柵が走り、関所のようなものもある。白い石が散らばっているかと思ったが、ちがう。人骨だ。

一休が京を去ったとき、まだ街の名残りがあった。耳をすませば、暮らしの息吹が聞こえてきた。が、今はもう無理だ。何より――

南禅寺も相国寺も建仁寺も天龍寺もない。どんな飢饉がきても衰えず、逆に伽藍を栄えさせていた五山十刹の寺が灰燼《かいじん》に帰している。臨済宗以外の寺も同様の有様だった。

一体、誰がこんな光景を予期できたであろうか。

「ここまでせねばならなかったのか」

問いかけられた宗全が、ゆっくりと振り向く。

「五山とそれに迎合する衆生は滅ぼさねばなりませぬ。お喜び下さい。五山はもはや虫の息です。いや、皇室もそうです。正統なる南朝が世を統べます」

宗全は微塵も悪びれない。洞《うろ》を思わせる瞳を一休へ向ける。

「以前にも申し上げたでしょう。北朝は、尊氏《たかうじ》めが作った偽朝です。歴史を繙《ひもと》けば容易くわかります。皇室を美しき正統に戻してこそ、禅もまた健やかでいられるのです」

宗全は焼けこげた門へ目をやった。

「その上で、日ノ本は生まれ変わります。この羅生門《らしょうもん》のように」

「らしょうもん」

らじょうもん——ではないのか。そういえば、能役者の観世信光《かんぜのぶみつ》が羅城門を舞台にした〝羅生門〟という一曲を作ったと聞いたが……

「羅城門は間違った都の門です。生ぬるい民が生きる城の門。しかし、羅生門になってからは変わります。阿修羅のごとく生を燃やし、本物の禅を体現し、無漏の悪で間違ったものを滅ぼす力をもった者だけが棲《す》める、そんな街の門です」

六

宗全が案内したのは、安山院という尼寺だった。宗全が母のために建立し、妹が庵主を務めている寺だ。

「南主には、ここで禅を学んでもらっています。吉野の山中では禅の修行もままならぬゆえ、一から教えて差し上げています」

山門の前にカラスの群れがいる。森が鼻をひくつかせ、顔をしかめた。一休でもわかるほどに死臭が充満している。宗全が近づくと、一斉にカラスが飛び立った。

首のない骸が何体も磔《はりつけ》にされている。ぼろぼろの僧衣を身に纏っていた。

「先日、間違った禅を南主に説きましたゆえ、成敗しました」

問われてもいないのに、宗全が答える。

「なぜ、首がない」

「禅がなんたるかを理解できぬ頭は不要です。真っ先に刎ねました」

境内へと足を踏み入れた。燃やされていない伽藍は荘厳だが、先ほどの光景を見た目には、こちらが虚のように感じられる。

境内の奥まった場所に、真新しい館があった。ここが、南朝にとっての禁裏ということか。

「余人を交えずに、というのが南主のお望みです」

「森も連れていくがいいか」

「女官の手が足りませぬゆえ、面倒は見られませんが」

一休は森の手をとり、慎重に進んだ。館の門をくぐると、鳥たちが木々や屋根に並んでいる。木の根元には栗鼠《りす》もいた。ここだけは戦乱の気が薄いゆえに、獣たちも逃げてきたのだろう。人の気配は少なく、獣の存在で満ちている。そんな不思議な場所だった。

女官がわりの尼が「こちらへ」と案内してくれるが、どこか化生《けしょう》じみた美しさを持っている。一千年生きた狐が化けているかのような風情を持った尼だ。

館には木々が生い茂る庭があり、その中央に大きな茅葺の堂があった。

「あちらで南主がお待ちです」

尼の言葉を受けて、一休と森は庭へと進んだ。

広いというよりも何もなかった。天井の板はなく、梁《はり》が剝き出しになっている。明かりとりのための小さな窓が数ヶ所あった。土間がほとんどで、一段高くなった奥には畳が数枚敷かれている。髪の長い少年が座していた。白い水干に黄色い菊綴、浅葱色の袴姿だ。

「そなたが一休か」

凜とした声が飛んだ。

「左様でございます」

「吉野の山育ちゆえ、儀礼は不要だ。近くへ」

一休は、森を入り口で待たせて進む。小鳥が入ってきて、南主の肩に止まった。

美しい顔立ちは、無垢という言葉が何よりも似合う。好奇の光に満ちた瞳が、一休を映していた。

「一休よ、公案禅とやらを教えてくれると聞いたが、本当か」

挨拶もそこそこに聞いてくる。

「その前に、いくつかお尋ねしてもよろしいでしょうか」

「好きにせい」

肩にのった小鳥の頭を撫でながらいう。

「なぜ、吉野を出たのですか」

南主の形のいい眉が動いた。

「そうまでして、帝の地位が欲しかったのですか。そのために、世はさらに乱れようとしています」

「すでに十分に乱れておるだろう。まさか、都が荒れたのもわれらのせいだというのか」

口元に宿っていた微笑が、いつのまにか消えていた。

「乱れているからこそ、これ以上、衆生を苦しめるわけにはいかぬのです」

「では、逆に問う。一休ならば、世の乱れを糺せるのか。お主のいうとおりにすれば、乱は終息し、南北朝は和解するのか」

小鳥が、澄んだ目で一休を見つめる。人語を解し、一休の答えを待つかのようだ。

そんなことはできない。

一休は、ただの禅僧にすぎぬ。英雄ではない。

答える前に、南主が言葉を継いだ。

「これ以上、世を乱さぬため、吉野で永遠に逼塞せよ。そういいたいのか」

南主の瞳に、かすかに激情の色が走った。

「私は、広い世界を見てはいけないのか。童形のままで、大人にならねばならぬのか。一生を、吉野の狭い空を見上げて暮らさねばならないのか」

一休は答えることができない。

「私は、もっと大きな空を見たい。池や湖よりも大きな海というものに、この手で触れてみたい。大人の姿をして、管弦や詩歌を楽しみたい。見知らぬ土地へ行き、衆生と交わり、歌い踊り、酒を酌み交わしたい」

いつのまにか、南主の眉は吊り上がっていた。

「もっと、広く大きく美しいものをこの目で見て手で触りたい。たった、それだけのことを望み、それを実際に為すのが罪なのか。挙兵する以外に、どうやって私が生きて吉野から出ることができるのだ」

肩に止まっていた小鳥が飛びあがり、梁の陰に隠れた。それを見て、南主はため息をつく。

「許せ。少々、取り乱した」

白い歯を見せて笑いかける。が、目には悲しげな色があった。

「いえ、お気持ちのほどよくわかりました」

「では、参禅とやらをやってくれるか。坐禅を組めばいいのか。壁に向かってやるのであろう」

南主が畳の上で足を一旦崩し、壁へと顔を向けた。

「向かうのは壁ではございません」

「そうか、壁に向かうのは曹洞宗のやり方か。すまぬな、物を知らぬもので」

「いえ、坐禅は不要です。南主はもう悟っておられます。あとは実際に行いに移すだけでしょう」

一休は、入り口にたたずむ森を見た。琵琶を抱えて、ふたりのやりとりに聞き入っている。

「それはどういうことだ」

「この広い世界が、あなたにとっての道場となるはずです」

小鳥が羽ばたき、梁から舞い降りる。森の長い髪をかすめるようにして、外へと出た。

七

「甚内殿を呼んでくれ、早く」

一休の叫びに、すぐに扉が開かれた。現れた甚内が片目をゆがめる。

「森殿、どうされたのですか」

一休の足元には、琵琶を持ちうずくまる髪の長い人物がいた。一休が背を必死にさするが、苦悶の声は止まらない。げえげえと何かを吐き出そうとしている。時折、化生に取り憑かれたかのように髪を掻きむしる。

「南主に禅を教授していると、森が急に苦しみはじめたのだ」

ちらと一休は奥の畳の上にいる人物を見た。水干と浅葱の括袴《くくりばかま》を着て、壁に向かって坐禅を組んでいる。

「どうやら、長旅で持病が悪化したようだ。甚内殿、森を運んでやってくれぬか」

「わ、わかりました。森殿、失礼。頭をあげてください。顔色を拝見します」

いうや否や、甚内は苦しむ人物のあごを手に取り、ぐいとあげた。つぶれた目のまぶたさえも見開かれた。

「こ、これは……」

「甚内殿、森のことが心配じゃ。できるだけ早く、陣の外にいる薬師《くすし》のもとへ連れていってくれんか」

甚内が一休を睨みつける。

「頼まれてくれるか」

「どういうおつもりですか」

甚内は堂の奥にいる童形に扮する人物――森を睨んだ。そして、今、森の姿をしている南主をまじまじと見る。

「正気を失った宗全の行いに、南主を巻き込むのがお主の忠義か」

甚内の耳元で一休はつづける。

「わしは宗全を救いたい。これ以上、無漏悪などという愚行を繰り返させたくはない。あの御仁が道を誤っているのは、そばに侍るお主ならばよくわかっておろう」

ぐぅと甚内が小さく呻いた。

どれくらい沈黙していたであろうか。

甚内が小声でいう。

「本当に、宗全様を救ってくれるのですか」

「ああ、だからお主は南主を救ってやってくれ」

雷に打たれたように、甚内は一瞬だけ自失した。が、すぐに我に返る。

「森殿、気をしっかりとお持ちなさい。すぐに薬師のもとへ運びます」

森の衣を着た南主を、甚内は背に負った。

「どけ、どけ。急ぎじゃ。病人ゆえ、道を開けろ」

小さくなる甚内と南主の背を見送る。そっと扉を閉めた。嘆息をついて振り返ると、水干姿の森がこちらに向き直っていた。

「森よ、その姿もよう似合っておるぞ」

「おべんちゃらはいいから」

森が、手を差し出した。土間にある琵琶を拾って、そっと森に抱かせてやる。

「さて」

一休は森の隣で坐禅を組んだ。

「あとは、待つだけだ」

「なんだったら呼びつけたら、赤入道を」

「南主が陣を抜けるまでは呼ぶわけにはいかんのだ」

そういって、一休は坐禅に心身を没頭させた。

窓からさす陽光が翳りはじめたころ、森が「一休さん」と呼びかけた。

大きな足音が聞こえてきた。土を踏み躙るかのような音だ。多くの人を引き連れている。梁の上にいた鼠や蛇、百足《むかで》たちが床へと飛び降り、壁の隙間から逃げていく。

堂の中で息をするものは、ただ一休と森だけだ。

「来たな」

そういったのと、扉が荒々しく開かれるのは同時だった。甲冑《かっちゅう》に身を包んだ宗全が立っている。腰には大きな太刀を佩《は》いていた。

「遅かったな、赤入道」

西日が背から差し込み、宗全の顔貌まではわからない。背後の兵がざわめいているのは、稚児姿の森の胸が膨らんでいるとわかったからであろう。

「一休老師、まんまとやってくれましたね」

宗全が一歩二歩と進む。兵たちもそれにつづこうとした。

「ここは独参場ぞ、余人の乱入は許さぬ」

ぴたりと宗全の足が止まった。

「宗全よ、参禅ならば入室を認めよう。それとも、ひとりでは怖いか」

「ど、どうします」

兵のひとりが宗全に聞く。

影の陰影で、宗全の顔の様子がわかるようになった。洞のような瞳と、人形のように表情のない顔。刀を、杖にして立っている。

「いいでしょう。お前たちは、外で控えておれ」

「しかし……」

「聞こえぬのか」

兵たちがあわてて外へ出る。足音が一休のいるお堂の横を通るのがわかった。最後に、一休の背後で止まる。

「一休さん、囲まれてるわよ」

森の声は硬くなっていた。

「もともと逃げるつもりなどないわ」

宗全を見ながらいった。

「一休老師、あまり時はかけたくない。南主を成敗しにいかねばなりませぬゆえ」

「南主を討つのか」

「あれはまちがった帝でした。敵前逃亡するなど、言語道断。そのことに気づかせてくれた老師には感謝いたします」

杖にしていた太刀を、宗全は目の高さにやった。ゆっくりと白刃を露わにする。

鞘を払いつつ、宗全は何かを口にする。東西二つの堂が猫を取りあい、通りかかった南泉が、禅の何たるかを述べろという。できなければ猫を斬るという。

南泉斬猫を一字一句まちがえることなく、己の血肉になった言葉を呪詛のように唱えた。その所作だけで、宗全がどれほどこの公案と一体とならんとしたかがわかる。きっと幾度となく宗全自身が南泉となり、猫を斬ったのであろう。そして、何度も猫となり、南泉の剣で斬られたのであろう。

そこまでして公案に没頭したのに、道を誤ったのか。

宗全が鞘を投げすてた。びくりと森が震える。

じわじわと宗全の足元から広がるものがあった。目に見えぬ染料で床を塗るかのように、宗全が放つものが広がる。床から壁へと這い上がる。

殺気、狂気、邪気、ありとあらゆる負の情が、独参場を圧さんとしていた。

一休は畳から降りた。

近づく必要はなかった。堂は悪しき気に呑み込まれ、宗全の一部となっている。

血潮が駆け巡る宗全の五体は、夕陽の色と同じだった。

凄まじい斬撃が襲う。一休はよけない。よけたとて、まっぷたつにされるだけだ。左肩が熱をもつ。つづいて、右膝ががくりと地についた。左の太ももに切っ先が深々と刺さる。

よろよろと一休は立ち上がった。

もはや、壁はおろか梁にいたるまで、宗全の悪しき気の色に塗りつぶされている。

「宗全、わしを嬲るか」

「肉ではなく心を斬る。命乞いされよ。さすれば、苦しまずに絶命させてさし上げる」

鞭を放つように刃が繰りだされ、胸を斬られた。地獄変相の僧衣がどす黒い血の色に染まる。

「それとも女の方から斬った方がよろしいか」

そこまで狂ったのか。宗全が、目を森へとやった。

「やめろ」と、叫ぼうとしたが無理だった。体からどんどん血が抜けていく。

宗全が、逆手に刀を持ち替えていた。覚えがある。赤松越後守を殺そうとしたときと同じ構えだ。

宗全の腕がのび、僧衣を摑む。抱くかのように一休の体を胸に押しつけた。呼吸もできぬほどの力で縛められる。

赤松越後守のときとちがうのは、背後からではなく真っ正面から捕らえられたことだ。

一休の鎖骨の間のくぼみ——缺盆《けつぼん》に切っ先が刺さった。

凄まじい痛みに、一休の口から苦悶の声が漏れる。

自身の魂が宗全の体に吸い込まれていくのがわかった。

所詮は無理だったのか。弟子のひとりも救うことができないほど、己の禅は無力だったのか。

視界が暗く塗りつぶされる。

どこかから雨音が聞こえてきた。湿った泣き声も、だ。かつて、一休が住んでいた庵にいた。

雨滴が窓の隙間から侵入してくる。ひとりの女人がうずくまっていた。美しく長い髪を持っている。どうして、私が……と泣いていた。一休は——千菊丸は静かに近づく。足がすくみそうになった。ちっぽけな自分の力で、本当に救えるのか。もし、しくじったら。

雨音よりも嗚咽の方が大きくなった。近づいているのに、女人は小さくなっていく。千菊丸は小さな腕を精一杯広げ、母を——

今までとはちがう鈍い痛みに襲われた。雨にけぶる庵は消え、かわりに骨が砕ける音がする。鎖骨が削られているのか。おびただしい血が僧衣を濡らす。なぜ、まだ生きているのか。

太刀を持つ宗全の手が震えていた。顔を見ると、瞳もだ。

「ちがう」と、宗全が叫んだ。

「躊躇などしていない。無漏の悪を間違いなく究めたのだ」

しかし、太刀は深く刺さらない。かわりに一休の鎖骨が折れる音がした。

すでに宗全の顔は禅者ではなくなっている。修羅道の亡者を思わせる形相で、一休を殺さんとしている。

琵琶の音が聞こえた。背後を見ると、森が琵琶を奏でている。

地獄に堕ちた大悪党の仏歌を、森が朗々と歌う。

天井を見上げた。窓から入る陽光は、橙《だいだい》色に染まっている。

「師兄」と叫ぶと、口から血が溢れた。目尻から涙も滲む。

一休は天上に語りかけた。

「わかりましたぞ。この公案の真髄が」

森の歌を聞いて悟った。

なぜ、釈迦が地獄にいる悪党を救おうとしたのか。

これこそが、この公案の肝だ。蜘蛛を救ったから、釈迦は救いの糸を垂れた。が、その程度の善行をなした地獄の亡者など星の数ほどいる。なのに、なぜ大悪党を助けたのか。

それは、蜘蛛を助けた行いが無漏善だったからだ。

蜘蛛を助けたのは、恩返しのためでも外聞のためでもなく、ましてや地獄に堕ちたときのためでもない。

ただ、無心で蜘蛛を救ったのだ。

その無漏善——大悪党が身につけていた仏性に対し、天上から蜘蛛の糸が垂らされた。

宗全は、今や悪しき気を満たすだけの器に堕している。

が、それらが満たされる前、宗全という器には別のものが満ちていた。

折れた警策が焼ける音がする。あぶられた餅の薫香もする。

宗全と初めてあった、臘八接心のときの光景が蘇る。若き宗全——小次郎《こじろう》が焚き火のそばでしゃがみこみ、何かを救った。

いつのまにか音曲が止んでいる。

森が、蜘蛛の糸の仏歌を詠じ終わっていた。

一休は歯を食いしばる。

「私は無漏の悪を究めたのだ」

宗全が叫んだ。

深く、宗全の刀が一休の缺盆へと刺さる。鎖骨が完全に砕ける音が響いた。

一休の脳裏に、冬の空を飛ぶ天道虫の姿がよぎる。いや、一休は天を飛翔する虫になっていた。眼下に、火を囲む一休と南江《なんこう》、甚内、そして宗全がいる。

一休は、全身の力をこめて抱擁した。

両の腕に万感の想いをこめる。

あのとき、すでに尊い仏性を身に宿していたではないか、と。

「宗全よ、そなたは美しい」

どれくらい時がたったであろうか。刹那のようにも思えるし、永遠が過ぎたかのようにも感じられた。

一休の頭上から水滴が落ちてきた。雨漏りでもしているのか。いや、雨などは降っていない。重いものが落ちる音がした。目を動かすと、血塗れの太刀が転がっている。さらに頭上から落ちる水滴が顔を濡らす。

宗全の体が沈んでいく。顔の高さが一緒になった。その瞳は、もう空洞ではなかった。水滴は落ちてこない。今は、一休の胸あたりを湿らせている。

宗全が嗚咽を漏らす。何かをいわんとしているが、それは言葉にはならないようだ。

一休は、その背を優しく撫でた。泣き止んでなお、抱擁を止めることはなかった。

いつの間にか雨がふっていた。けぶる煙雨が、一休たちのもとまで侵入してくる。

八

大徳寺の焼け跡に、一休は立っていた。風が地獄変相の僧衣をゆらす。宗全によって斬られた場所は縫い付けられ、傷痕のようになっていた。杖の先の新しい髑髏は、その姿を笑うようにカタカタと音を立てている。

宗全との対決から三年がたっていた。

あれから宗全は正気を取り戻した。東軍との和睦を必死に模索したが、それが西軍諸将の怒りをかった。宗全は錯乱したとされ、座敷牢に閉じ込められ、大乱は無情にもつづいた。

擁立した南主もいつのまにか行方しれずとなったという。

そして、昨年の三月十八日に宗全は没した。

今年になって、山名家は細川家と和睦し、西軍から離脱した。それでもなお、大乱はつづいている。都での戦はめっきり減ったが、近江や摂津、安芸《あき》、北陸や九州で激しい戦いはつづいていた。

戦が地方へ散ったことで、都では新しい家や寺社が建ちはじめていた。

それがよいことか悪いことかはわからない。

「老師、お願いがあります」

背後からいったのは、紹等だ。

「しばらく旅に出たいと思います。雲水に戻りたいのです」

「なぜ、今さら」

「乱中に目の当たりにした、宗全様の禅に圧倒されました。間違っているやもしれませんが、あれもまたひとつの殺仏殺祖です。今のままでは、誰も一休老師を超えられません。このままでは、一休派は滅宗してしまいます」

一休は紹等を見た。真剣な目で見上げる様子は、初めて会った日のことを思い出させた。

「雲水ということは、どこかの老師の会下《えか》に参じるのか」

「いえ、旅をして、本来の雲水に戻りたくあります」

雲のごとく水のごとく、諸国を行脚するのが本来の雲水だ。

「私なりの殺仏殺祖を体得できれば戻ってきます」

これからどれだけ忙しくなるかを知っていて、旅に出るという。つくづく、この弟子は不肖だな、と一休は心中で笑った。

「戻ってこんでもいいぞ、なんなら破門にしてやろうか」

「いえ、戻ってきて私の方から老師を破門にしてみせます」

そんな強がりを最後に、紹等は一休の目の前から消えた。

入れ替わるようにして、やってくる人影がある。宗熙と宗英《そうえい》、そして何人かの僧侶たちだ。

一休はじっと待ち受ける。まず、宗英が深々と頭を下げた。

「師兄、大徳寺住持の職を引き受けていただきありがとうございます」

二月ほど前、堺の一休のもとに使者が訪れ、大徳寺住持に就くように乞うた。

「きっと、義父上もお喜びでしょう」

「ふん、あの大胆厚面禅師に喜んでもらえるようでは、わしもまだまだだな」

「そういう悪口は、あの世にいった折に直に義父上にお伝えください」

宗英は、童をたしなめるような声でいう。一休は、宗熙を見た。

「大徳寺の住持になってやったぞ。これで満足か」

われながら子供じみていると思ったが、宗熙のゆがむ顔を見ると実に愉快だった。

「まあまあ」

割って入ったのは、柔仲《じゅうちゅう》だ。角ばった顔に善良そうな目鼻がついている。宗熙とならぶ養叟の弟子で、こたび住持就任を乞う使者として堺にいた一休を説得した。

「宗熙師兄も内心では喜んでおるのですよ。我々も一休老師をお助けします。養叟派と一休派が両輪となって、この大徳寺を復興させましょう」

「だがなあ、宗熙がわしに敵意をみせていては復興もままならぬぞ」

「私はあなたの力は認めている。誰よりもだ。だから、気に食わんのだ。なんだ、あの偈は」

宗熙が唾を飛ばし反論してきた。住持就任が決まったときに詠んだいくつかの偈のことだろう。その中のひとつは、こんな中身だった。大徳寺住持になったことで、五つの欲望を思い出し、心に迷いが生じた。大燈《だいとう》国師の顔に小便をかけるに似た行いで、狂雲子一休の禅風も過去のものになりはてた。

われながらよい出来で、おかげでこうして憎き宗熙をからかうことができる。

「嘘偽らざる、わしの気持ちだ。そういうお前も弟子に兵書を学ばせているではないか」

政所執事だった伊勢家の一族に新九郎《しんくろう》という男がおり、宗熙の弟子になった。特に軍学の吸収が早いと評判で、今は駿河《するが》国の今川《いまがわ》家へ渡ったと一休の耳にも届いている。

「兵書の中にも、禅や仏の道に通じるものがある。無学のあなたには、一生わからぬであろうがな」

顔を真っ赤にする宗熙を、宗英が「やめなさいよ」と押し留めた。

「なぜ、私がふたりの喧嘩を止めないといけないの。こんなことなら、南江師兄にはもう少し長生きしてほしかったわ」

疲れた顔でしみじみと宗英がいったので、みながどっと笑った。

「師兄、ひとつ問うてよいですか」

一転して真剣な声で宗英が問う。

「なんだ、宗英、禅問答を挑むつもりか」

一休がからかっても、宗英の表情は変わらない。

「ずっとそばにいて不思議だったことがあります。どうして、師兄はこんなに苦しい人生を歩まれているのか、と。風狂という大変な道を、どうして進むのか、と。なぜ、重い荷を自ら背負い自ら傷つくのか、と。一体、何を目指してこの道を歩んでいるのか、と」

何かに駆られるように、宗英は疑問を口走る。その姿を見て、今さらながら悟った。ことあるごとに、一休は宗英と衝突した。一休を、愚かな道を進む男と蔑んでいると思っていた。が、そんな一休を誰よりも心配してくれていたのは宗英だった。

「荷を負い傷つき、それでも道を進んで、何が見えましたか。どんな悟りを得たのですか」

最後の方は声が湿っていた。

「そうよな」

一休は足元に目をやり考えこむ。

「正しく狂う、ということかな」

「正しく狂う」

「そうとも。人は皆、何かに狂っておる。ある者は歌や音曲に狂っておる」

南江や地獄大夫の顔が浮かぶ。

「ある者は商売に、ある者は女に、ある者は絵に、ある者は子への愛に、皆、何かに狂っておる」

母もそうだった。赤松越後守もそうだ。

「わしは、禅と詩偈に狂った」

宗英に顔を戻し、つづける。

「お前もそうだ。かな公案に狂っておる。わしから見れば、正気の沙汰とは思えん」

「まあ」と、宗英の声が尖る。

「狂うのは仕方がない。それが人の性だ。しかし、狂うのならば正しく狂わねばならん」

でないと、禅病にかかった一休や宗全のようになってしまう。

「人は、正しく狂わねばならん。それが、道を歩みつづけて見えた風景よ」

「いっておきますが、私は狂っておりませんよ。清くまっすぐです。女と酒に狂った師兄とちがってね」

喧嘩にならぬよう、苦笑するにとどめる。

「問答はそれぐらいにしましょう。さあ、老師、これを」

柔仲が手に持っているのは紫衣だ。大徳寺の住持など限られた者しか着ることが許されない一着だ。

「義父上が着ていたものです」

そう教えてくれた宗英の声は、もう平静に戻っていた。

「わしの背丈には合わぬだろう」

「それでも、義父上は喜ぶと思います」

「じゃあ、宗英が着させてくれ」

一休は地獄変相の僧衣をそのままに、両腕を広げた。

「呆れた。童でもないのに」

いいつつも宗英が紫衣を手にとった。一休の腕に通し、肩にかけ、紐を結ぶ。こきりと首を鳴らし、都を見る。草が芽吹くように、あちこちで新しい家屋が建っていた。

焼け野原となった場所に騎影がひとつある。馬借であろうか、騎乗の人は帷子《かたびら》を着て長い髪を風にたなびかせている。こちらを見ているが、顔貌まではわからない。肩に止まっているのは、鳥だろうか。腰にある刀を抜いた。そして、長い髪を切る。

風に流すように捨てて、馬の腹を蹴った。

砂塵を上げて都の路地を走り、門を駆け抜けて、諸国へと続く街道を疾駆する。
すぐに、その姿は見えなくなった。
大徳寺を吹きぬける春風には、かすかに夏の匂いが混じっている。

終章

薪村にある妙勝庵は、酬恩庵《しゅうおんあん》と名を変えていた。

その一室で、一休《いっきゅう》はまどろんでいた。吹き込む隙間風が冷たくて心地いい。耳に聞こえるのは、桜の枝が揺れている音か。

音曲も聞こえてきた。森《しん》が琵琶を弾いているのだろう。音がまどろみと溶け合う。まぶたの裏に、水泡のようなものが次々と浮かんだ。それがときに、三角や四角、五角になり、あるいは五芒星や六芒星、七芒星になる。

森の音曲を聞くと、常に見える美しい景色だ。

だが、どうしてだろうか。

様々な形をつくる水泡が、徐々に薄まっていく。淡くなり、姿を目で捉えられなくなっている。

嗚呼、そうか、と一休はつぶやいた。

己は、今、この瞬間に死ぬのだ。

大徳寺の住持を引き受けてから七年がたっていた。あの大乱は四年前に終わっていた。堺の商人や芸能の徒や森たちの寄進のおかげで、大徳寺の復興は順調だ。七ヶ月前には立派な山門が完成した。いずれ、養叟《ようそう》の時代よりも美しい伽藍で埋め尽くされるだろう。

まぶたを開けると、森が琵琶を奏でていた。一休を看病してくれているせいか、目元に疲れが滲んでいる。

「森や」

「あら、うるさかったかしら」

「いや、それより今は何日の何刻だ」

己が息絶える時刻を知りたかった。

「霜月《しもつき》の二十一日。もうすぐ夜明け――卯《う》の刻の鐘が鳴るんじゃないかしら」

心中で、己の没する日時を復唱した。

「障子を開けてくれぬか。外の景色が見たい」

森は立ち上がり、手を前に出して歩く。細い指先が障子にあたり、静かに開けた。冬の夜空が広がり、何億という星が瞬いている。

「そうそう、紹等《じょうとう》さんから言伝があるわよ」

「言伝……あいつ……帰ってきていたのか」

「覚えてないの。旅から戻ったのは随分と前よ」

森がいうには、一休は紹等を後継者に指名したという。しばし考えこむと、そんなことも口走ったか、と記憶がかすかに戻る。たしか、数日前のことだ。

それを、弟子が紹等に伝えた。

「奴は……何といっていた」

「老師もとうとう耄碌《もうろく》したか、だって。狂ったか、ともいっていたわ。そんな男の法燈を継ぐなどごめんだって」

「どんな口調だった」

「涙ぐんでいたそうよ」

ふふふと笑った。これが紹等なりの殺仏殺祖なのであろう。師につきつける刃としては鈍《なまくら》だが、それをいかに今後、研ぎ澄ますかを見届けられないのが残念だ。

「森よ」

森は顔をあげて、冬の風を味わっている。その様子は無邪気な女童のようだ。

「森よ」

「いわないで」

しばし、沈黙がふたりの間に満ちる。

「わしは……もうすぐ死ぬ」

森は琵琶をぎゅっと抱いた。

「一休さん、死ぬのは怖い」

「いや、怖くない」

「へえ、強がるんだ」

一休は首を横にふった。気配を察したのか、森の盲いた瞳がかげる。

「最後に、聞きたい曲はある」

何かにすがるかのように森はいう。

「どんな曲でも弾いてみせる」

森が顔をのぞきこむ。見えぬ目で必死に一休に訴えかける。

「すまん。最後は……坐禅を組みたい」

それは、一休がひとりになるということだ。

森の目から涙があふれ、それが一休の顔に滴り落ちた。細い指が、一休の耳朶にふれた。夜を共にし交わり、興が満ちれば何度も嚙まれた耳を、森は初めて労るように撫でてくれた。

「破戒坊主のくせに——」

声が掠れ、最後は聞こえなかった。

涙で湿る一休の顔を、森は両手で何度も撫でる。

「知らなかった。一休さんって、こんな顔をしてたんだ」

一休は、ただなされるがままだ。

「本当に知らなかった。もっといい男だと思っていたのに……」

精一杯の森の強がりが、さらに一休の胸を締めつける。

夜の空は暗いままだが、朝の気配がじわじわと近づきつつあった。

「すまないな」

労ろうとした一休の手を、森は優しく拒んだ。立ち上がり、無言で部屋を出ていく。ただ、琵琶だけが床に残されていた。先ほどの音曲の余韻か、かすかに弦が揺れている。

寝床から起き上がるだけで、ひどく疲れた。助けを呼びたい思いを何度もねじ伏せる。息が切れて、そのまま心の臓が止まるのではないかと思った。

結跏趺坐を組むのは、鋭い峰を登るに等しい苦行だった。

まだ死ぬわけにはいかない。気を一瞬たりとも抜けない。

一休には、まだ為さねばならぬことがある。

渾身の力を使い、掌で法界定印を結ぶ。

真っすぐに前を見た。

円相図が描かれている。完全な真円。

いや、そもそもあそこには円相図はなかったはずだ。

円相が崩れていく。輪郭がばらばらになり、集まり、別の輪郭を作らんとする。

人の形となり、一休と対峙する。あまりの懐かしさに、一休の目が潤んだ。

人の形をした円相が、一休の見解をじっと待っている。一休は、己という容れ物が円に変わった様子を想像した。それが、究極の一点へと集約されていく様を、六根全てを使って感じようとした。

美しい円は、極限の点へと変わる。
刹那、一休は叫んだ。
渾身の力を使って。
己の六根を全て滅却して。

無――と。

取材謝辞と本作での公案の解釈について

『愚道一休』を執筆するにあたり、道場老師、禅寺住職、一休研究者など大変多くの方々に取材させていただきました。

本作は、公案をテーマの一つとして取り上げています。作中にあるように、公案でのやりとりを外に漏らすことは厳禁とされております。ですので、一休が公案で行ったやりとりは、取材をする中で、前述の皆様からのお話をヒントに、また一休や禅関連の書物を読むことで、自分なりに想像、創作したものです。

作中にあるようなやりとりが本当にされているかどうか知る由もありませんし、フィクションとして面白く読めるよう、現実離れした脚色もいくつか施しております。

その上で、本来なら取材させていただいた皆様のお名前をあげて謝辞を述べるべきであります。しかし、お名前をあげることで、老師や住職、研究者の方が作中にあるような公案の解釈をしている、と誤読される恐れがあるのではないか、という懸念がありました。

それは作者にとって本意ではありませんので、ここでは多くの方々に取材させていただいたことだけを記します。

禅や公案というデリケートな題材を扱う本作は、取材させていただいた方々の協力なしには到底、完成まで至りませんでした。また公案だけでなく、物語の方向性などにも多くのヒントをいただきました。今回ほど取材で多くのものを得られた作品はありません。

ご多忙の中、時間を割いていただき本当に感謝しております。

初出　「小説すばる」
二〇二三年四月号～一一月号
単行本化にあたり、
大幅に加筆、修正を行いました。

ブックデザイン　鈴木成一デザイン室
装画　「一休和尚像」墨斎筆一休自賛語
東京国立博物館蔵
Image: TNM Image Archives

この作品は史実をもとにしたフィクションです。

木下昌輝

（きのした・まさき）

1974年奈良県生まれ。2012年「宇喜多の捨て嫁」で第92回オール讀物新人賞を受賞。2014年、単行本『宇喜多の捨て嫁』を刊行。2015年に同作で第152回直木賞候補となり、第4回歴史時代作家クラブ賞新人賞、第9回舟橋聖一文学賞、第2回高校生直木賞を受賞した。2019年『天下一の軽口男』で第7回大阪ほんま本大賞、『絵金、闇を塗る』で第7回野村胡堂文学賞、2020年『まむし三代記』で第9回日本歴史時代作家協会賞作品賞を受賞。他の著書に『人魚ノ肉』『敵の名は、宮本武蔵』『宇喜多の楽土』『炯眼に候』『戦国十二刻 終わりのとき』『戦国十二刻 始まりのとき』『信長 空白の百三十日』『戀童夢幻』『応仁悪童伝』『孤剣の涯て』『戦国十二刻 女人阿修羅』『剣、花に殉ず』などがある。

愚《ぐ》道《どう》一《いっ》休《きゅう》

二〇二四年六月一〇日　第一刷発行
二〇二四年七月一〇日　第二刷発行

著者　木下《きのした》昌輝《まさき》
発行者　樋口尚也
発行所　株式会社集英社
〒一〇一-八〇五〇　東京都千代田区一ツ橋二-五-一〇
電話　〇三-三二三〇-六一〇〇（編集部）
〇三-三二三〇-六〇八〇（読者係）
〇三-三二三〇-六三九三（販売部）書店専用
印刷所　TOPPAN株式会社
製本所　加藤製本株式会社

ISBN978-4-08-771869-0　C0093
定価はカバーに表示してあります。

浅田次郎の本

終わらざる夏（上・中・下）

昭和20年夏、突然の召集により、
3人の男が北千島の戦地へと向かった——。
終戦直後に起きた“知られざる戦い”を描く戦争文学の金字塔。
第64回毎日出版文化賞受賞作。（解説：梯 久美子）

帰郷

帰還兵、職工、父を亡くした男……
戦争に巻き込まれた市井の人々により語られる戦中、そして戦後。
平和の意味を問い、戦争文学を次の世代につなぐ
記念碑的「反戦小説」全6編。（解説：成田龍一）

集英社文庫

木下昌輝の本

絵金、闇を塗る

江戸末期に土佐に生まれ、幼少より絵の才能を発揮し、
狩野派の技法を信じがたい短期間で習得した天才絵師、
弘瀬金蔵。通称、絵金。
江戸で絵を学んだ後、土佐藩家老のお抱え絵師となるも、
とある事件により追放される……。
独自の美を追究した絵金は、血みどろの芝居絵など
見る者を妖しく魅了する作品を描き続けるのだった。
その絵に魅入られ、人生を左右された男たちの生きざまから、
絵金のおそるべき芸術の力と、底知れぬ人物像が浮かび上がる、
傑作時代小説。（解説漫画：西原理恵子）